かぶき平八郎荒事始

残月二段斬り

麻倉一矢

時代小説

二見時代小説文庫

かぶき平八郎荒事始《あらごとはじめ》——残月二段斬り

目次

第一章　会津兼定《あいづかねさだ》

一

享保《きょうほう》七年（一七二二）九月八日、粗末な身なりの浪人者が両国橋の上に立ち、川下に広がる江戸の町並をなつかしげに眺めていた。

川風に小鬢をそよがせている。もう四十の坂にさしかかろうという歳だが、鍛えあげた体軀に衰えの陰は少しも見られず、長旅で陽に焼けた貌《かお》はむしろ逞しく見えた。不精ひげをたくわえているが、どこか涼しげな双眸《そうぼう》をもっている。

風変わりな刀を差していた。作は会津兼定、長さは二尺三寸と常寸なのだが、刀身は直刀に近く、鐺《こじり》が円《まる》く異様に大きい。柄《つか》と鞘《さや》も筒状で細長かった。奥州《おうしゅう》会津に流布する溝口《みぞぐち》派《は》一刀流《いっとうりゅう》の定める大刀の規定である。

この当時、江戸の人口はざっと八十万、その半分が幕臣や各藩士である。その二本差しの侍たちが、男の奇妙な刀にさっと目を走らせていく。

（あれから、はや八年か……）

浪人は、ふと遠い目をして茜色《あかね》に染まった西空を見あげた。

男の名は豊島平八郎《とよしまへいはちろう》。新御番役勤《しんごばんやく》め二百石取りの幕臣であったが、重追放の罪を得て江戸を追われ、遠く奥州の地に逼塞《ひっそく》していた。重追放とは、関八州《かんはっしゅう》、畿内四ヶ国、肥前《ひぜん》、甲州、駿河からの所払いである。

この日を去る八年前の正徳《しょうとく》四年（一七一四）、平八郎の身に思いがけない難事が降りかかった。大奥勤めの姉絵島《えじま》が、天下を揺るがす巨大な醜聞事件に巻きこまれたのである。

世に名高い絵島生島《えじまいくしま》事件であった。

絵島は、七代将軍徳川家継《いえつぐ》の生母月光院《げっこういん》（お喜与《きよ》の方《かた》）の名代《みょうだい》として、芝増上寺《ぞうじょうじ》へ代参した。法事も滞りなく終わり、大役を果たした絵島ら一行は、その帰路、羽を伸ばして芝居見物に立ち寄った。大奥に押しこめられ、息の詰まる日々をおくるお局《つぼね》方にとってはかっこうの息抜きで、幕閣もそれを大目にみていた。

芝居がはねると、人気役者を呼んでの酒宴となった。宴はおおいに賑わい、気がついてみれば門限の七つ（四時）が過ぎようとしていた。

慌てて平河門までとって返した一行を、その日ばかりは門衛が頑《かたく》なに門を閉ざして通さなかった。

騒ぎは、あっという間に城の内外に広がり、絵島らの行状が、幕閣らの厳しい詮議の的《まと》となった。大挙しての芝居見物がことさらに採りあげられ、役者との酒宴が不謹慎と断じられた。また、絵島と役者生島新五郎《しんごろう》の仲が面白おかしくとりざたされ、密事があったのではと噂された。

姉の絵島は役儀召し上げのうえ家屋敷没収、信州高遠《たかとう》に流罪《るざい》となった。監督不行き届きの罪を得て、兄白井平右衛門《しらいへいえもん》は斬首、平八郎は死罪こそ免れたが、なんの申し開きもできぬまま江戸を追われた。

（あの事件は、なんであったのか……）

川の流れに目を移した平八郎は、あらためて疑念を嚙みしめた。

平八郎が棲みなれた会津を離れ、赦免《しやめん》となった江戸に戻ってきたのは、ひとえにその真相を解きあかすためであった。それがかなわぬかぎり、江戸を離れるつもりはない。

眼下、吉原《よしわら》方面に向かう浮かれた猪牙舟《ちよきぶね》が数隻、競いあうように北へ滑っていった。

平八郎は、思いさだめて橋の西詰めに向かって歩きだした。広小路のあたりは、評判の水茶屋や見せ物小屋の前など人だかりが引きもきらない。だが平八郎は、その賑わいには目もくれず、まっすぐ足を南に向けた。

向かったのは、堺町《さかいちょう》の芝居小屋であった。

姉の乱行の相手とされる生島新五郎が、赦免となって江戸に戻っているかもしれなかった。所在がわかれば、当人を訪ね、直接姉との関係を問い質《ただ》してみたかった。二人のあいだに面白おかしく語られているような事実がなければ、平八郎の罪が冤罪であった確証が得られる。

生島新五郎が籍を置いていた山村座《やまむらざ》は、事件の後廃座となって、座頭《ざがしら》の市川團十郎《いちかわだんじゅうろう》はじめ主だった役者は揃って中村座《なかむらざ》に移っていると聞いている。平八郎はまず、その中村座を訪ねてみることにした。

久しぶりに目《ま》のあたりにする芝居小屋界隈の賑わいは、八年前を遙かにしのぐものであった。二階桟敷《さじき》をぐるり囲む大提灯が、夕空に煌々《こうこう》と輝いている。高く組まれた櫓《やぐら》には、角切銀杏《かくぎりいちょう》の大きな櫓幕が張られ、役者の名を記した幟《のぼり》がハタハタと風になびいている。

とうに七つ半（五時）を過ぎ、幕もはねようという刻限であったが、木戸前には芝居客の絶える気配もない。しばらく路端に佇み、家路につく芝居客が去り、ようやく人通りが断えてくると、平八郎は三枡紋《みますもん》の染め抜かれた半纏《はんてん》を羽織った木戸番をつかまえ、

「座頭の市川團十郎どのに、お目にかかりたいが」

と腰をかがめて取り継ぎを頼んだ。

だが、半刻余り木戸前で待たされたあげく、戻ってきた男の返事はひどくつれなかった。

「座頭はえらくご多忙でな、とても会っちゃくれそうもねえぜ」

けんもほろろにそう言い、木戸番は、帰った、帰った、とばかりに平八郎を追い払った。

市川團十郎といえば、江戸いちばんの人気役者、多忙でないはずもないが、平八郎は二代目と姉の宴席にこれまで幾度か同席している。まんざら知らぬ間柄ではない。

平八郎は、憮然として芝居小屋を後にした。

気づかないうちに、夕暮れが迫っていた。柳橋を過ぎ、厩《うまや》の渡しを過ぎる頃には、ぱらぱらと小雨さえ降りはじめた。駒形堂《こまがたどう》から大川に添って小走りに駈けはじめると、さらに大降りとなってくる。

（これはたまらん……）

平八郎は、暗い夕空を恨めしげに見あげ、浅草御門前の小さな居酒屋の軒下に飛びこんだ。

二

軒下には先客があった。歳はもう三十路《みそじ》を越えていそうだが、顔は小づくりで、眼もとがきりりとひき締まり、いかにもきっぷのいい江戸前女である。

丁字《ちょうじ》柄の小袖に、水玉の内襟をのぞかせている。女は平八郎を気にして、ちらちらと様子をうかがっていたが、

「あの、もしや豊島さまでは……」

痺れを切らしたように声をかけてきた。

「いかにも……」

女は、ああ、と明るい顔をすると、

「佳代《かよ》と申します」

小腰を屈めて頭を下げた。聞けば、以前姉絵島のもとで部屋子をしていたという。

それなら、女が平八郎を憶えていて不思議はない。月光院の代参で寺院を訪ねた折など、姉の絵島は大勢のお局方を従えしばしば気晴らしの遊山《ゆさん》に出かけた。平八郎も姉一行に便乗し、たびたび花見や舟遊びに同席、賑やかに興じたものである。そうした折、この女ともどこかで出会っているのだろう、と平八郎は思った。

「あの事件以来、それがし江戸を離れておりました」

平八郎がちょっと気まずそうに言うと、

「大変な目におあいになりましたようで……」

佳代は事情を察して、言葉を濁した。

平八郎の脳裏に、かかわりのあった人々の面影がふと甦った。

「おなつかしゅうございます」

女は、心から平八郎との再会を嬉《よろこ》んでいるらしい。

「お局さま方はご健勝か」

「はい、皆様お元気でいらっしゃいます」

佳代の口ぶりでは、かつての大奥のお局方との交誼《こうぎ》をいまだに絶やしていないらしい。

「いかがであろう、あれこれ江戸のお話をうかがいたいが……」

佳代を縄暖簾《なわのれん》の奥に誘うと、

「ぜひにも」

佳代は、顔をほころばせて応じてくれた。

くたびれた暖簾をくぐると、そこは煮売り屋が始めたわずか十坪ほどの小さな店で、ひと仕事終えた威勢のいい町の男たちで賑わっていた。二人は狭い店を縫うようにして、壁際の空樽に腰をおろした。

「この賑わいは、やはり江戸だな」

平八郎は、刀の下げ緒を解くと、懐かしそうに店内を見まわした。

「じつは、豊島さまをさきほど中村座でお見かけしました」

佳代は、意外なことを言って平八郎の顔を覗き見た。

「じつは、あの小屋ではたらいているんです」

佳代は、悪戯《いたずら》っぽく微笑《ほほえ》みかけた。

「初めは、芝居茶屋の〈和泉屋《いずみや》〉さんにいたんですが、大御所《おおごしょ》にぜひ手伝ってくれと誘われまして。じつはあたし、絵島さまのところで衣装係をしておりましたので」

大御所とは、座頭の市川團十郎のことらしい。さらに詳しく話を聞けば、佳代は姉絵島とともに不浄門の平河門から追われた後、薄情な実家には戻らず、そのまま江戸で職に就いたという。

「親兄弟は、まるであたしを罪人扱いするんですから」

佳代は、小さく唇を歪め、顔を伏せた。

佳代には、同じ芝居小屋ではたらく弥七《やしち》という亭主がいるという。

かつて大奥警備の伊賀同心であったが、現将軍徳川吉宗《とくがわよしむね》が紀州から連れて来た御庭番に仕事を奪われ、ついには侍にさえ嫌気がさして、芝居の世界に飛びこんできたらしい。

「変わったご亭主だ。よく思いきったことをなさる」

平八郎は我が身と比べて、侍まで捨てた思いきりのよさに感心した。

「こうと決めたら、まるで聞かない人でして……」

手を揉《も》んで、ほとほと困っていると言いたげだが、どうして夫婦仲はよさそうである。

(なるほど、大奥ではありそうなとり合わせだ)

部屋子と大奥警備の伊賀同心が恋仲になることはよくあると、かつて姉の絵島が面白そうに話していたのを平八郎は憶えている。

「この頃は、忙しい、忙しいと言って、小屋に泊まりこんでばかりで、ちっとも家に戻ってきやしません」

店の主が盆に載せたチロリを運んでくると、佳代は手慣れた手つきで平八郎に酒をすすめた。

この店には亭主とよく来るらしく、佳代は愛想のいい初老の店主を相手に、手際よくつまみの煮豆と豆腐の田楽《でんがく》を頼んだ。平八郎は、佳代のすすめた酒を大口の猪口《ちょこ》で受けて一気にあおった。

「豊島さま、奥方さまは？」

「先年、亡くなりました……」

「もとのご役宅に、今もお住まいで？」

「幕臣には、もはや復帰できぬようです。今は天下御免の素浪人だが、長屋暮らしもどうしてなかなか気楽なものです」

「それじゃあ……」

佳代の驚いた顔が、すぐに同情に変わった。

「なに、この身ひとつ、楊枝を削ってでも糊口《ここう》はしのげます」

平八郎は、そう言ってからふと話を変え、

「それにしても、江戸の團十郎人気は凄い。あのひと睨みがいいって、江戸の守護神と慕われているそうですね」

明るい声で佳代に訊いた。

「そりゃあ、もう」

佳代は我がことのように頷いた。

平八郎が江戸にあった頃の團十郎は、初代の名跡《みょうせき》を継いだばかりで、体も小さく、性格も地味なため、なかなか人気が出ず、親の七光と陰口を叩かれていた。それが、ずいぶん努力を重ねてのし上がったらしい。

「済みませんね。お会いできなかったそうで。大御所にとっては、今でもあの事件は古傷のようなものなんでございましょうよ」

佳代は、またほろほろと酒を注いだ。

無理もなかった。團十郎も、平八郎と同じく事件の被害者なのである。

「ことに生島さんのことでは、無念なお気持ちでいっぱいなんでございましょう。芝居の世界を救うために、生島さんは身代わりになって島送りになったともっぱらの噂で……」

佳代は、そう言って口籠《ご》もった。

生島新五郎は、歌舞伎の世界になくてはならない團十郎を、咎人《とがにん》にさせたくなかったので、一身に罪をかぶったという話らしい。平八郎には事情はわからなかったが、そのようなものかと盃をあおった。

佳代との飾らない語らいで、酒がすすんだ。

なかなかの上戸《じょうご》らしく、佳代はいっこうに酔った様子もなく、平八郎と昔語りに興じ、時折ちらりと平八郎の横顔をうかがいながら酒を注ぐ。平八郎が姉絵島の消息を訊ねると、佳代は流罪先の信州高遠の様子を絵島の養女百合《ゆり》から聞いたといって、つぶさに平八郎に語ってきかせた。

不自由な暮らしではあるらしいが、どうやら高遠藩は姉の境遇に同情し、幕府に遠慮しつつ温かく遇してくれているらしい。平八郎は、それがなによりありがたかった。

ほろほろと酔って店を出ると、雨はもう上がっていた。

並んで歩きながら、佳代は、大奥を追われた女たちの近況について意外なことを語って聞かせた。大挙して大奥を追われた女たちは、あらかた実家に戻っていったが、数人が町家を借り、これに八代将軍徳川吉宗の代になって新たに大奥を追われた女たちも加わって、なかなか賑やかだというのだ。

常磐津《ときわず》や三味線、琴、茶の湯など、習い事の師匠をして身を立てているという。しかもその住まいは、平八郎の利兵衛《りへえ》長屋からほど近い浅草材木町《あさくさざいもくちょう》ということであった。

平八郎は、自分と同じ境遇の女たちの、不遇を跳ねかえす逞しい生きざまにすっかり感心した。

「ご近所じゃ、〈女御《にょうご》ヶ島《がしま》〉って呼ばれているんですよ」

佳代は、そう言ってクスクスと笑った。つまり、女ばかりが棲む家だからということらしい。

「こっちから廻ると、すぐですよ」

佳代は寄り道になるけれどと言って、平八郎を材木町まで引っぱって行った。なるほど、表通りには大きな町家が立ち並び、その家もその元大奥勤めの女たちが間借りするにはふさわしい立派な造りである。

「もう、五つ半（九時）をまわりました。今夜はもうおやすみでしょう。でも、豊島様が江戸に戻って来られたと聞けば、皆さま、きっと大悦びでございますよ」

佳代は、ぜひ一度訪ねてほしいと念を押し、小雨の残る夜の町を駈け去っていった。

三

平八郎は、ほうぼう道に迷いながら数日前に移り住んだばかりの浅草田原町《たわらまち》利兵衛長屋にたどりつくと、酔い醒ましの水を呑み、刀を投げ出して薄い布団の上に大の字となった。

闇の中で、姉絵島の下ではたらいていた懐かしいお局方の顔が数人甦ってきた。花見の宴だったか、芝居見物の座であったか、そうした賑やかな場で出会った女たちである。

八年の歳月が、嘘のように近づいていた。

やがて平八郎は眠りに落ち、ふと目を覚ますと、こんどはなかなか眠れなかった。

事件当時のあれこれが走馬灯《そうまとう》のように脳裏に過《よぎ》り、苦い思い出を噛みしめると十日ほど前に発った会津が、遠く離れた郷里のように懐かしくなった。

重追放の罪を得た平八郎一家が落ちていった先は、まったく面識のない遠縁の会津藩士白井五郎太夫《しらいごろうたゆう》のもとであった。次男坊の平八郎は、幼くして武蔵《むさし》の名族豊島家へ婿養子に出されたが、出生は白井氏である。

白井一族は、桓武平氏《かんむへいし》の末裔とも、平 将門《たいらのまさかど》を祖とするとも伝えられる名族で千葉《ちば》氏《し》の支族である。千葉氏は戦国の世に滅び去ったが、白井一族は諸国に散って脈々と命脈を保ち、諸藩の重職に就く者も多い。平八郎が頼った白井五郎太夫もそんな一人で、藩の重臣として藩主の信頼も篤《あつ》かった。

五郎太夫は会津の士魂を尊ぶ質実剛健の人で、つねづね江戸者を軽 佻浮薄《けいちょうふはく》と嫌っていたが、遠縁というだけで黙って平八郎一家を受け入れてくれた。

とはいえ平八郎はまぎれもない重罪人であり、藩に迷惑が及んではまずい。そこで一計を案じた五郎太夫は、この江戸からの厄介者を受け入れるにあたって誓約書を書かせた。

一、素性を隠し、白井一族の縁者として逼塞《ひっそく》すること。

一、藩士と交らず、黙々と剣術修行に打ちこむこと。

受け入れの条件は、この二点であった。

江戸育ちの気ままな風来坊にとって、これはなかなか受け入れがたい条件であった。

だが平八郎は、それを甘んじて受け、ひたすら剣の道に励んだ。

（あの腑抜けには、とても無理であろう……）

平八郎の江戸での評判を耳にしていた白井五郎太夫は、すぐに音《ね》をあげるはずとたかを括《くく》っていたが、ひたむきに剣の道に打ちこむ平八郎の姿を見て、その豹変ぶりに目を細めるようになった。

剣術修行では、平八郎は幸運に恵まれていた。会津には剣の名流が息づいていたからである。

溝口派一刀流であった。

伊藤一刀斎《いとういっとうさい》の弟子小野忠明《おのただあき》の開いた小野派一刀流の流れを汲む流派で、道統は一刀流中興の祖溝口新五左衛門正勝《みぞぐちしんござえもんまさかつ》を介して会津に伝えられていた。

荒々しい撃ち下ろしで名を馳せる元祖一刀流とは異なり、柔軟な変化技が特徴の流派である。秘伝〈左右転化出身之秘太刀《さゆうてんかしゅつしんのひだち》〉は伝説となって広く諸国に伝えられ、畏怖されるまでになっていた。

平八郎は、この溝口派一刀流を、師範井深宅兵衛《いぶかたくべえ》に就いて学ぶこととなった。

宅兵衛は、柔和な人柄ながら流祖伊藤一刀斎もかくやと思われる剣の達人で、領内では藩主から足軽までが師と仰ぎ、上下の別なく慕われていた。

よき指導者を得て、平八郎の剣はメキメキと上達し、時折藩道場の師範代を任されるまでになったが、宅兵衛は白井五郎太夫の立場を配慮し、平八郎を〈目録《もくろく》〉から上にはけっして昇らせなかった。

やがて八年の歳月が流れた。

事件の当事者の赦免の報せが、遠く会津の地にも聞こえてきた。芝居関係者の多くが罪を許され、遠島先の伊豆の島々から帰還しているという。平八郎も、首を長くして赦免の日を待った。

平八郎の長い冬の終わりを告げる報せが、いよいよ江戸から届いた。幕府の赦免が下り、江戸への帰還が許されたのである。だが、期待していた平八郎の幕臣復帰はついに果たされなかった。

平八郎は、ひどく落胆した。幕臣の地位回復と知行安堵を心の支えとして耐えてきた歳月が、平八郎の脳裏に苦々しく過《よぎ》ってきた。

その日、平八郎は無念の思いを抱いて雪の山野を一昼夜彷徨《さまよ》い歩き、白井家の人々を困惑させた。

結局のところ、平八郎が怒りを抑えて剣の道に戻るまで一月《ひとつき》を要した。

だが、戻ってはみたものの、その剣が日々鈍りはじめた。平八郎を見捨てた幕府への怒りが、斬首の刑を受けた兄や、流罪処分となった姉の無念が、あらためて胸中にこみあげてくる。数年前に他界した妻の面影が木剣を握る日々、瞼の裏にちらついた。

やがて無念の思いが、事件への疑念にとって変わり、いよいよ平八郎の心を惑わす。

八年を隔ててみれば、事件の異常さがあらためて浮き彫りになった。

——姉絵島こと、重き御奉公相勤め候ところに、処々遊興の場に相伴い候ことまことに遺憾。

評定所《ひょうじょうしょ》の判決文はこう断じ、平八郎を咎め立てた。

だが、宿さがりの姉と年に数度の遊興をともにしたというだけで、どうして重追放の罪に問われなければならなかったのか——。

親族として、姉の監督を怠ったことも罪状のひとつであった。だが、大奥を離れることのほとんどない大年寄の姉に対して、平八郎や兄白井平右衛門にできることなど限られていた。

(江戸に戻り、事件の真相を解明したい……)

平八郎の江戸帰還の決意は、もはや動かしがたいものとなっていった。

それを白井五郎太夫に告げると、

「やむをえぬ。気の済むまでやるがよい」

口数の少ない五郎太夫が、そこまで言うと急に押し黙った。五郎太夫はうっすら涙を溜めていた。八年の歳月を経て、平八郎一家は五郎太夫にとって、もはや欠くべからざる一族の者となっていたのである。

出立の日が近づくと、五郎太夫はますます落ち着きを無くし、平八郎の旅支度をちらちらとうかがっていたが、前夜になると、大切そうに二つの物を抱えて平八郎の前に現れた。

なにやら古びて色褪せた仏画一巻と太刀一振りであった。

巻物には妙見菩薩《みょうけんぼさつ》が描かれていた。白井一族の団結の証《あかし》といえる北斗七星の化身《けしん》である。

また五郎太夫は、無骨な造りの一刀を平八郎の膝元にすすめた。会津兼定であった。会津が諸国に誇る名工十一代兼定通称孫四郎《まごしろう》の鍛えた業物《わざもの》で、新々刀ながら身幅《みはば》広く、反《そ》り浅く、重ねの厚い重厚な造りで評判の銘刀である。

「この菩薩と一振りの兼定が、きっとおまえを護ってくださろう。けっしておろそかにするでないぞ」

神妙にそれを受け取る平八郎の手に、五郎太夫は老いて干からびた掌を重ねた。

剣の師井深宅兵衛とは、平八郎にとってさらに忘れ得ぬ別れとなった。

師は夜半、平八郎を灯の消えた人気《ひとけ》のない道場に導いた。

防具を着けて道場に出てみれば、ざっと二十畳ほどの空間には、灯明皿が転々と配置されていた。そのひとつひとつに灯りを点《とも》し、師はおもむろにこれまで固く秘して伝えなかった秘剣の太刀筋を、木剣をもってていねいに伝えてくれた。

それが、およそ二刻にも及んだ。

「これで、なんとかおまえを江戸に送り出せる。だが、よいか。この剣、心底に潜む怒りの炎が鎮まるまでは、けっして振るうてはならぬぞ」

老師は流れ落ちる汗を手ぬぐいで拭きながらそう言って、切れ長の眸《ひとみ》で平八郎を見つめた。

その翌朝、平八郎は他界した妻艶《えん》の墓に花を手向《たむ》けると、息子吉十郎《きちじゅうろう》を五郎太夫に委《ゆだ》ねて、単身会津を後にしたのであった。


ようやく眠りに落ちた平八郎は、ふたたび荒々しい半鐘の音で目を覚ました。

聴こえてくるのは、表木戸脇の火の見櫓の鐘にちがいなかった。鐘の音は、火元までの距離で叩く速さを変えている。その半鐘の音が、ひどく忙《せわ》しい。

慌てて飛び出し、夜空の明るい火元まで駆け寄ってみると、黒煙が夜空高く月光に浮かび出され、その下で佳代が茫然と立ち尽くしている。

「よいところで出会った。もしや火元が〈女御ヶ島〉ではないかと胸騒ぎがして来てみた」

「あたしも、心配になって来てみたところです。皆さまのお宅は、火元のすぐ隣のようです」

青ざめた顔で佳代が言った。

「それは一大事だ！」

さらに火元に近づいてみると、通りに面した二階建ての瀟洒《しょうしゃ》な町家が数軒、炎を受けて浮かびあがっている。そのうちの白壁づくりの一軒から、朦々《もうもう》と火炎が立ちあがっていた。お局方の町家もすでに延焼しているらしく、小屋根から白煙が吐き出されていた。

その前で、野次馬に混じって寝着も露《あら》わな女が三人、燃えさかる隣家を見あげていた。急ぎ持ち出した衣類や稽古道具を抱えている。

そのうちの一人に、平八郎は見おぼえがあった。絵島とともに七代将軍家継《いえつぐ》の生母月光院のもとではたらいていた常磐《ときわ》というお局である。

二人が女たちに駈け寄っていくと、元お局方はすぐに佳代に気づき、

「大変なことになりました」

「火のまわりが早く、なにも取り出せません」

混乱した口ぶりで、口々に言いあった。

年嵩《としかさ》の常磐の話では、まだ二人ほどが家の中に残っているという。二人は佳代と一緒にいる平八郎を気にしていたが、どこの誰ともわからないらしい。

平八郎は用水桶の水を頭からかぶり、柄《つか》がしらを摑んで延焼も間近の町家に飛びこんでいった。

町家の玄関は大きく開け放たれており、家を貫く土間や階段下の部屋からは朦々と煙が吐き出されている。玄関を入ってすぐの土間の端に、顔見知りの女が、薙刀《なぎなた》を摑み狼狽した様子で佇んでいた。

逃げて来たものの、まだ気がかりなことがあるらしく、奥に戻ろうかと思案している様子であった。この女にも見おぼえがあった。かつて姉絵島の下ではたらいていた中年寄の越路《こしじ》である。

「大丈夫か」

平八郎は、駈け寄って越路に声をかけた。

越路は、訝《いぶか》しげに平八郎を見かえした。さま変わりした無精髭の平八郎を判じかねているらしい。

「これは……！」

越路はようやくハッとして平八郎に気がつくと、いきなり胸にすがりついた。

「賊が！」

大きな声で家の奥を指さした。もう一人、吉野《よしの》という仲間の女がこともあろうに火中で賊と争っているという。

「待っておられよ」

平八郎は、越路を残し、煙の立ちこめる通り庭づたいに奥の間に駈けていった。

奥の十畳間は、朦々たる白煙に包まれていた。鏡台、櫛台、歯黒箱等、お局方の家財道具が散乱し、用箪笥や衣装箪笥も押し倒されて足の踏み場もない。吉野の姿はそこになかった。平八郎は、玄関脇の階段から、急ぎ二階に駆けあがった。

煙を透《す》かして廊下を見透すと、人影が近づいてくる。

「吉野どのか――」

呼びかけると、薙刀を小脇に抱えた女が駈け寄ってきた。賊と斬り結んでいたらしく、夜着が切り裂かれ、血に染まっている。

「賊は何処です?」

吉野はわなわなと頬を震《ふる》わせて、廊下の奥を指さした。

その先、廊下の突き当たりから、男が飛び出してきた。格子縞の小袖を着け、手ぬぐいで頬かむりにしている。面体《めんてい》を玩具〈目かずら〉で隠していた。俊敏な身のこなしは、ただ者とも思われなかった。丈の短い無反りの刀を握っている。

平八郎は、咄嗟《とっさ》に吉野を背後に匿った。

賊はいきなり黒煙をかい潜って近づいてくると、直刀を右手に持ちかえ、跳ねるようにして平八郎に迫った。

平八郎は、会津兼定二尺三寸を小さくたたんで鞘走らせた。賊は低く身を沈めると、獣のような足どりで踏みこんできた。

狭所の乱闘に慣れているらしく、刀を一文字に構え、素早く突きこんではすぐに退く。平八郎は、それをていねいに左右に弾きかえした。溝口派一刀流秘伝の刀法である。

埒《らち》があかないとみた賊は、獣じみた奇妙な気合を発すると、刀を撥ねあげ飛びかかるようにして撃ちこんできた。それを見切って素早く前に踏みこむと、平八郎は男の脇腹を抜くようにして斬りはらった。

手応えがあった。賊は小さな呻き声を発し、数歩よろめきながら前のめりに崩れていった。

突き当たりの間には、黒煙の中、人影が三つ蠢《うごめ》いていた。廊下で斬り捨てた男同様、〈目かずら〉を着けている。乱暴に家捜しをしているところであった。足元に、箪笥や行李《こうり》から掻き出した衣類が散乱している。部屋の中央には小袖の裾を端折《はしょ》った下男が喉頸を切り裂かれ、血だまりに顔を埋めて倒れていた。

（物盗りとも思われぬ……！）

平八郎は刀を中段にとり、そのまま腰に乗せて部屋の中央へ押していった。

二人が直刀を逆手《さかて》に持ち、手狭な部屋の中を左右に入れ替わる。その奥で、七尺近い大男が腕を組み、しばらく平八郎をうかがっていたが、なにを思ったか、いきなり符牒《ふちょう》のような言葉で仲間に合図した。配下の者らしい二人が、いきなり踵《きびす》をかえし、刀を納め窓格子に体当たりした。そのまま破れ穴から外へ飛び出していく。頭目《とうもく》らしい男も、すぐに後を追った。

「逃さぬッ！」

平八郎は転がるように急な階段を駈け降りると、前のめりに表通りに飛び出して賊を追った。

四

（はて……）

平八郎は、首を傾げた。

賊の姿はすぐに路上から消え、平八郎は月明かりの下に取り残されたが、とぼとぼとさらに一町ほど後を追っていった先、裏木戸脇に番太郎が当て身を喰らって倒れている。

平八郎はどぶ板を避け、足を忍ばせて路地裏を進んだ。月光を受け、井戸、厠《かわや》、小さな稲荷が、ほの白く浮かびあがっている。

微かに気配があった。どうやら賊は、平八郎にまだ用があるらしい。

平八郎は、井戸端に歩み寄り、長柄の杓《ひしやく》で水を汲むと、口に運んだ。と、いきなり井戸の底で飛沫《しぶき》があがった。賊が屋根の上から重しの牡蛎殻《かきがら》を投げこんだらしい。

平八郎はとっさに横に飛んだ。それを追って、白刃が突き出された。二撃、三撃と繰り出してくる。突き一辺倒の攻撃だけに、抜く間もない。平八郎は、全身をバネにして一間、二間と飛びさがった。

平八郎を追う剣先が、脇腹を掠め長屋の板塀を貫いた。

平八郎は前に飛ぶと、振りかえりざま賊の籠手《こて》を打った。手首が、刀ごと重い音を立てて地面に落ちた。

（ふうむ……）

平八郎は顔にかかった杓の水を腕でぬぐい、吐息をついた。

逃げた賊は三人、まだ二人闇の中に残っているはずであった。

平八郎に向かって、上方からいきなり続けざま手裏剣《しゆりけん》が放たれた。平八郎は咄嗟《とつさ》に二つまでを弾き落とし、背を板壁に張りつけて屋根の上をうかがった。

「うぬも、あの女どもの一味徒党であろう」

声があった。上方から聞こえてくる。

「ちがう」

「女どもから手渡されたものをおとなしく返せ……」

「なんのことやらわからぬな」

平八郎は視線を闇にすえたまま応えた。

頭上、微かに屋根の軋む音がある。

「どこまでも白《しら》を切るつもりか。うぬが一味であることは明らか。そうでなければ、火中に残り、白刃を振るうはずもない」

「私はただの通りがかりの者。あの家には顔見知りがおった。火事を聞いて助けにまいったまで」

「もういちど言う。おとなしく奪いとったものを返さねば、うぬは公儀に背く謀反人となる」

今度は、前に声が移っている。

「町家に押し入り、乱暴狼藉をはたらく盗賊が、公儀とは解《げ》せぬ話」

「あの男は、城中大奥より大切な品を奪い逃走した。女どもに届けるつもりだった」

「ほう、そのような品、いちど拝んでみたいものだ」

「もはや問答無用か」

こんどはまた、屋根の上で声があった。

と、左手から荒々しい殺気とともに白刃が叩きつけられた。

平八郎は、一瞬早く斜め前に飛んだ。

「その手は、二度とは喰わぬ」

振りかえりざま、追ってきた男の第二撃を鍔《つば》で受け、擦りあげて前に踏みこむ。

黒々とした影が、平八郎の眼前にあった。途方もない馬鹿力でそのまま押しかえしてくる。鍔迫り合いの刃の向こうに、頬かぶりに目かずらの男の顔があった。町家の二階で見た長身の頭目であった。

と、その貌がいきなりぎょっとした表情に変わり、男は苦しげな呻き声をあげて凍りついた。だらしなく口が開き、血が吐き出されている。男は、そのまま沈むように、平八郎の足元に崩れていった。

「油断いたすな」

足元に崩れ落ちた忍びと入れ替わるように、人影がぬっと夜陰に立ちあがった。目を凝らして闇をうかがえば、僧形《そうぎょう》である。女たちからあずかったものらしい薙刀を摑んでいた。それで賊を背後から斬りつけたものらしい。

「あ奴らは、みな公儀の御庭番だ」

「御庭番……？　ご助勢はかたじけないが、御坊はどなたでござる」

平八郎は闇をうかがった。月明かりに、太い眉、大きな双眸の達磨《だるま》のような壮漢が浮かびあがった。

「勝田玄哲《かつたげんてつ》と申す。この先の唯念寺《ゆいねんじ》で住職をつとめておる」

「唯念寺……?」

その寺の名は平八郎も聞いたことがあった。浅草界隈では名高い浄土真宗高田派の寺院である。寺は、六代将軍家宣《いえのぶ》の側室お喜与の方、姉絵島がかつて仕えていた月光院の父が住職をつとめていると平八郎は聞いている。

「これは」

平八郎は、慌てて居住まいをただした。

「そう、かしこまることはあるまい。佳代から話は聞いた。絵島には、たびたび金を無心に来る質《たち》の悪い弟がおると聞いていたが、おぬしとはの」

玄哲は、平八郎をうかがい大きく破顔した。

「して、その勝田殿が、なにゆえここに……」

「わしはおぬしの姉がかかわったあの事件以来、お役御免となった女どもを陰ながら後見しておる。久々に様子を見にまいったところ、この有り様であった」

「しかし、妙な話でござる。なにゆえこの夜更けに……」

「事情があっての。それはちと言えぬ」

玄哲は、明かになにかを隠している様子であったが、

「他ならぬ絵島の弟ゆえ、まあ話してやらぬでもないか……」

ついに思いさだめたか、玄哲は懐中から包みを取り出して、平八郎の胸先に突き出した。

「じつは、これを受け取りにまいった。驚くな。これは、京育ちの女狐めの覚え書。まかり間違えば、天下がひっくりかえるほどの大事が記されておる」

玄哲はちょっと凄むように言うと、その品を掌の上で軽々と踊らせた。なるほど月光院の父勝田玄哲と縁《ゆかり》のお局方が命がけで奪い取ったものなら、まんざら大言壮語とも思えない。

「それがし、たった今その包みゆえに、身に覚えのない嫌疑をかけられ、命を狙われました。いったいなにが書かれているのか、お聞かせ願えまいか」

「それゆえ、中身が知りたいと申すか。他ならぬ絵島の弟ゆえ、まあ教えてやらぬでもないが。今は言えぬ。ひとまずここを去れ」

玄哲はそこまで言って平八郎に背を向けると、また思い直してふたたび平八郎に向き直った。

「言い忘れるところであった。女どもは、ひとまず佳代がおぬしの長屋に連れていった。よいな」

「それがしの長屋に？　それはご無体《むたい》でござりましょう」

平八郎は呆れかえった。九尺二間《くしやくにけん》の裏長屋に、五人もの女たちが寝泊まりする場などない。

「無理はもとより承知のこと。大奥の元奉公人を、寺に連れこむわけにもいくまい。それに、御庭番らがまたいつ襲ってくるやもしれぬ。姉に縁の者たち、おぬしが守ってやらねば誰が守る」

「しかし……」

「なに、いずれ新たな住まいを用意する。大家には、じゅうぶん鼻薬を効かせておくゆえ、おぬしに面倒をかけぬ」

早口にそう言い終えると、玄哲は平八郎の肩をポンと叩き、途方に暮れる平八郎を尻目に足早に闇の彼方に駈け去っていった。

五

利兵衛長屋では、焼け出された女たちが、平八郎の九尺二間の手狭な借家に肩を寄せあっていた。みな疲れきった表情だが、命拾いした安堵感が一様にその表情にうかがえる。元大奥のお局さまを一目見ようと、裏長屋の路地裏は近在の衆で立錐《りつすい》の余地もなかった。

平八郎は、皆にひきとってもらおうと頭を下げて回っている佳代を見つけて手招きした。

「これは、どういうことです」

「ほんの一時、平さんのところで、お願いっ……」

佳代は、平八郎に拝むようにして手を合わせた。

「だが、あの狭さでどうやって寝るのです。だいいち、布団もない」

「大丈夫。長屋の皆さんがうちでも面倒をみるよっておっしゃってくださって、それで何人かずつ面倒をみてもらうようにしました。平八郎さんが側に居てくれたら、お局さま方も安心です」

「長屋の皆さんは、まことにそのようなことを申されたのですか」

野次馬を掻き分けて家の中に入ると、平八郎はそこにいた両隣の住人に声をかけた。

「こちとらは、かまわねえよ」

威勢のいい声が返ってきた。右隣の蜆《しじみ》売り辰吉《たつきち》である。ずんぐりした体軀、丸顔で小太り、ちょっと眠そうな目が人なつこい。

「おれのところだって、ちっともかまわねえさ」

左隣の読売屋、通称ぼろ鉄《てつ》も気軽に応じた。

歳は二十四、五。卯の花色の小袖を着けているが、その下には朱色の襦袢《じゅばん》がのぞいている。小づくりの顔は外回りが多いためか日焼けして赤黒く、切れ長の双眸はいかにも目はしがききそうにきびきびとよく動く。

いずれにしても両隣が引き受けてくれるとあっては、平八郎も追い返すわけにはいかない。

「だが、こいつはめっぽう手が早いときてやがる。危ねえな」

見物人の中から、ぼろ鉄に向かって野次が飛んだ。

「おまえにゃ、とても敵《かな》わねえよ」

女たちのすぐ脇に寄り添うぼろ鉄が、玄関口の男に食ってかかった。どっと笑いが起こった。

やがて、下駄を鳴らしてやってきた紋付き長羽織の老人が、部屋の中を見まわし、

「布団のねえところは、皆で貸し合やァいい。困った時はおたがいさまだ」

なんども頷きながら言った。長屋差配の利兵衛《りへえ》である。

「本当は強欲爺さんなんだけど、玄哲さんが鼻薬を効かせてくれたんで、ほれあのとおり」

佳代が、こっそりと平八郎に耳打ちした。

相談の結果、平八郎のところには年嵩の越路と志保《しほ》が、ぼろ鉄のところには常磐と吉野が、辰吉お徳《とく》夫婦のところには瀬川《せがわ》が厄介になることになった。

焼け残ったわずかな身のまわりの品をそれぞれの家に運びこみ、どてらと掻巻《かいまき》を貸し合うと、ひと心地ついたかたちとなった。

焼けた二階家で奮戦した吉野の傷は、さいわいさほどの深手ではなかった。越路が辰吉の女房お徳から借りた金膏と包帯で入念な手当を施すと、安堵した吉野はふたたび恐怖が甦ってきたのか、はらはらと涙を流しはじめた。

辰吉とともに吉野の手当を終え、ぼろ鉄の家を後にした平八郎は、

「あの者、大丈夫でしょうな」

冗談半分に辰吉に訊いた。

「なあに、あれでぼろ鉄ァ、なかなかしっかりしてるよ」

辰吉は、真顔で弁護した。

ぼろ鉄こと英次郎《えいじろう》は、まだ瓦版が売れない頃、ぼろ鉄を掻き集めてクズ屋に売り食いつないでいたので、その渾名《あだな》が付いたそうである。なにもかも質屋に入り、畳までほとんどなくなって、残った畳一枚で寝起きしながら原稿を書きまくり、ようやく瓦版が当たりだしたという。

「ほう」

平八郎もすっかり感心した。

そうこうするうちに、自身番から戻ってきた勝田玄哲が、平八郎の長屋の腰高障子

をからりと開けて、

「わしの威光も衰えてきたものだ」

とぼやいてみせた。

「町名主め、なかなか放免してくれぬ。くどくどと問い詰め調書を取るので、賊を成敗してなぜこのように尋問されねばならぬ、と一喝してやったら、ようやくおとなしくなった。だが、お局方にもいろいろ訊きたいそうだ。こちらにやってくる」

玄哲がそう言うと、越路と志保は身を固くして居住まいを正した。

両隣の三人の女たちも平八郎のもとに集まったところで、狸顔の町名主が町方役人の代役として羽織姿で平八郎の長屋を訪ねてきた。

「役儀ゆえ、ご協力願いたい」

丁重に言うが、眼は居丈高《いたけだか》である。寝支度を始めていた志保と越路がすぐに、丁寧な対応を始めた。

町名主は、筆を執り細々《こまごま》と尋問しながら、覚え書にあれこれ記していく。だいぶ時間がかかりそうであった。

「われらは外に出ておるか」

玄哲が平八郎を外に誘い出した。

裏木戸をくぐって表通りに出てみれば、もはや人通りはない。

「火事場に戻ってみるかの」

「はて、なにゆえ……？」

「よいから、ついてまいれ」

玄哲に誘われるまま、平八郎はぶらりと火事の現場まで足を向けた。

周辺の家々の屋根の上では、威勢のいい町火消の男が纏《まとい》を翻《ひるがえ》し、鳶口《とびぐち》で瓦を叩き、屋根を突き崩して、懸命の消火活動を続けている。

火元となった家の周辺は、ようやく鎮火に向かいつつあった。とはいえ、まだ煙はくすぶっており、消防桶から水を汲み出したり、人の背丈ほどある押し出し式の放水器や、最新式のオランダ渡りの龍吐水《りゅうどすい》を繰り出して、消火作業は今も続いていた。

玄哲は道端の暗がりに平八郎を引いていき、

「じつはな、長屋では人の目があるので、ここにまでおぬしを連れ出した」

懐中から、例の袱紗《ふくさ》に包んだ代物《しろもの》を平八郎に見せた。

火元に近い表通りの家々は、深夜とはいえ火事の興奮が冷めやらぬとみえ、まだ灯りが点っている。玄哲の手元は思いのほか明るかった。

「先刻、この包みの中のものが知りたいと申したな。教えてやろう。これは大奥に巣くう女狐天英院《てんえいいん》めの覚え書だ」

「天英院様の――？」

天英院とは、平八郎の姉絵島が仕えていた月光院とことごとく対立していた六代将軍家宣の正室近衛熙子《このえひろこ》の落髪後の名である。絵島生島事件の背後には、この女人の策謀があると当時の瓦版は面白おかしく書き記したものであった。

「町名主を待つあいだに、急ぎ中をあらためた。覚え書は、正徳二年（一七一二）から、あの事件のあった正徳四年までの三年間のことが記されておる」

玄哲は覚え書を平八郎に手渡し、

「あの事件は、あの女と当時の側近政治に不満を持つ旧幕臣どもが企てたことよ。おぬしも、あの事件では酷い目にあった」

「しかしながら、天英院は、なにゆえこのようなものを書き残したのです」

「公家の姫には、妙な趣味があるようだ。幼き頃よりの習慣であろう、父の太閤《たいこう》近衛基熙《もとひろ》とのやりとりを、しっかり日記にしたためておった。我らは、十年来この覚え書を捜し求めてきたが、ようやく所在を突きとめることができた。我らのあいだではこの三巻、近衛秘帖と呼んでおった。いわば幻の覚え書だ」

「太閤近衛基熙殿は城中に留まり、六代将軍をなにかとお指図されておりましたな。それにしてもそのようなもの、どのようにして大奥から盗み出されたのです」

「なに、これで我らに味方する者も多い。この秘帖を盗み出したのは、我らに内通する天英院付の侍女だ」

なんとも雅《みや》びな名ではあった。平八郎は、分厚い秘帖の表紙を開いてみた。微かに香の香りが平八郎の鼻をくすぐった。上質の紙面には、なにやら女文字でところかまわず細々《こまごま》と書きこまれている。だがこの暗がりでは、一字一句をさだかに読みとることはできなかった。

「三巻はそれぞれ、源氏物語五十四帖から名を採り、『空蟬《うつせみ》』、『夕顔《ゆうがお》』、『澪標《みおつくし》』と名がつけられておる。とまれこの暗さでは、いかんともしがたかろう。わしが読み終えたところで、おぬしに廻す」

玄哲は、平八郎から三冊の秘帖を取り戻すと大切そうに懐に収めた。

玄哲は、いかつい手を平八郎の肩に乗せ、

「よいか、平八郎。おぬしもわしも、そしてあの哀れな女たちも、みな同じ小さな舟に乗っておるのだ。このこと忘れるでないぞ」

「同じ舟……？」

「近衛父娘や紀州勢に翻弄され、人生を狂わされた者どもが乗る舟だ」

玄哲は、平八郎の肩をいかつい手でポンと叩くと、大きな体を揺すって夜の闇に消えていった。

第二章　留守居役廻状

一

平八郎は、その夜なかなか眠りに就くことができなかった。

九尺二間の貧乏長屋に、元大奥奉公の女が二人、いきなり転がりこんできたのである。それも無理はなかった。寝がえりをうてば、枕屛風の向こうに女たちの寝姿が見える。平八郎の搔巻を敷き、焼けた家からかろうじて持ち出した小袖を掛けていた。

だが、平八郎が眠れないのは、むろんそんなことだけではなかった。

平八郎の人生を翻弄した事件から八年、ようやく今、事件の全容が見えてきたのである。事件の背景には、平八郎が知るすべもなかった凄まじい女の闘争があり、さらにその向こう側には、公儀をまきこんだ大規模な暗闘があるらしいのである。

そうした権力闘争に翻弄され、家族もろともその境涯を激変させられた平八郎は、風にそよぐ葦の葉のような心もとない存在であったことが、あらためて納得させられたのであった。

明《あけ》六つの鐘と行商人の掛け声を意識の端で聴き、平八郎がようやく寝入ったのはもう明け方のことで、目覚めるとすでに昼過ぎとなっていた。

「お目覚めでございますか」

むっくりと起きあがった平八郎に、元御三ノ間詰めの志保が声をかけた。将軍吉宗に大奥を追い出された新参者で、歳はまだ二十二、三か。男やもめの長屋には場ちがいな華やいだ声の主である。

年上の越路は、平八郎が目覚めたのを待って、膳の準備を始めている。食膳の上には、幾品もの惣菜が並びはじめた。

「そのようにしていただいては困りまする」

平八郎は思わず声をあげた。

「どうか、お気づかいなされませずに。どれも頂きものでございますから」

越路は、笑ってとり合わない。

聞けば、女たちが教えている稽古事のお弟子さんたちが、災事を聞きつけ大勢見舞いに駈けつけてきたという。惣菜の品は、みなその差し入れの品とのことであった。

平八郎は、なるほどと苦笑いした。

焼け出された女たちは皆、長く大奥勤めだっただけに、芸事は一流で、三味線、琴、常磐津、茶道と、習い憶えた芸でしっかりと身を立てているという。そこに鼻の下の長い男たちが、通いつめているという寸法なのである。

「ここへも訪ねて来られたのですか」

「いいえ。平八郎さまがお休みでしたので、お隣のぼろ鉄さん、いえ英次郎さまのところで応接させていただきました」

「それは、あい済みませぬな」

平八郎が後ろ首を撫でた。

「とんでもございませぬ。平八郎さまは、とうにご縁の切れた私ども五人を、暖かくお迎えくだされました。それに、長屋の皆さまのご親切も、言葉に尽くせぬほどありがたく存じております」

するとと、ほころびた壁の向こうから、

「いいんだよ。困った時はお互いさまなんだから」

蜆売りの辰吉の女房お徳の太い声があった。平八郎が目覚めたのを知って、隣家では琴の稽古も始まっている。

「お徳さまのところでお世話になっております瀬川さんのところには、あのように琴が届けられております。商売道具がなくては、明日から困るということで」

志保は微笑みながら、膳を三つ並べはじめた。

なんとも気前のよいお弟子である。どこの大店の若旦那であろう、と平八郎は勝手に勘ぐってみた。

「しかし、さすがに琴の稽古は皆さまにご迷惑では……」

越路が気をつかって平八郎に訊ねた。

「なに、この裏長屋で妙《たえ》なる琴の調べが聴けるのなら、多少下手でも我慢できまする。拙者はかまいませんが……」

「うちもいいんですよ。琴の音だなんて高尚なもの、こんなに間近で聴いたのは生まれて初めてなんだから。毎日聴いてりゃ、きっと極楽にだって行けそうだよ」

お徳も、あまり気にかける様子はない。

「ほんとうに、なんとお礼を申し上げてよいやら」

壁の向こうで、瀬川の若い華やいだ声があがった。

遅い昼食をすませて半刻ほど後、佳代がひととおりお局さま方を見舞った足で、平八郎のところにもまわってきた。

「平八郎さま、仕事の話をもってきましたよ」

佳代は意外なことを言った。

「仕事――？」

「大御所が、平さんにぜひにっておっしゃるんですよ」

佳代の弾む声に、平八郎は眼を丸くした。

「まさか、その大御所とは……」

「もちろん、二代目團十郎さんですよ」

平八郎は啞然として佳代を見かえした。心づかいはありがたいが、團十郎は昨夜、平八郎のほうから面会を求めて断られた相手である。多少、腹も立っている。

とはいえ、これから口入れ屋を訪ね、手内職のひとつも探さねばと思っていた矢先だけに、申し出は正直ありがたくもあった。平八郎は、いささか複雑な心境であった。

ひとつ心配なことは、お局方の安全である。公儀御庭番は今、天英院の覚え書、勝田玄哲の言う〈近衛秘帖〉の奪回を謀っているにちがいない。昨夜の賊の口ぶりからみて、いまだに秘帖は平八郎かお局方の手中にあるものとみているはずである。

「お局方をお守りせねばなりませぬ。外出はちと……」

「でも、さっき聞いた話では、町方が木戸の閉まる頃までは出張ってくれているそうです。まずは大丈夫でございますよ」

佳代がそう言うと、越路も平八郎を安心させようと気丈に頷いた。

「ぜひ、いらしてくださいね」

佳代は幾度も平八郎に念を押し、下駄を軋ませて足早に帰っていった。

その日の夕刻、平八郎が不精鬚をきれいに剃りあげ、中村座を訪ねてみると、木戸口で待ちかまえていた佳代が、華やかに着飾った芝居客の群をかき分けるようにして平八郎に近づいてきた。

「大御所がお待ちかねですよ」

佳代は平八郎の袖をひっぱるようにして小屋の中へ導いた。芝居の幕はすでにはねており、ほの暗い土間の枡席は人影もまばらである。

座頭の部屋は三階であった。

およそ二十畳ほどの大部屋は付き人や裏方たちでごったがえし、衣装や鬘《かつら》など、脱ぎ捨てた小道具の類がそこかしこに散乱している。團十郎は、その向こうで慌ただしそうに裏方に指示を与えているところであった。

平八郎は、脱ぎ散らした衣装を飛び越えるようにして奥に進むと、座員が差し出す大きな座布団に腰をおろした。

「どうぞ」

すかさず座員が茶を淹れてくる。

平八郎は、千両役者市川團十郎を眩しそうに見た。

間近に見る二代目團十郎は、自信に満ち、大立者らしい覇気に溢れていた。荒事《あらごと》の人気者にしては上背はそれほどなく、顔も小づくりで、どちらかといえば柔和な顔だちである。それを大きく逞しく見せているのは芸のなせるわざなのであろう、と平八郎はあらためて感心した。

(これなら、和事《わごと》〈色恋の話〉も実事《じつごと》〈写実的に演じるもの〉もいけよう……)

平八郎は茶をすすりながらそう考えた。

小半刻ほど待たされて、團十郎はようやく平八郎に目を向けると、つかつかと歩み寄り、

「昨夜は、せっかくお訪ねいただきながら、あい済まぬことをいたしました」

平八郎の前に衿を正して座り、前日の非礼を謝った。

「豊島様のことは、風の頼りに会津に逃れられたと聞き、どうなさっておられるかと時折思い出しておりました。こうしてお元気なご様子を拝見し、安堵いたしました」

團十郎の口ぶりは、まんざら口先だけとも思えない。平八郎は、前日面会を断られたわだかまりがしだいに氷解していくのをおぼえた。

「しかしあの事件、私ども役者にとって、なんとも振りかえりたくない苦い思い出でございまして……」

團十郎は顔を伏せてから、うかがうように平八郎を見た。それは平八郎も同じ思いである。無理からぬことと平八郎は納得し、

「して、こたびはなぜお声をおかけくだされた」

「今朝のことでございます。佳代さんから豊島様が会津の地にて剣の道にお励みになり、大変お強くなって戻られたと聞き、ぜひ豊島様にお願いしてみては、と思い立ったのでございます」

「はて、拙者になにを――」

「じつは、豊島様の剣術の腕を、芝居づくりにお借りできぬものかと思いましてございます」

「それはまた、いかなることでござる」

平八郎は、ふたたび怪訝そうに團十郎をうかがった。芝居とはまったく無縁の浪人者に、團十郎の手伝いができるとも思われない。

「私ども一座の芝居は、荒事を柱としております。ご承知のように、こうした芝居には立廻《たちまわ》りが欠かせません」

「立廻り……」

「つまりは、荒事でございます。一対一の設定の場合もございますが、大方はシンと呼ばれる主役に向かって、カラミと呼ばれる大勢の軍勢や捕り方が絡んでいくかたちとなります。それゆえ動きはおのずと派手になり、芝居の大きな見せ場ともなっております。おおむね金平浄瑠璃《こんぴらじようるり》の所作を基本に立廻りを組み立てておりますが、でき上がった型ばかりでは、やがてお客様に飽きられてきましょう。そこで、その型に新風を注ぎこみたいと考えた次第でございます」

「ご趣旨はよくわかりますが……」

平八郎は返答に困って口ごもった。

「むろん剣術と芝居の立廻りは、まったくの別物。そこをなんとかできないものかと……。いえ、私もあれこれ剣術の真似事を試してはみました。とはいっても、私ども役者のすることとは、棒振りに毛の生えた程度のものでございまして。いろいろやった挙げ句、やはり剣の道は御武家でなければと実感いたしました。そこで豊島様に、ひと肌脱いでいただけまいか、と考えた次第でございます」

「さようでござるか……」

平八郎は、腕を組み難しい顔で宙を睨んだ。團十郎の狙いはよくわかるが、果たしてそう簡単にいくものであろうかと思えるのである。

(剣術の型と芝居の殺陣《たて》は、むしろ水と油のようなものではないか……)

殺陣を剣術らしい動きに正すことはできても、それで殺陣が見栄えのするものになるとはかぎらない。まず、舞台は客席から遠い。動きは大仰《おおぎょう》でなくてはならないはずである。

「無理はじゅうじゅう承知しております。役者というものは、みな芝居バカばかりでございまして。芝居を見ごたえのあるものにしたい一念から、とんでもないことを思いつくのでございます」

團十郎は、後ろ首を撫で自嘲ぎみにいうが、その双眸は鋭く平八郎をうかがっている。

平八郎も、團十郎の誘いにつられて、なんとなく面白い仕事になるかもしれないと思いはじめていた。だが、いかんせん門外漢の平八郎には雲を摑むような話ではあった。

「お申し出、なんとかお役に立ちたいとは存じまするが、果たしてそのような大役、それがしに……」

團十郎の顔が明るくなっている。平八郎の前向きな心の動きを読んだようであった。

「なあに、あまり堅苦しくお考えにならずとも。まずは、立廻りの稽古をご覧いただき、あまりに不自然なところをご指摘いただければそれだけで芝居はずっと本物らしくなってまいりましょう」

「されば、前向きに考えさせていただきまする」

と、平八郎が意を決して応じると、團十郎は嬉しそうに膝を打ち、

「ああ、よかった」

と言って、用意した紫の袱紗に包んだ切り餅を、平八郎の膝元に遠慮がちに差し出

した。

「これはまことに些少ではございますが、当座のお支度料としてご用立ていたしました。些少ではございますが、三十両ほどございます。月々のお給金につきましては、後ほど帳場の者と話し合ってくださいまし」

「そのような……」

平八郎は、あまりの大金に戸惑い、どぎまぎしながら後ろ首を撫でた。

「それがし、総領息子を会津に残しての江戸での仮住まいでござる。糊口を凌ぐ給金さえいただければ、それでじゅうぶん」

「いえいえ」

團十郎は手を上げて平八郎を遮り、

「ご遠慮なされますな。豊島様のご指南に、当方もそれだけ期待しているということでございます。さてさて、これで霜月《しもつき》（十一月）の顔見せ興行はいちだんと盛況となりましょう。今はまだ長月《ながつき》（九月）、しばらくはぶらぶらしながら座に馴染み、殺陣を工夫していただければよろしゅうございましょう」

と、二人の話を割るようにして、若い座員がスルスルと團十郎の耳元に歩み寄り、なにやらひそひそと耳打ちした。

團十郎は大きな眼を剝いて話に聞き入っていたが、

「あいにく急用ができました。これでご無礼させていただきます」

團十郎はすまなそうにそう断って、平八郎を後に残し、座員とともに足早に部屋を出て行った。

二

平八郎が帰り支度を始めると、五尺そこそこと小柄ながら、鍛えあげた強靭な体躯の男が、

「お初にお目にかかります、弥七と申します」

と、平八郎に頭を下げた。

イタチに似た垂れ眼をもつ妙に人なつこい顔の男である。

歳は三十五、六と平八郎はみた。昨夜の居酒屋の話から察するに、この男が佳代の亭主らしい。

元伊賀同心という話ではあったが、すでに武士の面影も、忍びらしい身のこなしもうかがえなかった。ただ、襟元から垣間見られる鋼《はがね》のような体躯だけが、わずかにこの男の昔の稼業を偲ばせているだけである。

「わからねえことがあったら、なんでも訊いておくんなせえ。佳代が世話になった絵

島様のご舎弟だ。お役立ていただかねえことには、こちとら義理が立たねえ」

弥七は、長いあいだに江戸の町人言葉がすっかり板についている様子であった。

「弥七さんはその昔、大奥の警護を任された伊賀同心だったそうですね」

「まったくしょうがねえ。佳代がもうしゃべっちまったんですかい」

弥七は後ろ首を撫でながら、

「いやあ、もうずいぶんと昔の話になっちまいました。大奥の庭がやたら広くて、掃除が大変だったくらいしか憶えちゃいません」

なにやら大昔の話のように、弥七は手を振って話を遮った。

むろん芝居好きというだけで、軽はずみに武士を捨てたわけではあるまい。平八郎は新将軍徳川吉宗が紀州から連れてきた御庭番とのあいだに確執があってのことであろうと察して、それ以上のことは問わなかった。

「だいいち、侍といっても三十俵五人扶持。もったいねえほどの身分じゃありやせん。人の一生は一度きり。好きなことをやるのがいちばんで。それに、武士を捨ててみると、なんとも身軽になれました。今さら武士に戻れと言われても、千両くれたって戻る気はありゃしません」

「わたしも侍の世界はうんざりしています。いっそ、弥七さんのように侍を捨ててしまいたい」

「平八郎さんは、いい腕をお持ちだ。勿体《もったい》ねえ。その腕、江戸の芝居好きのために使ってくだせえ」

「なあるほど、その手もありましたか」

「それより大御所から豊島様に、一度小屋をひとあたりお見せするようにと言われておりやす。さっそく、まいりやしょう」

弥七は、ごったがえす役者や裏方の群を掻き分け、平八郎を幾度も振りかえりながら廊下を先導していった。

座頭の部屋から長廊下を通っていくと、三階の広い板の間では蠟燭が煌々と点り、きらびやかな衣装を着けた一座の花形たちが、生真面目な顔で役づくりに余念がない。

それを横目に見て階段を下りると、

「こちらです」

弥七は平八郎を先導して一階の廊下に降り立つと、手前の小部屋の襖を細く開け、

「ここが狂言作者の部屋で――」

と言って、平八郎を振りかえった。

なるほど、書きかけては丸めて捨てた草稿のクズ束、芝居で使う手紙類があちこちに散乱している。向こうから、気を散らされて不機嫌そうな戯作者《げさくしゃ》の目が光った。

工房では、小道具方、衣装方、髪師、床山《とこやま》といった人たちの部屋が並んでいる。舞

っていた。

台の上では、大道具の補修が行われていた。トンカチやカンナの音が館内に響きわた

「弥七さん、お茶でもどうだい」

ひと休みしている大道具の男が声をかけた。

「ありがとう。後にするよ」

弥七は、笑顔を向けてそれだけ言うと、

「それじゃあ、大向こうにまいりましょう」

平八郎の肩をとって誘った。

枡席を見下ろし、天井の高さに見とれたりしながら、西の下桟敷《さじき》を渡って大向こうに立つと、正面の舞台はむろんのこと、芝居小屋全体のつくりが大きく見通せた。

薄暗い正面舞台では、手直しが入ったのだろう、書板を作ったり、看板の下書きを描いたりと、大道具の男たちが忙しそうである。隅では、大きな板の上にハケで絵を描く者もいる。

弥七は二階の桟敷席にあがると、あたりをぐるりと見まわして、

「ここが中村座ではいちばん上等な席で。あちらの一階の平土間《ひらどま》とは二十倍から値がちげえやす。豊島さんの姉様は、この桟敷席を借り切ってお愉しみでした」

「それがしも、幾度かここで芝居を見物したものです」

「ずいぶんと遠い昔のことになりました……」

弥七は、感慨深げに言った。

「昨今は大奥のお局様方もすっかりお見かぎりで。万事が倹約大事のご時勢なんで、芝居なんぞいちばんの目の仇にされておりやす」

弥七はしみじみと言って、首をすくめた。

「当節は、そのように厳しいものですか」

「そりゃア、もう。お上は、芝居がよっぽど気に入らねえんでしょう。公方様のお抱えの御庭番だかなんだか知りませんが、目つきの悪い野郎が、ちょくちょくやってきては桟敷席に目を光らせております」

「そのようなことまで……」

平八郎は意外な話に、茫然と暗い平土間を見わたした。

「それに、あいつらの仕業かどうかは知りませんが、近頃なぜか衣装蔵がよく荒らされるんで」

「衣装蔵が……」

平八郎は、ふと気がかりになって弥七の横顔をうかがった。もしその連中が御庭番とすれば、幾度となく小屋を訪ねて物色《ぶっしょく》する衣装とはなんであろうかと思うのである。

「それが、芝居に狂った酔狂な奴らが持っていってしまうような派手な衣装でもねえんで。地味な黒羽二重《はぶたえ》の棚ばかりが、引っ掻きまわされているんですからね」

「その衣装蔵は、どこです」

「ご案内いたします」

弥七は平八郎を伴い、外に飛び出すと、小屋脇の小さな建物に向かった。厠《かわや》と衣装蔵が並んでいる。

弥七と平八郎は戸を開け、並んで蔵の中に入った。

衣装蔵の中に足を踏み入れると、数人の座員が衣装の出し入れをしていた。

四方の壁にずらりと棚が並んでおり、同類の衣装が集められ、整理されている。主役級の役者が着る衣装は、役者自身が自前で用意するのが原則だが、ごくありふれた衣装や、使い回しのきくものは、この衣装蔵に用意してあるのであった。見れば、紋付袴、中間《ちゅうげん》装束等、どれもありきたりの地味な衣装ばかりである。

平八郎は、いぶかしげに顎を撫でた。脳裏に、女御ヶ島を襲った盗賊の姿が浮かんだ。

「さっき、目つきのよからぬ輩がたびたび訪れると言われましたな」

「やはり、その連中だとお考えで」

弥七の眼がきらりと光った。

「確証はなにもありませんが、たびたび現れるというのがどうも怪しい。これは悪い予感だが、なにか芝居がらみで幕府筋が仕掛けようとしているのではあるまいか……」

弥七も、思いは同じとのことであった。

「お局様方と芝居小屋となると、どうしても八年前を思い出しますァ」

ただ、いずれにしても勘にすぎないと弥七は断った。とはいえ、その勘が平八郎にも妙にピンとくるのである。

三

すっかり遅い帰りとなって、長屋に戻った時にはもう夜の五つ（八時）をまわっていた。

番木戸の番太郎に木戸を開けてもらい、どぶ板を踏みしめて家の前に立つと、まだ灯りが点っている。腰高障子をそっと開けてみると、

「これは、お帰りなさいまし」

越路が、三つ指をついて平八郎を迎えた。

「おやめくだされ、越路殿。そのようにされていては、堅苦しくていけません」

平八郎はすっかり閉口《へいこう》して首をすくめたが、

「いいえ。豊島様には、ひとかたならぬお世話になっております。礼を失しては、作法も知らぬ不調法者とそしりを受けましょう」

「しかしながら、ここは大奥ではありませんぞ」

すっかり閉口して狭い部屋を見まわすと、志保の姿がない。

「志保さんは、お光《みつ》さまのお宅に移りました。お光さまから、お一人暮らしゆえどうぞご遠慮なくとお誘いいただき、それではとお受けした次第でございます」

お光は、蜆売り屋の辰吉夫婦の向こう隣に間借りする女で、一度だけ平八郎も顔を合わせたことがある。針仕事の手内職で身を立てているというが、長屋住まいにしては佳いものを身に着け、立ち居振る舞いもどことなく育ちのよさがうかがえる。まだ二十代半ばで、徳川吉宗の倹約令で大奥を追い出された新参の志保とは年格好もお似合いの娘である。

「それはよい話です。志保どのも窮屈な思いをせずにすむ」

刀の下げ緒を解き、古畳に腰を下ろすと、軽い夜食の用意ができている。

「長屋の皆さまからの頂戴物もまだございますが……」

「かたじけないが……」

平八郎は芝居小屋で飲み食いした後だけに、閉口して酒を所望《しょもう》した。

「それでは」

と越路は酒の支度を始めた。

すでに燗はついている。迎え酒となった。盃をとると、越路がすかさず徳利の酒を注いでくれる。

「じつは、平八郎さまに折入ってお願いがございます」

越路は酒をすすめながら、遠慮がちに膝を詰めた。

「はて、なんでござろう」

「少々賑やかになりまするが、住処《すみか》が見つかるまでのあいだ、昼間のみここで私もお稽古ごとを始めてもよろしゅうございますか」

「拙者は、芝居小屋の仕事を受けることになりましたので、昼間はおりません。いっこうにかまいませんが、越路どのはいったいなにを」

「三味線でございます」

平八郎は、越路のつまびく三味線はさぞや巧みなものであろうと想像した。

越路が、横からほろほろ酒を注いでくれる。頃合いもほどよく、大奥仕込みのお局の所作はどこまでもそつがない。

「それは、一度私も聴いてみたいものだ」

「ほほ。私のものはほんの手すさびにございます」

越路は照れたように笑ったが、平八郎に言われて嬉しそうである。

「それにしても、こうして豊島様に御酒《ごしゅ》を差し上げるのは何年ぶりでございましょう」

「はて、越路殿に酒を注いでいただいたことがありましたかな」

「ございましたとも」

越路は残念そうに眉を顰めて、

「ほれ、王子堤《おうじづつみ》に花見にまいりました折に」

「ああ」

平八郎は、懐かしそうに応じ、また盃を突き出した。

「もう、かれこれ十年も前になりましょうか。その頃の私は、まだまだ二十代、お役目で年寄とは申せ、ほんの小娘でございました。早いもので、もう三十路も半ばに、あっ、余計なことを」

「いやいや、拙者も同様。歳はとりたくありません」

秋の宵というに、平八郎の額にはじっとりと汗が滲んでいる。越路の頬もほんのりと紅い。

「ささ」

平八郎は徳利を取って、越路にも酒をすすめた。

「美味《おい》しゅうございます」

「さようか」

越路の顔が、平八郎のほうにわずかに傾いだ。

「おやすくないねえ」

いきなり壁の向こうから声がかかった。辰吉である。隣家に身を寄せる瀬川のクスクス笑いも聞こえた。

平八郎は咳払いして、

「皆さんも、ご一緒にいかがですか」

声をかけると、

「そいつはご遠慮いたしますよ。せっかくの志保さんの心づかいが水の泡だ。それに、こちとらが水を差したんじゃ、越路さんにすまねえ」

「そうだよ。そんな野暮ができるわけないさね」

辰吉の女房お徳が、即座に相槌をうった。

「越路どの、それよりちとお尋ねしたきことがござる」

平八郎は、ちらと壁の穴に目をやってから盃を置き、声を潜めた。

「なんでございましょう」

「いやなに、長らく気になっていたことがありましてな。姉の絵島のことです。姉は、まこと生島新五郎とその、懇《ねんご》ろになっておったのでしょうか」

「まあ、そのような」

越路は血相を変えて、目をつりあげた。

「絵島さまにかぎって、そのようなことはけっしてございませぬ」

つい声を荒らげてしまったことに気づき、越路は慌てて口を押さえた。

「私と絵島さまは、なにをするにも御一緒でございましたからよく承知しております。芝居小屋に生島新五郎を訪ねたことはたしかにございました。しかしながら、それは世間知らずの大奥奉公人が、憧れの役者を訪ねただけのことにございます。むしろ勝気な絵島さまは、和事の生島新五郎より、荒事の二代目團十郎を贔屓にしておられました。しかし、團十郎さまはめったに顔をお見せになりませず……」

「それは、まことか」

「間違いはございません。あの事件は絵島さまへの冤罪でございます。いえ、これは私も含め、月光院さま付の侍女たちすべてを陥れる罠、つまりは月光院さまを陥れるための策謀に相違ありませぬ」

越路はうって変わった険しい眼差しで、平八郎を見つめた。

「これは後にわかったことでございますが、絵島さまや豊島さまを取り調べた目附役人は、みな一位さまの息のかかった面々ばかりでございました」

一位さまとは、今太閤と恐れられた近衛基熙の娘で、六代将軍家宣の正室天英院である。

「されば、いまひとつお訊ねしてよろしいか」

「なんなりと」

「あの焼けた町家の二階で死んでいた下男は、天英院の覚え書〈近衛秘帖〉なるものを、越路どののもとに届ける役目であったと聞きました。あなた方は、今も月光院様と通じ、天英院に意趣返しをなされておられるのですか」

越路は、壁の破れ穴をちらりと振り返り、声をあげずに頷いた。

「いわれなき恥辱を受け、なんでおめおめとひき退がれましょう。我ら勝田玄哲さまのもと、心を一《いつ》にして天英院に一矢報いるべく、努《つと》めております」

なかなか勇ましいが、相手は関白家を後ろ楯とする天英院、しかも背後には現将軍徳川吉宗が控えているとなると、いささか危なげである。

「まこと、勇ましゅうござるが……」

越路は平八郎の意を察して、

「なんの。われらに味方する者も少なくはありませぬ。天英院付の侍女の中にさえ、味方はおりまする」

ちょっと肩をいからせてみせた。

「それは、どのようなお方でござろう」

「勝田様が、西ノ丸の天英院のもとに送り込んだ間者《かんじゃ》でございます。そのお方は、なかなかの知恵者にて、あの五彩《ごさい》（下男）は、じつは我らを裏切り事件を仕組んだ藤枝《ふじえだ》という侍女の雇い入れたものでございました。その五彩め、金には汚のうござりましたゆえ、我らの間者が奪った秘帖をあえて金を与えてその者に持たせたのでございます。きっと主の藤枝が疑われ、裏切り者として始末されましょう」

「始末……！」

平八郎は目を剝いて越路を見かえした。

なに食わぬ顔でここまでのことを平然と言う越路の度胸も相当なものだと思いつつ、平八郎もまた、それなりの覚悟を決めねばなるまいと思うのであった。

平八郎とて、すでに御庭番に狙われている身なのである。

四

翌朝、朝食を済ませたばかりの平八郎のもとに、弥七がぶらりと訪ねてきた。堺町の芝居小屋まで道案内をするという。

「近道がありましてね。朝が早いから、ほんの小半刻でももったいねえ。だいぶ時が稼げまさァ」

「それはかたじけない」

お局さま方に外出を控えるよう言い残し、弥七と並んで表通りに出ると、朝から町方役人が辻々に出張っている。黒紋付の同心数名、それに手下の岡っ引きなど、町方役人が手持ち無沙汰に通りをうろついていた。

ひと安心すると、眠気が戻って欠伸《あくび》が出てくる。それを見て、

「早起きしなくちゃならないんで、初めはお辛いでしょうが。なあに、すぐに慣れまさァ」

弥七が歩きながら、済まなそうに平八郎の横顔を見た。

弥七の話では、芝居小屋には夜が明けるのを待ちかねた芝居好きが、朝早くからどっと押し駈けてくるという。なるほど、中村座前の通りには、まだ六つ（六時）というのに両替屋、酒屋、煙草屋、芝居茶屋が早々に店を開け、商売を始めていた。

芝居小屋に着くと、弥七は小屋の木戸番に気軽にひと声かけてから、

「ひとまず、こちらに」

と平八郎を、外に連れ出した。

弥七が平八郎を連れていったのは、楽屋口の近くにある稲荷明神であった。こぢん

まりした朱塗りの鳥居の前には、朝早くから沢山《たくさん》の供え物が置かれている。

「一座の役者は皆、まずここで手を合わせて一日の無事を祈りやす。次に頭取、座元、座頭、それにそれぞれの師匠の部屋を訪ねて、挨拶をして回る段取りで」

「ならば、私もご挨拶をせねばなりますまいな」

「平さんは、役者じゃございません。どうぞ、余計なお気をお遣いになさらずに」

弥七はそう言いながら芝居小屋に戻り、平八郎を三階の楽屋へと導いた。

三階は、開幕前で殺気立つほどに緊張していた。

うつむいて台詞《せりふ》を念仏のように繰り返す者、出番に備えて衣装の着付けや化粧に余念のない者、役者たちに鬘の髪を結い直す床山《とこやま》たち……。

それをぼんやりと眺めている平八郎の脇を一座の者が、

――こいつ、何者か。

といった眼差しでうかがっていく。

「お気になさらずに。皆すぐに覚えてくれまさァ」

弥七は、苦笑いしてぶっきら棒な若い座員に舌打ちした。

そんな中、両手を懐手にして悠然と佇んでいる初老の人物がいた。衣装も着けず、化粧もしていないところからみて、役者ではなさそうだが、悠然と構えている姿は、それなりの立場にある人と思われた。

「見かけぬお人やな」

平八郎が見ているのに気づくと、その人物は人のよさそうな笑みを浮かべて語りかけてきた。言葉に関西訛《なま》りがある。

「豊島平八郎と申します、どうぞお見知りおきを」

平八郎が律儀《りちぎ》に挨拶をすると、

「先生、こちらがあの事件の絵島様の弟さんで」

弥七が駈け寄って来て、平八郎をその男に紹介した。

「ああ、あんたがあの……」

男は、しげしげと平八郎を見まわした。

「平さん、この方は宮崎伝吉《みやざきでんきち》さんとおっしゃってね。初代團十郎と人気を二分した和事の名人でしてね。二代目を生島新五郎さんとご一緒に、ここまでになさったお人ですよ」

弥七は、小腰を屈めたままその人物を紹介した。

「これは、お見それいたしました」

平八郎も宮崎伝吉の名は聞いている。上方《かみがた》歌舞伎の人気者で、豪快な荒事を得意とする團十郎に優雅な和事を教え、團十郎の芸域を広げたのは、まぎれもないこの伝吉と生島新五郎であったという話である。

そのことを弥七が平八郎に伝えると、

「もう、すっかり昔のことになってしまったよ。今はただの隠居爺でね」

「いえいえ、先生は今も作者として大活躍じゃございませんか。『三世道成寺《さんぜどうじょうじ》』や『照手姫永代蔵《てるてひめえいたいぐら》』など、先生のお作でございましょう」

伝吉は歳のわりに照れたように笑って、

「私の芝居は、江戸向きではないんだよ。どうもしんみりしすぎる」

「そんなことをおっしゃって。道成寺は大当たりだったじゃございませんか」

弥七におだてられた伝吉翁は、ちょっと気分をよくしたようであった。

「それより先生、この豊島さんなんですが、あの事件の後、会津に追われていらして、剣の修行に打ちこんでおられました。滅法強くなって江戸に戻って来られたんで、大御所がぜひに殺陣の指導をと」

「ああ、そう。そりゃァ……」

うんうん頷きながら、

「寝ぼけ顔で、ずいぶん朝のお弱いお人とお見受けしたが、剣術の達人とはおそれ入った。そいつは凄い。きっと本物の殺陣になりましょう。芝居も実事を採り入れていかなくちゃね。型ばかりじゃ飽きられる」

「それに、一座に腕の立つ人も一人は必要と大御所はお考えです。例の衣装蔵荒らしの一件も、こちらの寝ぼけ先生にお願いしました」

弥七が、ちょっと冗談めかして言った。

「そうですか、そうですか」

伝吉翁は、目を細めて笑った。

「平八郎さん、とおっしゃいましたね。だが、ちょっと長い名前だ。これからは平さんと呼んでよろしいか」

伝吉は、気軽に平八郎の肩に手を乗せ、

「平さんには、部屋がいるね。殺陣師は大事な仕事だ。ひとまず私の部屋を仕切ろう」

機嫌よさそうに言った。

三階は、座頭の他、主役級の立役者の部屋もあることを平八郎は知っている。平八郎はすっかり恐縮した。

「遠慮はいらないよ。私の部屋はどうも広すぎてね、困っていたところだ。部屋の左端は平さんが使うといい。ちょうど、窓の外から衣装蔵が見える」

「なァるほど」

弥七も、すぐに納得して手を打った。伝吉翁は頭のひどく速くまわる人らしい。

「先生は、衣装蔵がこのところ幾度も荒らされているのをずいぶんご心配なすっておられました。ようございましたね、先生」

「平さん、この世界のことでわからないことがあったら、なんでも訊いてくださいよ。ことに歌舞伎の所作には独特のものがありますからね」

伝吉はそう言い置いて背を向けると、はねるような所作でするすると階段を下りていった。

「あの人は気がお若いよ。それに、やさしい人だ。なんでも訊くといいですよ。真面目なお人でね。初代團十郎と一緒に、日月明星、二十八宿、大日如来を篤く信じて、禁酒、禁煙、女色を排して舞台一筋でいらした」

ということは、絵島生島事件の頃にも、廃座となった市村座にいたことになる。

「絵島さまにも、幾度かお目にかかっているはずです。事件のことで知りたいことがあったら、いつか訊いてみなさるといい」

弥七は平八郎の顔をちょっとうかがってから、

「ああそうだ。申し訳ねえが、平さん」

弥七は思い出したようにそう言った。

「ひとつ、頼みごとを聞いちゃあくれませんか」

五

弥七の頼みは、思いがけないものであった。

月に一度、弥七は大御所團十郎の用事で、江戸湊《みなと》に赦免船を迎えに行っているという。遠島処分を受けた生島新五郎が、もしやご赦免になって戻ってくるかもしれないと、大御所はいつも月末になるとやきもきするのだという。

弥七はあいにく明日は、

──野暮用があって、

迎えに行けなくなってしまったのだという。

その翌朝──。

平八郎が江戸湊の船着き場に到着したのは朝四つ頃のことで、湊はどんよりと重く立ちこめる黒雲の下、薄墨色に霞んでおり、風も強く沖で漁をする船の姿も見えなかった。

江戸と伊豆諸島を結ぶ官船はほとんどが島送りの船で、帰りはほぼ空船となる。いったん島送りとなった者に赦免が下りることはまれで、大方の罪人は島で定住するか、死人となって遺骨だけが戻ってくるのである。

だから、島からの帰り船に御赦免となった罪人が乗って戻ってくるのは稀である。

絵島生島事件のご赦免は特例で、評定所の過酷な処分に江戸町民がこぞって不満をあらわし、批判的な瓦版や皮肉な川柳《せんりゅう》が市中に飛び交ったのを、時の幕閣が気にしたからだという。

そんな事情もあって、連座した芝居関係者のうち、山村座座主山村清八郎《せいはちろう》や、狂言作家も揃って赦免がきまり、江戸に戻ってきている。

だが、生島新五郎だけは許されなかった。

姉絵島とともに江戸市民の話題をさらった事件の当事者であり、その象徴的な立場からも赦免されるはずはなかった。

(いくら待っても、とても無理であろう……)

平八郎は、水平線の彼方から帆に風をはらませて近づいてくる大船を、冷やかに眺めた。

案の定、赦免船に生島新五郎の姿はなかった。

剣呑《けんのん》な表情の下級役人が、島で死んだ罪人の遺品を、呼び寄せた遺族に引きとらせ、うなだれた親族が肩を落として帰路につく姿は見ていてもの悲しい。

それをむっつり顔で眺め、平八郎がぶらり湊を後にすると、ずっと前を、顔見知りの娘が歩いてゆく。

利兵衛長屋のお光であった。

見過ごしていたが、赦免船を迎えに出た人の群れの中にいたのであろう。この日は長屋で見るお光とちがい、上物の縞の小袖に紫の羽織を着け、あらたまった装いである。

（あの娘、どのような事情があって裏長屋に……）

平八郎は、ふとお光の境遇に興味を抱いた。

そのまま声をかけそびれ、後をついていくと、人相のよからぬ遊び人風の男が数人、いきなり脇道から現れ、お光と平八郎のあいだに割りこんできた。

一団は、そのまま道に広がって気づかれぬようお光の後をつけていく。

（これはいかん……）

平八郎は刀の鐺を上げ、お光と男たちの後を追った。

お光は、長屋に戻るつもりはないらしく、そのまま日本橋川沿いに江戸橋、日本橋を右に見て進むと、石橋を渡って鎌倉河岸へ、さらに曲がって、千代田のお城の方角に向かっていった。

あいかわらず荒くれ男どもは、お光の後をきっちり半丁ほど遅れてつけている。その前をゆくお光の足は、やがて和田倉門脇竜ノ口《たつのくち》の評定所《ひょうじょうしょ》前で止まった。

（はて、なぜこのような場所に……）

首を傾げて考え、平八郎はようやく合点《がてん》がいった。お光は、目安箱《めやすばこ》の前に歩を進めたのである。

八代将軍徳川吉宗の新政策で、月に三日、評定所前に目安箱が設置されることになったことは、会津にあった平八郎も風の頼りに耳にしていた。その設置日が、今日であったのである。

（それにしても、お上になにを訴え出ようというのか……）

平八郎が物陰に隠れてうかがっていると、お光は大きな木箱の前に進み出て、両手を合わせ、なにやら拝むようにして懐中から訴状を取り出した。そこへ、

「おっと、待ちな」

くだんの遊び人たちが、ばらばらとお光を取り囲んだ。

お光は、はっとして後ろを振りかえった。

「なにを書いたかは知らねえが、恩を仇で返すたァおめえのこったぜ。角間《かくま》の旦那はおめえを哀れんで、借金は半分に棒引きしてくださるとおっしゃってるんだ。それをなにを思いちげえしたか知らねえが、お上に訴えるとはとんでもねえ了見《りようけん》だ」

男は野太い声で凄むと、雪駄《せった》をにじらせてお光に迫った。

「父は、借財なんぞしちゃいません。角間伝兵衛《でんべえ》が父に借財を押しつけたのです」

お光は声を震わせて叫んだ。

「そんな話は通用しねえよ」

横にまわった懐手の小男が、肩を揺すってせせら嗤《わら》った。

「請状《うけじょう》（契約書）も揃っている。奉行所の役人から、評定もとっくに下りている。おめえのおやじ吉田喜兵衛《よしだきへえ》は、れっきとした罪人だ。借金が返せなくなって、なにをとち狂ったか、角間の旦那に匕首《あいくち》で斬りつけた。それで島送りとなったんだろうが。起こったことを誤魔化そうたって、そうはいかねえ。その紫の包の中の遺品が、なにもかも物語っているじゃねえか」

お光は二人の男を交互に睨んで、

「もとはと言えば、角間伝兵衛がお父っつあんを騙してお金を盗んだからじゃありませんか」

お光は懸命に言いかえした。

「なにおっ！」

ずっと黙っていた濃い髭の男が、いきなりそうわめくと、お光の腕を摑んだ。お光は懸命にもがいたが、振り切れない。

「おっと、それは無体《むたい》な話だな」

平八郎が男の背後から声をかけ、振りむいたところでいきなり男の腕を取った。

「痛え！　こ、この野郎！」

男が、顔を歪めて苦悶の声をあげ、首を捻って平八郎を見かえした。

と、今度は懐手の小男が、懐から手垢でくすんだ匕首を引き抜いた。

だっと突っかけてくる。

平八郎は摑んだ男を脚で払って倒すと、つっかけてきた男の手首を摑み、ひと捻りした。

男はたまらず悲鳴をあげてもんどりうった。

「な、なんだ、てめえは！」

腕をねじられた男が、埃《ほこり》を払って立ちあがり、顔を歪めて懐中の匕首をさぐった。

「まだ、やるかい」

平八郎が会津兼定二尺三寸の鐺をあげると、男は凍りついた顔で飛び退いた。

「こいつは、公方様の肝煎《きもい》りで評定所が用意した訴状箱だ。それを承知で止め立てするということは、訴えられては都合の悪いことをしたなによりの証しではないか」

平八郎は、目を細め男たちをねめまわした。

「だ、黙りやがれ」

「図星だな。品の悪さからみて、どこかの悪徳商人に雇われた下衆《げす》どもであろう。引っ込みがつかぬのはわかるが、二本差し相手に匕首では分《ぶ》が悪かろう。腕の一本も切り落とされぬうちに、さっさと消え失せろ」

残りの男たちも、赤鬼のような顔で怒りに震えているが、今にも抜く構えの平八郎を恐れて、そのまま動けない。平八郎が柄がしらをつかんで一歩踏み出すと、

「お、憶えていやがれ！」

遊び人たちは、捨て台詞を残して駈け去っていった。

むろん、平八郎は男たちの後など追いはしない。

六

急ぎ訴状を目安箱に投げこんだお光は、平八郎のところまで駈け戻ってくると、黙って頭を下げた。

「あいつらは何者なのだ――」

お光は顔を伏せ、黙りこんだ。

平八郎は困って首すじを掻くと、間《ま》がもたずに歩きだした。

お光も黙って平八郎についてくる。

「いろいろ事情はあるのだろう。あえて訊くまい。お光さんは、たしか波止場にいたね」

話題を変えると、お光は驚いて平八郎を見かえした。

「じつは、私もご赦免船を迎えにいったんだよ。お父上が島でお亡くなりになったようだね。さっきの話では、お父上は罠に嵌められ、罪を被せられて島送りになったという。私もお光さんの父上とよく似た境遇だった。兄は死罪、姉は遠島、私は重追放で奥州に逃れていた」

「ひどい……！」

お光は、平八郎の素性に気づいたのか大きく目を見開いて、

「それじゃあ、あの事件の……」

「世に言う絵島生島事件の絵島は私の姉だ。世の中のことには、とかく裏があるってことだ」

歩きながら、お光は平八郎をちらちら見ていたが、浅草寺《せんそうじ》に祈願することがあるという。帰りは浅草経由ということになった。

御徒町《おかちまち》から下谷《したや》を経て、駒形から浅草御蔵《あさくさおくら》をぬけ、雷門を潜れば浅草寺の長い参道となる。境内にはとりどりの小店が軒を連ね、活況を呈していた。

その中の『海道茶飯』の看板に惹かれ、

「小腹が空いた。茶飯でもどうだね」

平八郎はお光を茶飯屋に誘った。床几《しょうぎ》に腰を下ろすと、平八郎はさっそく店の小《こ》

女《おんな》に声をかけ、名物の茶飯を二つ注文した。

「散々な一日になったな」

平八郎は、お光の抱える風呂敷包みに目をとめた。

「お父上は、残念なことをした。よかったら、事情を話してくれないか」

「ええ……」

ひとまず応じながらも、お光は目を伏せ、なかなか口を開こうとしない。

「わたしは、これでもけっこう口が堅いほうだ。安心して話していい」

「まだ、誰にも聞いてもらったことなかったんだけど……」

お光はじっと平八郎を見つめ、しばらくわだかまっていたが、ようやく重い口を開いた。

「なかなか信じてもらえないでしょうけど……」

そう言いながら語るお光の身の上話は、およそこのようなものであった。

お光の父吉田喜兵衛は、江戸でも五本の指に入る米商人で、浅草御蔵の裏手に大店を営んでいた。ところが、将軍が代わり、紀州から来た徳川吉宗の代になると、御家人の収入増を狙う米政策にお光の父吉田喜兵衛らは協力を求められ、米価高値維持のため、積極的に買い入れをするようになったという。

幕府の思案どおり、米相場は大きく上がりはじめ、高値で荒い値動きをつけるようになると、やがて博打《ばくち》のような相場が始まった。幾度かの相場で大きな利益を得たところで、喜兵衛は商人仲間の角間伝兵衛に、

——一緒にもっと大きく儲けないか。

と誘われたという。

堅実な商いが信条の喜兵衛であったが、相場で勝ちが続くうちに慢心し、やがて伝兵衛に一任勘定（預け金）にして幕府の米価操作に便乗するようになった。だが、その途端損が重なりはじめたという。

そのことを伝兵衛に問い質したところ、米相場のあまりの高騰に不満の江戸市民の声に耳を傾け、幕府が米の値を吊り上げる政策をやめるという噂が飛び交っている、それで相場が乱高下《らんこうげ》しているというのであった。

たしかに、相場は思惑の錯綜によって予測のつかない乱高下を始めていたが、お光の見るところ、角間伝兵衛はその混乱に乗じ、喜兵衛の金を相場の買い上がりに用い、自分は上手に売り抜け、また下がった後に安い値で仕込む、といった米価操作によって巧みに利益をあげているらしい。

結局のところ喜兵衛は、角間伝兵衛の相場のために、いいように利用され、損を被る結果となっていった。しかも伝兵衛は、喜兵衛の名で多額の借り入れ金までつくっ

ていた。事実を知った喜兵衛が伝兵衛のもとにねじこむと、伝兵衛は平然と居直り、

「相場を一任勘定にした喜兵衛が悪い」

とうそぶき、借金についても請状を見せて喜兵衛の記名に間違いないと居直った。請状は偽物であった。

だが、積もり積もった借財は、なんと三千五百両。怒り狂った喜兵衛は、我を忘れて、持参した匕首で伝兵衛に斬りつけた。伝兵衛の傷は浅かったが、喜兵衛は捕えられ、ついに三宅島《みやけじま》へ島送りとなったのであった。

主を失った喜兵衛の店は売り払われ、借財の返済に当てられるとともに、使用人はちりぢりばらばらになってしまった。

「昔の番頭たちが、店の再興に尽力してくれているのですが……」

だが、お光の見るところあまり見こみはないという。

店をたたんでも残った借財は二百両、伝兵衛はそれを百両に負けてやるという。思い余ったお光は、角間伝兵衛の悪行の数々を訴状にしたため、幾度か目安箱に投じた。一度、詳細を訊きたいと役人が訪ねて来たことがあったが、その後なんの音沙汰も無いらしい。

「これでもう、三度目になるのですが……」

お光は、口惜しそうに平八郎に言った。

やくざ風の男たちがお光の行動に目を光らせているということは、すでに訴状の内容が角間伝兵衛に漏れているとしか考えられなかった。訴状が評定所から将軍吉宗の手に渡るまでの過程のどこかで、角間伝兵衛の目に触れているにちがいなかった。

「それにしても、百両とは大金だ」

平八郎は重い吐息とともに、懐を探った。

「ここに三両、長屋に戻ればあと五十両近くある。なんとかならないものか……」

お光は、驚いたように平八郎を見かえすと、

「なんのかかわりもない豊島さまにそのような」

とあきれたように言った。

平八郎は、どんよりと暗雲のたちこめた灰色の空を見あげた。砂塵をあげて突風が吹きつけ、茶飯屋の暖簾をかきあげていく。

通りの人の足も、いつしかばったり途切れていた。平八郎とお光は、運ばれてきた茶飯に味噌汁、煮染め、煮豆のついた一膳飯を平らげると、帰り支度を始めた。

「このぶんでは、ひと雨来るかもしれぬな。ひとまず長屋に戻ろう」

お光は平八郎を見かえすと、黙ってうなずき、

「願懸けは、また今度にします」

平八郎の後について帰路を急ぐのであった。

七

お光を長屋まで送って傘を持ち、芝居小屋に戻った平八郎は、芝居がはねると、また慌ただしく長屋に戻った。お光のことが気にかかっていたからである。

裏木戸の手前に、空《から》の法仙寺《ほうせんじ》駕籠《かご》が留めてあり、駕籠かきが手持ち無沙汰に煙草をくゆらしていた。

どぶ板を踏みしめ長屋に戻ってみると、三味の音が賑やかに聴こえてくる。ぼろ鉄のところの常磐が、弟子に稽古をつけているらしい。平八郎が長屋の腰高障子をからりと開けると、

「おお、ようやく戻ったな」

勝田玄哲の野太い声が、平八郎を迎えた。

灰色の頭巾を被り、茶羽織をまとった姿は、あの夜の異様な印象はなく、いかにも坊主然としている。檀家を廻った帰りらしく、越路が淹れた渋茶を飲みながら、平八郎の帰りを首を長くして待っていたところであった。

「おぬしが、今をときめく千両役者の殺陣師となったと聞いて驚いたぞ。これも絵島の縁かの。聞けば、芝居小屋にも妙な盗人が出没しておるというではないか」

「よくご存じでございますな」

「昨日、佳代から聞いた。とまれ、みな息災でなによりだ」

玄哲が、にわかに声を落とし、平八郎と越路を交互に見た。

「ところで、例のものを一晩かかって読み終えた」

懐中から取り出したものは、天英院の覚え書〈近衛秘帖〉であった。

「正徳二年から四年まで、三年間の出来事を記した三巻の秘帖だ。薄々そのようなことではと予想はしていたが、いやはや、はるかに想像を越えたものであった。これを読み終えてからこの方、ろくに飯も咽を通らぬ」

すでに話を聞いているのであろう、越路は無念の思いに肩をいからせ、涙ぐみはじめた。

「さてなにから話してよいかの」

ふと外を睨んで、人気《ひとけ》のないことを確かめると、

「まずはわしの娘喜与（月光院）と天英院の争いについて、かいつまんで話しておかねばなるまいの」

玄哲はそう言って、越路と頷きあった。

「なに、どこにでもある正室と側室のあいだの女の争いにすぎぬ。だが、主が六代将軍徳川家宣様となれば、他愛ない女の争いとて天下を揺るがすことになる」

玄哲は、大きな双眸を真っ直ぐに平八郎に向けた。

「六代様の正室は関白家の姫熙子、対する側室はわしの娘喜与（月光院）。名も無い浪人者の娘であった喜与はそれゆえたびたびあの女狐めに煮え湯を飲まされてきた。だが、次の将軍の世子を生んだのは喜与であった。武家では男子を生んだ女が勝ちじゃ」

玄哲は、得意気に笑った。

「遅れをとった熙子めは、こころ秘かに復讐を誓い、虎視眈々と機会をうかがっておった。そして、練りあげた秘策があの絵島生島事件であったのだ」

平八郎も、さもありなんと頷いた。確証はなかったが、当時天英院と月光院（喜与）の争いは町の瓦版にも書かれ、平八郎もそのあたりのことは承知している。

「だが、この女の闘い、それほど簡単な話では済まなかった。女どもの喧嘩に、途中から権力の亡者どもが介入したのだ。天英院にはあの太閤近衛基熙と紀州藩、さらに旧幕閣が付き、一方月光院側には、当時幕府内で力をふるっていた側用人間部詮房《まなべあきふさ》と新井白石《あらいはくせき》が付いて、大きな政争となっていった。つまりは絵島生島事件を政《まつりごと》に利用したのだ。紀州藩が加わったのは、なんのためと思うな」

「はて……」

「将軍の座よ。まあ、読んでみよ」

玄哲は袱紗に包まれた三冊の秘帖を重苦しい表情で平八郎の掌に乗せた。

平八郎は、突き出された秘帖を手に受け取ると、すばやく眼を走らせた。

まずは『空蟬』、『夕顔』の二巻である。

「これには、尾張藩主毒殺の計画が余さず記されておる」

平八郎は玄哲のだみ声を聞き流し、息を呑んで紙面を追った。

日記風に日を追って綴られた覚え書には、尾張藩主吉通《よしみち》、五郎太《ごろうた》の日々の行動と、薬師《くすし》ならびに名古屋城内に潜入させた奥女中の動向、父近衛基熙の動き、さらに毒薬附子《ぶし》の調合法まで克明に記されている。

「毒饅頭を食わせたのだ。近衛父娘は、紀州の吉宗を立て、自在に幕府を操らんと企んだと思われる」

「紀州藩も、それを承知で――」

「むろんのことだ。あ奴らはあ奴らで、将軍の座を射止めんがため、近衛父娘を巧みに利用した。権力の亡者どもの裏取引が成立したということよ。さらにこちらが、家継毒殺に関わる『澪標』の巻だ」

「家継公毒殺――？」

平八郎は目を剝いて玄哲を見かえした。玄哲は重々しく頷いた。

「尾張藩主の殺害だけなら、御三家の、兄弟喧嘩、前々からさもありなんと予想していたことだ。だが、その『澪標』に記されたことは、断じて許しがたい」

玄哲は達磨のように大きな顔を紅潮させ、声を振るわせた。

「よもや、と思うのも無理はない。ま、目を通してみよ」

平八郎はふたたび『澪標』に眼を戻した。なるほどこちらには玄哲の言うように家継、毒殺、薬師道庵《どうあん》といった文字が、符牒のような短文で記されている。

「さすがに将軍暗殺は天下の大罪ゆえ、そのように秘する心がはたらいて、多くは語っておらぬ」

「鬼とはあの者らのことでございます。幼くして死んだ家継公が不憫でなりませぬ」

越路が堪えきれずに目頭《めがしら》を抑えた。

「されど、どのようにしてそのような悪行がなし得たのでござる」

平八郎が、秘帖から目を戻し、訝しげに玄哲に問い返した。

「犬にやられたのだ」

「犬に……」

平八郎は呆気にとられて玄哲を見かえした。

「侍女どもが飼っておった狆《ちん》に毒を仕込ませた。家継は動物好きでな。女たちの部屋に入り浸ってはしばしば狆と戯れておった」

「咬まれたのですか」

「いや、そうではない。真田紐《さなだひも》の首輪に針を埋めこみ、附子の毒を塗っておいたのだ」

附子とはトリカブトの別名で、猛毒がある。

俄かには信じがたい話であった。それが可能であったとすれば、よほど綿密な打合せをしたのであろう。騒ぎが外に漏れていないところをみると、侍女どもも手を貸したにちがいなかった。

「首謀者で吉宗の御側取次有馬氏倫《ありまうじのり》の母方は、薬草に詳しい修験者の家の出であることもつきとめた。毒薬に通じておったのであろう。実際に手を下したのは、ここにも記されておる奥医師牧村《まきむら》道庵。その後、天英院の意を汲んだ幕閣が、家継の死骸を目立たぬよう処分し、病いに見せかけ葬ったとも書いてある。芝増上寺の家継の柩《ひつぎ》はもぬけの殻だというぞ。家継の亡骸は、じつは船で紀州に運ばれ海に捨てられたという。むろん、背後で紀州藩主であった吉宗が操っていたのであろうが……」

玄哲は、ふたたび重く吐息をついた。

「まことであれば、鬼の主従でござるな」

「ただ、この計画の首謀者はあくまで天英院と父の近衛基熙だ。将軍家を牛耳《ぎゅうじ》るために紀州の鬼どもを利用した。このことを忘れてはならぬ。家継を殺害する前、道庵を尾張藩に送りこみ、将軍位を争う尾張藩主を二代にわたって抹殺させた計略も、日記によれば近衛父娘が立てたものだ」

と、隣家の三味線の音が途絶えて、男の声が聞こえた。

「隣のぼろ鉄が帰ったようです」

越路が玄哲と平八郎を交互に見て、声を潜めた。

「ともあれ、一晩じっくり目を通してみよ。おぬしの雌伏の八年がなんであったか、すべてがわかろう」

玄哲がそう言うと、越路も声を抑え、

「どうぞ、私にお気遣いなく、心置きなくお読了くだされませ。私も今宵はとても眠れませぬ。お供をさせていただきます」

思いつめた眼差しで、平八郎をじっと見つめるのであった。

八

それから五日ほど後、平八郎が日がな中村座の二階桟敷から表通りの人ごみを見下ろしていると、意外な男の姿が目に止まった。唯念寺の寺男孫兵衛《まごべえ》である。

数日前、読み終えた天英院の覚え書を引き取りに来た玄哲の供をして平八郎の裏長屋を訪れ、お局方の手料理を肴に茶碗酒を呑んで帰ったばかりであった。

木戸前の人だかりに弾き飛ばされ、道の端から芝居小屋のほうを恨めしげにうかがっている。平八郎は慌てて外に飛び出し、孫兵衛に声をかけると、

「このようなところでなにをしておる」

両肩を摑んで問い質した。

「私どもにはまるで縁のございませぬ場所ゆえ、どうお探ししたらよいものやら、困り果てておりました」

情けない声で孫兵衛が言った。気の弱いこの男は、芝居客の熱気にすっかり圧倒されてしまったらしい。

「じつは、ご住職様からの伝言にて、本日五つ、豊島様に柳橋の船宿〈小松屋〉にお越しいただけまいか、とのことでございます。ぜひとも、お引き合わせしたいお方があるそうにございます。豊島様にとっても、お会いになって損のないお方とのことで……」

「はて、どなたであろうか」

平八郎は、玄哲の相変わらずの強引さにあきれつつ、伺うと応え、小銭を与えて孫兵衛をかえした。

夕闇の迫る両国広小路は、仕事帰りの町人や行商人たちでごったがえしていた。柳橋の船着場には、大小の屋形船や吉原へ向かう粋客の猪牙舟が密集し、大川の面が埋

まるほどである。

約束の刻限に船宿〈小松屋〉に平八郎が到着すると、玄哲はすでに二階座敷で連れと酒を呑んでいると宿の小女が言った。

手燭を持った女中の案内で二階にあがると、玄哲は待ちかねたように平八郎を迎えた。傍らに、背を丸めた孫兵衛の姿がある。

「すっかり秋も深まった。冷える宵は熱燗にかぎる。まずは一献といきたいところなれど、客を待たせてはいかん。早々にここを出よう」

玄哲は女将に声をかけ、そそくさと宿の用意した猪牙舟に乗りこんだ。

猪牙舟は若い船頭の巧みな竿捌《さば》きで小舟のあいだを潜り抜けると、小気味のよい速さで大川を遡り、前方に遠く吾妻橋が見えてくるあたりで、滑るように岸辺に寄っていき、停泊する屋形船に近づいていった。

屋形船の屋根の上では、船頭が長竿を握って川面を突いている。

待っていたのであろう、すぐに屋形船の中から屈強な侍が三人船板を鳴らして姿を現した。いずれも黒の紋服を着けているが、その屈強な体軀と小鬢の面擦れから、藩内の腕の立つ者ばかりを集めていることがうかがい知れた。摑んでいる刀も、太刀こしらえの大振りなものである。

二人が屋形船に乗り移ると、中でもことのほか厳めしい大柄の武士が進み出て、

「こちらでござる」

屋形船の中に案内した。

待ちかねたように、小柄だが艶福そうな武士が立ち上がり、

「ようまいられたな」

愛想のいい笑みを浮かべて、二人をさらに船内に招き入れた。

細身の脇差しに、華奢《きゃしゃ》なつくりの大刀を抱えている。銀の柄がしら、黒叩きの鞘、紫の下げ緒もいかにも豪奢であった。

「法事がござってな、ちと遅れ申した。こちらが、先日ご案内した豊島平八郎でござる」

玄哲がそう言って平八郎を紹介すると、侍はちらと平八郎を見て、すぐに玄哲に視線を戻し、

「ささ、これへ」

二人を、船内に設《しつら》えた酒膳の前に導いた。

二の膳、三の膳付きの豪華なものである。手配は、さきほどの無骨な男たちが行ったらしく、こちらをちらちらうかがっている。

「なにもござらぬが、今宵は河豚《ふぐ》を用意させ申した」

艶福そうなその武士は、そう言って玄哲と平八郎の向かいに腰をおろした。

「こちらは、尾張藩江戸留守居役水野弥次太夫《みずのやじだゆう》殿だ」

玄哲が、その侍を平八郎に紹介した。

平八郎は、一礼して水野弥次太夫を見かえした。留守居役といえば、藩の対外交渉を一手に引き受ける藩きっての重臣である。藩の命運さえ左右する重責だけに、各藩とも別格的扱いで、家老が兼務する場合も多く、大きな政治力と資金力を持つ。一見して金まわりのよさそうな身なりも、豪華な酒膳も、この人物の特権らしかった。

玄哲が留守居役と接触しているところを見ると、尾張藩もすでに動きだしていると見てよさそうであった。

（おそらく尾張藩を動かし、他藩と結んで反徳川本家の連合をつくろうとしているのであろう……）

平八郎は、勝田玄哲の動きをそう読んだ。

もし、そうとすれば、平八郎はそのまま紀州藩と尾張藩の対立の構図に組みこまれ、利用されるおそれがある。突然玄哲に呼ばれて、生臭い駆け引きの場に引っぱり出されてしまったことを、平八郎はふと後悔した。

「この豊島平八郎殿は、大奥大年寄絵島殿の弟にて、あの事件によって重追放の処分となり、会津に逃れておられた。そのこと、すでにお伝えしたと存ずるが……」

玄哲が、水野弥次太夫にあらためて平八郎を紹介した。

「おお、そうであった。うかがいましたぞ。あの折は災難でござったな」

水野は、哀れむような表情を平八郎に向けたが、目はじっと平八郎を観察している。

「だが、この平八郎、なかなかにしたたかでござってな。ただでは転んではおりませぬ。辛酸は嘗めたものの、こたびひとまわりもふたまわりも大きくなって戻ってまいった。なんと、溝口派一刀流皆伝を得たと申す」

「いや、皆伝などと、そのような……」

「謙遜めさるな。その皆伝の腕前、ぜひとも我らのためにお貸しいただきたいものでござる」

留守居役は愛想のよい笑みを浮かべて、銚子を突き出した。

平八郎が、すぐにも尾張藩のためにはたらく恰好の助っ人役のように考えているらしい。尾張藩も徳川一門、公然と幕府に刃向かうわけにはいかず、平八郎のような立場の者は利用価値があると踏んでいるのかもしれなかった。平八郎は苦笑しながら、水野の酒を受けた。

「これだけの腕をもってすれば、たとえ幕臣には復帰できずとも、何処の藩にても迎えられようが、変わり者でござってな、今は市川團十郎の一座で殺陣師をつとめておる」

「それはそれは。姉上殿の血は争えませぬな」

水野は、頬を震わせて笑ってから、

「とまれ、河豚じゃ。夜も更けようほどに」

玄哲に酒膳をすすめた。

「いや、大殿は驚愕されましたぞ。先代五郎太公、先々代吉通公の死が紀州藩の手によるものと我が藩も薄々には感づいてはおりましたが、あのようにあからさまに書き記されておれば、もはや疑いようもござらぬでな」

「そのこと。わしもあれに目を通した当夜は、なにかの間違いであればと幾度も読みかえしたものであった」

「さようでござろう」

水野は、玄哲の返杯を盃で受け、

「かくなるうえは、憎き公方《くぼう》を隠居に追いこむまで、ぜひともご協力願いたい」

「むろんのこと。尾張藩がそこまでのお覚悟とあれば、のう」

玄哲は平八郎を見かえし、満足そうに盃をあおった。

銚子が空になると、艫《とも》に控えていた屈強な侍たちが、追加の大徳利を数本盆に載せて運んできた。

「勝田殿は、盃も大ぶりなほうがよろしゅうござったな」

水野は、さっそく大徳利を玄哲の杯に傾けた。玄哲は飄然とそれを受けながら、

「されど、相手はなにぶんにも徳川本家、敵は八代将軍でござる。搦手《からめて》からしかと攻めのぼらねばならぬ」

大きな双眸を見開き、水野の小ぶりの顔を見かえした。

「そのことでござる」

水野は扇子を半ばまで開き、口もとに当てて声を潜めた。

「我が藩としては、ひとまず近衛秘帖を元に事件の究明を進め、丹念に証拠を固めていく所存」

水野はそこまで言ってさらに声を落とし、

「ただいま、毒殺計画を実行に移した牧村道庵を追っております る」

「ほほう」

玄哲は、あらためて水野弥次太夫の顔をうかがった。

水野の語る尾張藩の計略では、道庵を捕らえ、二代にわたる尾張藩主殺害を自白させれば、吉宗を追いつめることができるはずという。道庵は、かつて尾張藩に籍を置いていたこともあり、見つけ出すのに造作はあるまい、とも水野はつけ加えた。

「ところで……」

水野は気になることがひとつある、とさらに声を潜めた。

「なんでござる」

水野は、黙々と河豚を食う平八郎をちらと見て、

「じつは、河豚めにござる」

「河豚――？」

平八郎は、独り黙々と河豚の薄造りを突ついている。

「あの河豚面の有馬めにござる。またぞろ、毒をまき散らそうと蠢きはじめたようなのでござる」

「はて、なにを始めたと申される」

「それが、吉原の出会い茶屋に潜らせていた当家の間者の報告では、なにやら芝居にまつわる謀略を企てておるようにござる」

水野弥次太夫はそう言って、また平八郎にちらと目をやった。

「芝居……、しかし、柳の下に泥鰌《どじょう》はもう一匹おりまするかの」

「それなればよろしいが」

玄哲の言葉に安堵しながらも、水野はまたしきりに首を傾げた。

「その件につきましては、いささか気になることが……」

平八郎がやおら箸を置き、水野に顔を向けた。中村座には、たびたび不審な者が出没している。そのことを平八郎が告げると、

「それは由々しきこと」

水野はまた二度、三度、首を傾げてみせた。

「しかし、なにゆえであろうの」

玄哲が怪訝そうに平八郎を見て銚子を向けると、外が俄かに賑やかになった。屋形船の障子窓を開け外を覗いてみると、猪牙舟が三艘到着している。

「どうやら、綺麗どころがまいったようじゃ。その件はまた後日に。今宵はゆるりと過ごしてくだされ」

言って水野弥次太夫が、船尾の厳めしい男たちに手慣れた調子で指示を始めた。

九

一刻の後、平八郎と玄哲は水野弥次太夫と柳橋の芸者衆を船に残し別れを告げた。駕籠で帰るという玄哲を見送って、両国橋までぶらり出てみると、川のせせらぎが町の灯を映し鈍く揺れている。

川を渡る風は、夜更けていっそう冷たかった。

平八郎は、ほの白い臥待《ふしまち》の月を見上げた。

将軍吉宗と尾張藩の対立は、天英院と月光院の女の闘いを受け継いでさらに拡大し、互いに意地と憎しみを増幅させて、一歩も退きさがる気配はない。そして平八郎は、今いやおうなく月光院派に組みこまれようとしている。

(どうしたものか……)

そのような権力闘争は、もはや平八郎にとってはどうでもよいように思えた。奇妙な縁で出会った芝居小屋や裏長屋の人々との暮らしが、平八郎に久方ぶりに心の安らぎを与えてくれている。

だが一方で、平八郎から平穏な日々を奪い、その生涯をずたずたに引き裂いた者たちへの恨みは容易に拭い去ることなど、できそうにないようにも思えるのである。

(それに、公儀はそっとしておいてはくれまい……)

剣を振るわねばならない。向かう先は、修羅《しゅら》の道にちがいなかった。

平八郎は、ゆっくりと大川沿いに北の柳島妙見堂《やなぎしまみようけんどう》に向かって歩きだした。白井家の持仏妙見菩薩に手を合わせ、闘いの決意を誓いたかった。

平八郎は大川の東堤に沿って夜道を歩いた。夜風がうっすらと鬢に溜まりはじめている。

(おや……)

前方の薄闇に、人影が蠢いていた。夜鷹の群であった。蕎麦屋の屋台がその向こうに出て、夜の闇にぽつんと灯りを点している。出汁《だし》の匂いが、平八郎の鼻をくすぐった。

（酔い醒ましに、食うて帰るか……）

古屋台に歩み寄ると、平八郎は懐中から巾着を取り出し、

「一杯くれぬか」

声をかけた。手ぬぐいを米屋被りにした男が、煙草をくゆらせながら七輪で何かを煮ているところであった。

「頼む。一杯もらいたい」

もう一度、声をかけた。

男が、いきなり切るような眼差しで平八郎を見かえした。眼窩の奥で、獰猛《どうもう》な双眸が平八郎を見ている。

と、平八郎の背後でいきなり殺気が走った。筵《むしろ》を抱えた夜鷹の群がすぐ近くに迫っていた。皆、手ぬぐいで頬被りしている。その背後に、亡者のような客を従えていた。

（囲まれたか――！）

身構えた時には、夜鷹の群れはもう一斉に筵を投げ捨て白刃をきらめかせていた。背後の客も、背の直刀を前にまわし、鯉口を切っている。

平八郎はとっさに柄がしらを摑み、屋台を激しく蹴りあげた。

そのまま闇に向かって駈けると、左手の土手に向かって飛んだ。

引き離したつもりであったが、相手は忍びだけに足は迅《はや》い。追撃の手はすぐ背後に

迫っていた。

土手の窪みに身を潜めると、平八郎は手に触れた拳大の石を川面に投げた。

追ってきた人影が六つ、川縁に降り立つと、白波の立った川面をうかがっている。

いずれも、乱れた衣服のまま、白刃を握りしめる異形《いぎょう》の男女であった。

平八郎は不敵な笑みを浮かべ、ぬっと立ちあがった。と、それに気づいた夜鷹が、微かな呻き声をあげ、刀を鞘走らせると、すぐさま平八郎に向かってきたが、平八郎の動きは迅い。すでに影の一群の眼前まで迫っていた。

数本の剣刃を上体を沈めてかわし、立ちあがって斜め前に転じると、平八郎は撃ちかかってくる男客を斬り下げ、返す刀で右の夜鷹を逆袈裟に斬り上げた。

たちまち影が二つ、もんどりうって地に崩れた。

さらに、片手なぐりの剣を飛び退ってかわすと、ふたたび踏みこみ、また思うさま斬り下げた。

さらに翻って斬り下げ、剣を舞いあげては斬る。

いずれも、溝口派一刀流縦横無尽の太刀筋であった。

瞬く間に、男女の影が五つ、ふらふらと乱舞して闇に沈んでいった。

（いらぬ殺生をした……）

平八郎は、静かに残気を吐き捨て、闇を睨んだ。

川原に、束の間、静寂が戻っている。

着流しの裾をパタパタとはらうと、平八郎は土手に上り顔を歪めて歩きはじめた。

(このような死闘は、これからも続こう……)

胸中に、幾人も人を斬ったほろ苦いものが溜まっている。夜風が、さらに冷えびえと平八郎の顔をなぶった。

前方、ほの白い月光の下で、まだ夜鷹蕎麦屋の屋台が灯を点していた。と、その屋台の脇から、黒い影がひとつ、いきなり弾き出されたようにこちらに駈けてくる。

「むっ!」

平八郎は目を凝らした。

犬かと見たが、むろん影の巨きさも動きもちがう。明らかに人であった。だが、人にしてはあまりに迅い。影は、全力で平八郎に向かっていた。目を凝らせば、まぎれもない先刻の蕎麦屋である。

影は、駈けながら長い筒を口に引き寄せたようであった。

吹き矢と気づいた時には、もう左腕に小さな痛みが疾《はし》っていた。痛みはすぐに痺れに変わり、急速に全身に広がってくる。

かろうじて抜刀したが、全身からズルズルと力が抜け落ちていくのを抑えることはできなかった。毒が全身にまわりはじめている。

平八郎は、土手の上で片膝をついた。刀を地に突き立て、崩されそうな体をかろうじて支えたが、ついに支えきれずその場に崩れた。

もがきながら体を半回転させると、路傍の草の匂いが鼻についた。

さらに反転させると、夜空が旋回している。意識がしだいに遠のいていくのがわかった。

一瞬、意識がとぎれた。

気がつくと、蕎麦屋が平八郎の脇に立ち、薄笑いを浮かべ冷やかに見下していた。

平八郎はほとんど感覚を失った右肘をついて、半身を起こした。落とした刀を闇に探った。

「そのようなところにはないわ」

男は薄笑いを浮かべ、平八郎を力まかせに蹴りあげた。不思議に痛みはなかった。

すでに全身が痺れはじめているらしい。

遠くで人の声があった。酔客が下卑た笑い声をあげて談笑しながら、こちらに向かってくる。

「ちっ」

蕎麦屋は舌打ちすると、もう一度平八郎を蹴りあげた。

平八郎は、木偶《でく》のように地に転がっていた。男はしばらく平八郎を見下ろしていたが、

「このぶんなら、じきに毒がまわって死のう」

ぺっと唾を吐きかけると、蕎麦屋は闇の彼方へ立ち去っていった。

平八郎は肘を立て、震える指で腕の毒矢を引き抜いた。

傷口を吸い、毒を吐き捨てると、震える手で印籠を探り、傷口に毒消しを塗りこんだ。重薬《ドクダミ》や車前草《しゃぜんそう》など、会津に自生する薬草を数種混ぜ合わせた生薬《しょうやく》である。

意識は、まだ残っていた。平八郎は、最後の力を振り絞って立ちあがると、ふたたび闇に刀を探った。

月明かりの下、会津兼定二尺三寸が平八郎を呼ぶように鈍く輝いている。

平八郎は、愛刀を拾いあげ、それを支えに一寸刻みで歩きはじめた。

だが、半町も進まずに力尽きて崩れた。

(こんなところで死んでたまるか……)

平八郎は両肘をつき、手負いの犬のように這いずった。だが、いくら這っても、平八郎の体は前に進まなかった。

第三章　情けの百両

一

将軍御側御用取次役有馬氏倫は、御曲輪《くるわ》内西ノ丸下の役宅で、上半身をはだけ、薬師牧村道庵による念の入った灸治療を受けていた。

部屋は紫煙が立ちこめ、むせるように霞んでいる。氏倫は灸の熱さをじっと堪えながら、休み休み道庵の手土産八ツ目鰻の粉末を白湯《さゆ》で咽の奥に流しこんでいたが、灸のせいか、八ツ目鰻の精によるものか、その顔はしだいに紅潮し、目は宙をにらんで河豚のように膨れてみえた。

「お熱うございまするか」

紀州以来の知己《ちき》道庵が、背後から氏倫をうかがうようにして声をかけたが、

「まだまだじゃ」

氏倫は、なおも肩を競り上げ、熱さを必死に堪え続けた。

「それよりも」

氏倫は、苦りきった顔を肩ごしに道庵に向けた。

「思いもよらぬことにあいなった」

天英院のもとから父近衛基熙とかわした書簡の覚え書が奪われたとの報告が届いたのは、つい一昨日のことである。

これには、さすがの有馬氏倫も動転した。もしそのようなものが公《おおやけ》にでもなれば、天下の一大事となる。氏倫は、急ぎ天英院の侍医道庵を呼び出し、天英院が書き残した覚え書の詳細を調べるよう命じたのであった。

道庵はかつて紀州藩の奥医師で、氏倫によって尾張藩に送りこまれ、藩主二代を殺害した後、ふたたび氏倫の推挙で大奥の主天英院のもとに上がっていた。

道庵から、覚え書のあらましを聞かされ、氏倫はさらに動揺した。尾張藩主ならびに幼将軍家継暗殺の秘事が克明に記されていたという。

「天英院様は、かえすがえすも愚かなことをなされたものよ。そのような大事を、よりによって誰の目に触れるやもしれぬものに残しておかれたとは」

道庵はかえす言葉もなく、黙然と燃え尽きようとする艾《もぐさ》を次々に竹鋏《たけばさみ》で摘まみ取り、器用に小さな陶器の壺に収めた。

「あの三巻が勝田玄哲ら月光院一派の手に移ったとすれば……」

「どのような手を打ってまいりましょうな」

道庵は怯えるような眼差しで、氏倫の横顔を覗いた。浅黒い小づくりな道庵の目鼻だちが、このところの心労で膠《にかわ》のように凝り固まっている。

「なにぶんにも、あの三巻にはあの当時おぬしのやったことがすべて記されておるからの」

氏倫は皮肉を込めてそう言うと、道庵は頬を引きつらせてまた押し黙った。

「勝田玄哲はなかなかの策士と聞く。おそらく尾張の力を最大限に活用せんとするであろうの。そうなれば、尾張藩はまず証拠固めから始めよう」

「証拠固め……」

「まずは、生き証人として元紀州藩奥医師の行方を追おう。つまり、おぬしのことだ」

道庵は、凍りついた面を伏せ、膝に乗せた両の掌を固く握りしめた。

「おぬしの警護に、腕達者の者を数人回してやらねばならぬ」

氏倫がはだけた小袖に腕を通すと、廊下に人の気配があった。家士に伴われ影のように部屋に入りこんだ者は、これも紀州以来の知己御庭番の村垣重蔵《むらがきじゅうぞう》であった。黒の小袖に袖無し羽織、髪は総髪にして肩まで重く垂らしている。眉間あたりに浮かんだ暗い陰りは、この男の底知れぬ素性を物語っていた。

徳川吉宗は八代将軍となるや、早速《さっそく》百九十名もの紀州藩士と忍びの一団を十七家、国元から呼び寄せている。その忍び集団の中でも、ことのほか将軍の篤い信任を得ていたのがこの村垣重蔵とその一党なのであった。

重蔵は怯えきった道庵に目をやり、氏倫に一礼した。

「尾張藩留守居役水野弥次太夫め、しきりに廻状をしたため、御一門衆に送り届けたようにござります」

「やはりの。して、どこに送りつけた」

重蔵は一礼して懐中から書き付を取り出すと、

「これに、したためてございます」

氏倫の膝元に差し出した。書き付には、水戸、会津、甲府、越前等、徳川御一門の名がずらりと記載されていた。

「この動きから察しまするに、覚え書はすでに尾張藩の手に渡ったものと見受けられまする」

重蔵は淡々と思うところを述べた。

「小癪な尾張よ。だが、これら諸藩の動きを追うには手が足りぬ。他家の御庭番も早急に掻き集めねばなるまい」

「ぬかりはござらぬ」

言って重蔵は、ふたたび懐中を探り、一冊の煤けた名簿を取り出した。

「これらのうち、印を打った三家がお役に立ちましょう」

「倉地《くらち》、馬場《ばば》、野尻《のじり》か。よかろう、この三家にて諸藩の探索に当たらせよ。くれぐれも上様には内々での」

「心得ております」

「さらにおぬしの手の者で、玄哲めの動きをなんとしても封じるのだ。これ以上好きにはさせぬ」

氏倫は苛立たしげに重蔵を見かえした。その視線を受けとめて、重蔵は眉を顰め、

「なにぶんにも、あ奴は元加賀藩槍術指南役。さらにこたびは、一味同心する者が現れてござります。なかなかの遣い手にて、我が方もかなり手勢を失っております」

苦りきった調子で報告した。

「何者だ」

「流罪となった絵島の弟にて、元幕臣豊島平八郎にござりまする」

「絵島の弟か。顔ぶれが揃うてきたようじゃの」

氏倫は、苦笑いして扇をはじいた。

「道庵殿の調合された附子の毒を塗った吹き矢にてしとめましたが、いささか毒が弱

く、生き延びたようにございます」

重蔵はいまいましげに道庵を見かえした。

「それにしても、絵島の弟とはの。たかだか、小寺の住職と奥女中どもが。小癪な奴らよ」

氏倫は舌打ちして、また八ツ目鰻の粉を口中に投げこんだ。道庵が急ぎ白湯の入った茶碗を氏倫に捧げた。

「月光院といえば、例の物、いまだに見つからぬか」

「いまだ——」

重蔵はいまいましげに顔を歪めた。

「道庵——」

「はっ」

「重蔵の手の者に守ってもらいたくば、もそっと強い附子の毒を調合せねばならぬぞ」

牧村道庵はちらと重蔵を見かえし、

「よろしう、頼みまする」

心細げに重蔵に頭を下げた。

二

平八郎は、意識の端で微かに三味《しゃみ》の音を聴いたような気がした。

額にひんやりと冷たいものが乗っている。人の気配があった。

ゆっくりと重い瞼を見開いた。起きあがろうともがいたが、無理であることがすぐにわかった。全身に痺れが残り、体の節々に激痛が走る。

「ご無理をなさりませぬよう」

枕元で、越路が落ちた濡れ手ぬぐいをまた平八郎の額に乗せた。

ようやく、死闘の記憶が脳裏に甦ってきた。死んでいて当然のはずの己が、こうして生きているのが不思議であった。

「ともあれ、気がついてようございました。二日のあいだ昏々と眠っておられ、目を覚まされませぬゆえ、皆で心配しておりましたが……」

「もうこれで大丈夫だよ。平さん」

枕元の反対側では、お徳が心配そうに見守っている。

「長屋の皆さんには、いたくご心配をおかけしました」

「そりゃア、もう」

ようやく安堵して、顔をくちゃくちゃにしたお徳が言った。
お徳の話では、平八郎が気を失って柳橋の船宿に担ぎこまれたと唯念寺の勝田玄哲から連絡が入り、長屋の連中が板戸を抱えて引き取りに行ったという。
皆でつききりの看病をしたが、平八郎は死人のように動かず、
──生きているのか、死んでいるのかさえわからなかった、
そうであった。
毒のまわった腕はどす黒く腫れあがり、人のものではないようだったらしい。お光が藪医者と評判の桶川弁斎《おけがわべんさい》を呼んできたが、
──もう、まるで手が付けられない状態、
であったという。
やむなく弁斎は投薬を置いて帰ったが、結局飲ませることもできなかったという。
「意識が戻っても、三、四日は安静にしておられますようにと、先生は申しておられました」
越路がそう言って、搔巻布団を平八郎の胸元まで引き寄せた。
「それにしても、平さん、いったいどうしてこんな目に……」
お徳が、平八郎の顔を心配そうに覗いた。
「なに、物盗りに襲われ、不覚にも毒針にやられました」

「毒針に……！」

お徳は、おぞましそうに背筋を震わせた。

むろん、毒針を放つ物盗りなどあろうはずがないことは、長屋の連中も薄々感づいている。だが、平八郎やお局方が得体の知れない賊に狙われているわけは、まだ誰も知らなかった。

越路が、すぐに顔を歪め黙りこんだ。

平八郎の耳に、微かに三味線の音が聴こえてくる。その三味の音がふと止み、次に女の悲鳴に変わった。

「あの声は……！」

越路が声をひきつらせた。お光の処に移った元中藹《ちゅうろう》志保の声である。

荒々しく毒づく男の声に続いて、家財が蹴散らされ、茶碗が割れる荒々しい音があった。志保が三味線の稽古を始めたところに、何者かが乱入してきたらしい。

今度は、お光の悲鳴である。

「奴らだな」

平八郎は、起きあがろうともがいたが、

「無理だよ、平さん」

お徳が、すぐに平八郎の肩を抑えた。

「あたしが見てきます」

お徳が立ちあがろうとしたその時、志保が玄関の油障子をがらりと開けて飛びこんできた。

「お光さんのところに、借金取りがやってきて……、返さなければ、身を売ってでも償えと！」

「まあ、なんてことを！」

お徳がおぞましげに首をすくめた。

「性懲りのない奴らだ。追い払ってくれる」

平八郎は、かろうじて腕を立て半身を起きあがらせた。

「ご無理は禁物でございます。それより、これはいったいどういうことなのでございましょう？」

越路が、狼狽を抑えて志保に訊ねた。

「私にもなんのことやら……」

志保も、おろおろするばかりで事情がつかめない。平八郎が、お光から聞いた借財にまつわる話を手短に皆に語って聞かせると、

「それは、なんとも酷い話でございます。なんとかお光さんを助けてあげる手立てはないものでしょうか……」

志保が、年嵩の越路の袖にすがった。

「それだけの借財、私どもにはとても……」

越路は顔を伏せ、手を揉みあわせた。

「あの者どもは、ひどく強気でございます。なんでも、奉行所が返済するように命じたと」

志保が言い添えた。

「なんと！」

それを聞いた平八郎が目を剝いた。評定所の冤罪は平八郎も身に沁みている。角間伝兵衛の側が、訴状を受けつけないどころか、反撃に出たとしか考えられなかった。

「あの者どもの話では、目安箱へ投じた訴状は評定所に留め置かれ、申し立ては不当、角間なる者に滞りなく返済をすべし、との判決が出ているそうでございます」

志保が事情も摑めぬまま、男たちの申し状をそのまま皆に伝えた。

「許せぬ」

平八郎が会津兼定二尺三寸をひっつかみ、怒りにまかせて立ちあがった。だが、よろけて前に進むこともままならない。ついには、お徳に支えられて布団の上に座りこんでしまった。

「まったく、不甲斐ないかぎり」

平八郎は、苦りきって後ろ首を撫でた。

そうこうするうちに、ようやく荒くれどもの叫び声が止んだ。言いたいことを言って暴れまわると、帰っていったらしい。女たちは一様に安堵の表情を浮かべた。

お光はよほど落胆しているのだろう、小半刻たっても姿を見せなかった。

「あたし、見てきます」

志保が下駄を引っかけ様子を見に行くと、しばらくして打ちひしがれて戻ってきた。

「お光ちゃん、どうしたらいいか途方にくれてしまって……」

「本当に、どうしたらよろしいのでございましょう」

志保が、おろおろしながら平八郎にすがった。

「されば、それがしがお光さんのところに陣どり、追い払うよりありますまい」

「平八郎さまが、そのお体でお光さんの家に行かれるのでございますか」

越路が、驚いたように言うと、

「ご無理でございます。荒くれどもに半死半生の目にあわされましょう」

「わたしは決めたのだ。拾った命、これからはこの剣を長屋の衆と芝居小屋を守るために使う」

「頼もしいねえ。まるで市川團十郎だ。江戸の守護神みてえだよ」

辰吉が手を打って喝采した。

「なあに、奴らとはいちどやりあっている。その折にも、尻尾を巻いて逃げていった。玄関に向かって、ひと睨みしておれば、近づいては来まい」

「ご無理はなさいませぬように」

そう言いながら、越路が懸命に平八郎を支えると、

「なんの、これしき」

平八郎が唇をへの字に曲げて踏ん張った。

「なんだか、歌舞伎役者みたいですよ」

志保が場ちがいな軽口を叩いた。

「まったく、平さんは一度言いだしたら聞かないんだから」

お徳が諦めたように言った。

「しかし、そうなると越路さまはさぞかしお寂しうなられますな……」

志保が冗談めかして言うと、越路は顔を赤らめ、

「お光さまの一大事でございます。ぜひそうなされませ……」

毅然とした口調で言い、大きく顎を引いて頷いた。

しだいに全身に力が戻ってくるのを待って、平八郎は夕刻帰宅した辰吉やぼろ鉄に肩を担がれ、お光の家に移っていった。

お光の家は棟割り長屋のいちばん端で、油障子に心地よくおだやかな秋の陽が差しこんでくる。女一人の住まいだけに小綺麗にととのい、長屋住まいには場ちがいなほど佳い家財道具が並んでいた。平八郎も久しぶりの快適な住まいに、

「居心地がよいせいか、体の毒がしだいに消えていくようだ」

お光の点《た》てた茶を、何杯も嬉しそうに飲むのであった。

「こんなことまでしていただいて……」

お光は狭い一間に平八郎を迎え入れ、ちょっと恥じらっている。

さいわいその晩も、翌日も、伝兵衛の手の者は姿を見せなかった。

だが、お光は時おり暗い表情で黙りこむ。そんなお光を時折見かえしながら、平八郎は柱に背をもたせかけ、日がな一日玄関を睨みすえて過ごすのであった。

そんな日が、三日ほど続いた。

「もう大丈夫だ。私が陣取っているのを知ってか、近づいて来ぬようだ」

そう言って、平八郎はお光を慰めた。

平八郎が気になるのは、むしろお局方の警護である。

体力の弱った今の平八郎では、御庭番にはとても太刀打ちができそうもない。腕の腫れは目立ってひいてきたが、四肢が萎えてしまったようで力が入らないのである。

お光の家に移って四日目の夕刻、芝居のはねた中村座を早めに抜け出した弥七と佳

代が、平八郎の好物の豆腐田楽を掲げて見舞いに訪れた。

「すまぬな。不覚をとり、このような始末だ。大御所にも、伝吉翁にも、すっかり不義理をしてしまった」

　平八郎が、生真面目な顔で謝ると、

「よしてくだせえ。これだけのご災難だ。大御所も、伝吉先生も、えらく心配していらっしゃいますよ。それより平さん、いったいどうすった」

　弥七は、心配そうに平八郎の全身をぐるりと見まわした。

「大川堤で忍びの襲撃を受けてね。毒を塗った吹き矢にやられた」

　平八郎は、七輪で茶を沸かすお光には聞こえないように小声で言った。

「どれ、拝見いたします」

　弥七は、平八郎の腕を捲くって、腫れた腕の傷に見入っていたが、

「こりゃァ、様子から見て附子の毒じゃねえかと思います。よくもまあ、死なずにすんだもんだ」

　弥七はふと思い出したように、

「お佳代、あいつを連れてきてくれねえか」

　弥七は、連れ合いの耳元で小声で言った。佳代は黙って外に飛び出すと、三十がらみの侍と、ようやく元服をすませたばかりといった歳かっこうの若侍を連れ戻ってき

た。

若侍はいかにも腕自慢といった色の浅黒い若者で、竹刀稽古の面擦れで小鬢が縮れあがっている。年嵩のほうは、眉間に小じわの刻まれたどこか学者ふうの落ち着いた男であった。山羊《やぎ》のような顎鬚をたくわえている。

「平さん、紹介する。こっちが伊賀同心の佐島新兵衛《さしましんべえ》さんだ。こっちの若いのが戸梶《とかじ》信吾《しんご》だ、腕は立つ」

と、弥七は二人を紹介した。

弥七によれば、通りに立つ町方役人の姿が見えなくなったので、お局様方の身を案じ、急遽助っ人を頼んだのだという。

「昔の仲間をいろいろ当たってみたんですがね、幕府御家人の立場で、正面きって御庭番と争う太っ腹な奴はそうそういねえ」

というわけで、部屋住みの顔の知られていない者を、とりあえず二人集めたという。

伊賀同心といっても、忍びとしてはたらいていたのは戦国の世のことで、太平の世とともにせいぜい密偵として諸藩の動静を探ったり、大奥の警護や庭掃除ばかりをまかされるようになっているとのことであった。

あげく昨今は、新将軍の吉宗が紀州から連れてきた御庭番にそうした仕事も奪われ、さらに閑職をあてがわれ、冷や飯を食うようになっているという。

「みどもは部屋住みゆえ、もとより仕事もありませぬが、家長といえど掃除人夫も同然の扱いでござって」

佐島新兵衛は苦笑いして自己紹介し、平八郎と挨拶を交わした。

「いやいや、よしなに頼みます」

平八郎が二人に頭を下げると、意気に感じたか、

「紀州の山猿めらが、我らを大奥から追い払ったのでござる。ここは一矢報いてくれるつもり」

若い戸梶信吾は、大刀の鐺を立てて気勢をあげた。それをちらと見て、

「大権現様（徳川家康）直々のお召し抱えである伊賀者の面子《めんつ》にかけても、ここは負けられませぬ」

もの静かな口調ではあるが、なかなか強気である。

「ここに新兵衛を呼んだのは他でもねえ、伊賀同心の中でもこいつはちょっとばかり調毒術に詳しいもんで」

弥七はあらためて、額の高い聡明そうな男の肩を叩いた。

「ご無礼――」

新兵衛は、早速平八郎の腕を捲くり、傷口に見入っていたが、

「ふうむ。附子の毒でございますな。附子つまりトリカブトは、少量を採りますと神

経痛の薬としても用いられもいたしますが、大量に用いれば猛毒となり、ゆうに人を殺傷する力がございます。よい薬がござる」

新兵衛はそう言うと、平八郎の傷口に強い臭いのする蓬《よもぎ》色の膏薬を塗りこんだ。鼻につく癖の強い臭いの薬である。平八郎の表情が心なしかやわらいでいる。

「はや、効いてきたような」

平八郎は軽口を叩いて皆を笑わせた。

ともあれ伊賀同心の二人が長屋を警護するとは願ってもないことである。

「この身ひとつ思うように処することもできぬとは……」

「いやァ、とんでもねえ。大御所は、平さんがあれだけの目にあっても殺されなかった、おっと、へこたれなかったんで、人間離れしたお人だと感心していらっしゃいました」

弥七が、二人の伊賀同心に身内のように平八郎を自慢しはじめた。

「そう言っていただければ嬉しい。大御所には、治りしだいに馳せ参じると伝えてくだされ」

「心得やした。ああ、そうそう。平さんの病いがあまりにひでえんで、すっかり忘れるところだった。伝吉先生からの、平八郎さんへの見舞いの品です」

弥七はそう言って、懐から一冊の小冊子を取り出した。

パラパラめくってみると、歌舞伎の基本的な所作と名称が記されている。褌ひとつの男が、歌舞伎ならではの仕種《しぐさ》で気取ってみせる姿は見ていて面白い。

ひと通り脚のかたちや体の向き、歩幅などがわかるので、平八郎はありがたかった。

「伝吉先生は、殺陣を憶える前に歌舞伎の独特の動きに慣れるといい、とおっしゃってました。それに歌舞伎の歩はこびを覚えると、足腰に力が入り、病み上がりの鍛練にもいいってことで」

「ご助言、痛み入る」

平八郎は、絵図集を拝むように受け取ると、大切そうに懐に収めた。

三

佐島新兵衛の毒消しが効いてきたらしく、平八郎の腕の腫れもしだいに引いて、体力も長屋の外に出歩くまでに回復した。

「すっかりお顔の色もよくなられて……」

親身な看護で疲れの見えるお光が、久しぶりに明るい表情で平八郎の体を眺めた。

さいわい、角間伝兵衛子飼いの荒くれたちが、その後すっかり姿を見せないことも、お光の明るさの原因となっている。

とはいえ、むろんお光の借金が消えたわけではない。目安箱への訴状は却下され、奉行所公事方《くじかた》の評定も下されている。時折取り立ての男たちの置いていった借用書の写しを恨めしそうに見るお光に、平八郎は不憫でかける言葉もなかった。

お光の家に移って五日めの午後、平八郎が壁に背をもたせかけて玄関に顔を向け伝吉翁のくれた絵図を眺めていると、急に表が騒がしくなり、

「お光はいるかい」

怒声とともに油障子ががらりと開け放たれた。

(いよいよおいでなすったな……)

平八郎は苦笑いした。

二人のやくざ風の男が、九尺二間の手狭な家の中を覗きこみ、ぎょっとして平八郎を見かえした。いずれも見覚えのあるいびつな造作の男たちである。評定所前で平八郎に匕首を閃かせた連中であった。

「おらぬぞ」

平八郎は肚の据わった声でかえすと、二人をこわい眼で睨みすえた。

「お、おめえは！」

「待ちかねていた。あがって茶でも飲んでいくか」

平八郎が声をかけると、男たちは悪いものを見てしまったように、慌てて障子をぴ

しゃりと閉めた。

「情けない奴らだ。尻尾を巻いて逃げていったわ」

平八郎は、チンピラどものあまりの臆病ぶりに拍子抜けする思いだった。

（だが、また来るであろうな……）

平八郎は、あらためてそう思い直した。こういう手合いでも、手におえない相手には、もっと腕っぷしの強い助っ人を呼んでくるくらいの知恵ははたらかせるものである。

その翌日の夕刻八つ頃になって、平八郎は厠の脇と裏木戸前でそれとなく裏長屋の様子をうかがう佐島新兵衛と、戸梶信吾の二人に目くばせし、久しぶりに中村座に出向いた。

――できれば夕刻、少しだけ顔を出していただけまいか。

という内容の弥七の伝言を小屋の若い衆が届けてきたからである。弥七も、お光がタチの悪い者に絡まれていることは知っている。それでも、

――ぜひにも、
と言うからには、よほどの理由があるらしい。

お光の事情は、伊賀同心の二人にも伝えてある。助け船を出してくれるはずであった。

七日ぶりの芝居小屋はあい変わらず盛況で、威勢のいい木戸番も、平八郎にいつもどおりに気さくに笑顔を向けてくれた。

二階の桟敷席の蔭から久しぶりの舞台を見下ろしていると、

「大丈夫ですかい？」

弥七がスルスルと平八郎に近づいてきて、平八郎の足腰を見まわした。

「なあに、このとおりだ。それより頼みとは？」

「じつは大御所のお話で、大切なご贔屓筋が、ぜひ平さんにも来てほしいとおっしゃっているそうで。もしご無理でなければ、同席してほしいそうです」

弥七にも、それ以上のことはわからないらしい。

「とにかく大御所のところに。おっと、それと……」

弥七が俄《にわ》かに眉を顰めて、

「ちょうどいい、平さんに見てほしいんでさ」

弥七はそう言って、一階枡席を顎でしゃくってみせた。

「妙な連中が来ているんで……」

天井の明かり採りから日差しが降り注いではいるものの、芝居小屋の土間座の中は薄暗い。目を凝らしてみると、舞台下手《しもて》（向かって左手）で、舞台もそっちのけできょろきょろと上手《かみて》の客席を見まわしている連中がいる。

一見大店の手代といった商人風の男たちだが、目つきはけっしてやわらかいものではない。その男たちは、右手、花道近くの枡席を陣取る一行が気になるようであった。

(御庭番ではあるまいか……)

平八郎は、ふとそんな気がした。

一方、上手の土間席には、紋付袴の侍が数人陣取って、盃を片手に談笑している。こちらは、どこかの田舎大名の家来といった風体《ふうてい》だが、昨今の江戸詰めの田舎武士とはちがって、顔も体軀も陽に焼けて逞しい。こちらも、芝居そっちのけできょろきょろと客席を見まわしていた。

「商人風の連中はもう何度も来ている奴らで。田舎侍のほうは、ここ何日かのことです。ああやって、どっちも毎日のようにやってきて、芝居もそっちのけで飲み食いしながら睨みあっているんで。妙な奴らですよ」

「心当たりはないのですか」

平八郎は、もういちどその男たちに目を向けた。

「あの町人風の奴らですが、あっしの睨んだところ、ありゃまちげえねえ、侍だ。新手《あらて》のほうも、あれでそこらにいそうな田舎侍のように見えますが、身のこなしは只者じゃねえ」

「というと、どっちも只者じゃないということになる」

「ええ。あっしも、伊達《だて》に伊賀同心を勤めていたわけじゃありません。ありゃア、どっちも忍びでさァ」

「ほう」

平八郎は、あらためて羽織袴姿の侍に目を凝らし、顎を撫でた。

平八郎は、尾張藩留守居役水野弥次太夫が手を打ったものと見た。尾張藩としては、勝田玄哲の話から、有馬氏倫一派が月光院派を追い詰めるため何かを企んでいるとみて策を講じたのだろう。

「あの連中、どうも妙なんで。かわりばんこに厠に立つんですが、妙なことになかなか戻って来ねえんで。腹でも下《くだ》しているのかと後をつけてみますと、衣装蔵の前でうろうろしていやがる」

平八郎は、やはり、とあごを撫でた。

三階にあがると、宮崎伝吉翁がすぐに平八郎の姿を見つけて、

「心配していたよ、平さん。大丈夫なのかい？」

声をかけてきた。平八郎の身を我が事のように気づかってくれる口ぶりである。

「そんなにご心配いただいて、なんとお礼を申してよいやら」

「そんなことはいいんだ。いい医者を紹介するよ。今日は、部屋でごろごろしていればいい」

「いえ、もうこのようにぴんしゃんしております」

平八郎は歌舞伎の所作を真似て、見得《みえ》を切ってみせた。

伝吉翁は相好《そうごう》を崩して笑いながら、

「だいぶ芝居気がついてきたようだ。あ、そうだ。今夜は平さんにはたらいてもらわなければいけないのだった」

伝吉翁は、手を叩いて大事を思い出し、平八郎に伝えた。茶屋で贔屓筋からお呼びがかかっていると、弥七と同じことを言う。

「その贔屓筋とは？」

「聞いて驚くんじゃないよ。誰あろう、尾張六十二万石のお殿様徳川継友《つぐとも》公だ。お忍びの芝居見物とのことだよ。それにしても、平さんをご指名とは、わけがわからない」

宮崎伝吉翁は不思議そうに首を傾げ、

「あんた、いったい何者なんだい？」

冗談とも、本気ともとれる口ぶりで、平八郎の顔をしげしげと見つめた。

いる。

四

そもそも、御三家の制度は徳川家永代の存続を願う徳川家康のはからいで生まれている。

家康にはじつに十一人もの男子があったが、その九男義直《よしなお》、十男頼宣《よりのぶ》、十一男頼房《よりふさ》に、それぞれ尾張、紀州、水戸の三家を継がせ、徳川本家に将軍の継承者が途絶えたもしもの時に備えさせたものであった。

だが、家康の血を分けた兄弟藩だけに、いつかは自藩からも将軍を輩出させたいと思う気持ちはいずこも同じで、その対抗心には常になみなみならぬものがあった。

それは、代を重ねても変わるものではない。ことに、第七代将軍家継が幼逝《ようせい》した後の将軍位を巡る争いは熾烈をきわめた。そして、勝負に負けた尾張藩では、その後も、藩主二代の死に紀州藩がかかわった疑いが藩内にずっとくすぶりつづけていた。

ことに当代藩主徳川継友は、現将軍徳川吉宗とは将軍位を争った当事者であった。

その折の鬱憤は、係争から八年経った今も晴れるものではなく、その夜も継友は吉宗の嫌う芝居見物に足を運び、派手な茶屋遊びに興じていた。

その宴に、團十郎と平八郎は紋付袴に装《よそお》いをただして臨んだ。

芝居茶屋〈泉屋〉の二階座敷にあがってみれば、継友はすでに寛《くつろ》いだ様子で酒膳を前に家臣と談笑していた。意外なことに、平八郎も顔見知りの先客が数人目に止まった。

すぐに平八郎の目に飛びこんできたのは、木欄色《もくらんじき》の道服に黒の頭巾姿の勝田玄哲であった。留守居役水野弥次太夫はむろんのこと、先ほどまで一階の土間席に陣取っていた田舎侍の姿もある。

「よい芝居であったぞ、團十郎。名台詞の数々が、今も耳について離れぬ」

継友公はすでにだいぶ酒が入っていたらしく、紅ら顔で團十郎に声をかけた。

「恐悦至極にござります」

團十郎は、深々と平伏した。

「うむ。次の世に生まれたなれば、わしは町人となって思う存分芝居見物を愉しみたいものじゃ」

主の戯れ言は耳に慣れているのか、供侍はみな穏やかな笑みを浮かべている。

「お戯れを。御前はじゅうぶんお愉しみでございます。この團十郎、むしろお殿様のご身分が羨ましうてなりませぬ」

「はて、そのようなものかの。人というもの、他人の暮らし向きが羨ましいものなのじゃな」

機嫌よく軽口を叩いていた継友が、團十郎の後方に控える平八郎に目を移し、真顔となった。

「そちが、あの大年寄絵島の弟の……」

「豊島平八郎にござります」

すかさず水野弥次太夫が言葉を添えた。

「尾張公にお目通りがかない、これにすぐる誉れはございませぬ」

平八郎は、額を畳に擦りつけんばかりにして平伏した。これほど高位の人物と間近に接するのは、平八郎にとっても初めてのことである。

「ここは芝居茶屋じゃ。無粋な挨拶はよい。面《おもて》を上げよ」

尾張公は言って、もそっと近うと團十郎と平八郎を手招きした。

平八郎が勝田玄哲のすぐ脇に座すと、

「この者、かの事件の折、重追放の咎を受け、会津の地に逃れておりましたが、彼の地の御留流溝口派一刀流を習得し、免許皆伝を得ております」

勝田玄哲が膝を乗り出し、得意げに平八郎を紹介した。

「うむ。弥次太夫から話は聞いておる。そちの剣談もぜひ聞きたいと思い、来てもろうた」

「光栄至極に存じまする」

平八郎は、頭を低くして応えた。継友はその夜の客人をぐるり見わたし、

「我らはともに紀州の山猿どもにいいようにあしらわれた。今宵はたがいに慰めあい、鬱憤《うっぷん》を晴らそうではないか」

紅ら顔で声を高めると、

「それは、まこと結構なご趣向と存じまする」

咳払いをひとつして、勝田玄哲が膝を叩いた。

「これは戯れ言ではないぞ、勝田玄哲殿。当家など、その大うつけの筆頭。迂闊にも二代もの藩主が毒饅頭を食わされた。天下をかすめ盗られたのじゃ」

酔いにまかせて継友がそううそぶくと、血気盛んな男たちが気勢をあげた。皆、すでにだいぶ酒がまわっているらしい。

團十郎は顔色ひとつ変えずに話を受け、

「我ら芝居世界の者も、役者、座首、戯作者など幾十人もの者が流罪とあいなりましてございます」

真顔になって嘆いてみせた。

「さよう。ここな豊島平八郎は、重追放。姉の絵島は流罪処分となってござる」

勝田玄哲が、脇から言葉を添えた。

「さよう。かの絵島生島事件も紀州の山猿どもの仕業であったな」

「かの近衛秘帖には、そのことつぶさに記されておりまする」

玄哲がさらに言った。

「うむ。だが、もはやあ奴らの手口を知ったからには、好きにはさせぬぞ。当初こそ慌てふためき後手にまわったが、ここからは反撃じゃ」

尾張公が力をこめてそう言うと、家臣一同、たがいに顔を見合わせ、ふたたびおう、と声を高めた。

水野弥次太夫が小姓に、二人のために手際よく膳の用意を命じた。弥次太夫はそのまま銚子をもって平八郎の脇に座りこむと、親しげに語りかけた。

「いやあ、ようまいられた。じつは、こたびの豊島殿の貢献しだいでは、当藩に推挙いたそうと思うてな。ひとまず殿にもお引き合わせしたく、この席にお誘いした」

「かたじけなきこと、されど、それがしは……」

「なに、すぐにではない。いま少し、そなたには働いてもらってからの。じつはこたび、殿は天英院めの覚え書にも目を通されてな。なんとしても、企てを白日のもとに晒したい、と憤られておられる」

「これは天下に知らしむべき大事、徳川御一門はもとより、外様《とざま》諸侯にも廻状をまわし、ぬかりなく報せよと仰せられた」

弥次太夫はまず手はじめに、同じ御三家のひとつ水戸藩から始め、控えの間に留守居役として控える御一門諸藩にも秘かに廻状をまわしたという。

「早々に反応がござっての。いくつかの藩では、上様の振る舞いに眉を顰めておるそうな」

それを黙って聞いていた継友が、

「ようやった、弥次太夫。さればこそ吉宗め、焦って忍びを放ち、当家上屋敷に探りを入れてきたのであろう。御庭番の動きはどうじゃ」

そう言うと、壁際に控える黒々と陽にやけた侍に大きな声で問いかけた。

「本日も、とりどりの町人姿に扮装した御庭番が、上屋敷周辺に多数出没しております」

一群の屈強な男の中でも年嵩の者が、一礼して主君に言上《ごんじょう》した。この男が居並ぶ忍び衆の頭目らしい。

「まこと、吉宗公は油断ならぬ。城中にては、いかにも懇《ねんご》ろにお声をかけられ、下にも置かぬ歓待をなされるが、裏にまわればこのとおりじゃ」

継友公は、吐息するような口ぶりでそう言い、投げ捨てるように杯を置いた。白んだ座をとりもつように、

「お三方に、あらためてこの者らをご紹介いたそう。そこに控えおるは、当家の忍び御土居下衆《おどいしたしゅう》の面々でござる」

水野弥次太夫が、主に代わって壁際の男たちを平八郎らに紹介した。

継友公に声をかけられた者を筆頭に、いかめしい侍たちが順ぐりに名を名乗り、玄哲、團十郎、平八郎と順に丁重な挨拶をする。

平八郎もいちいち丁寧に頭を下げた。

御土居下衆なる尾張藩お抱えの忍び集団があることは、平八郎も風の便《たよ》りに聞いている。水野弥次太夫のさらに詳しく語るところでは、一党は名古屋城の東出口を固め、一旦藩主に危機が迫った折には、無事城を脱出させ、木曽に落ち延びさせる役割を担う者らであるという。

「この者ら、忍駕籠を軽々と担ぎ、風のように疾《はし》る。水の中を四半刻も潜っておる」

継友公が、あらためて集団を得意気に紹介した。名古屋城の一角を守らせていたが、こたび御庭番に対抗するため継友公が急ぎ呼び寄せたという。

「じつはな、いささか差し出がましいが、こたび中村座を護るよう命じてござる」

水野弥次太夫が、團十郎の耳元に近づき小声で呟くと、

「まことでござりまするか！」

團十郎は驚いて、

「よろしうお頼みもうしまする」

居並ぶ御土居下衆の面々に丁重に頭を下げた。

「お客人にそちらの自慢の咽を聴かせてさしあげぬか」

弥次太夫に促された御土居下衆の面々が互いに顔を見合わせ頷きあうと、そのうちの一人が紅い顔でいきなり気合を込めて唄いはじめた。

伊勢は津でもつ、津は伊勢でもつ
尾張名古屋は、城でもつ

すでにだいぶ酒が入っているのか、男たちはみな上機嫌である。

ヤッコラヤートコセー
ヨイヤナアリャリャコレワイア

相槌が入った。どこから取り出したのやら大黒天の面をつけ、赤い頭巾をかぶり、踊りだす者も現れた。

「これは、尾張に伝わる大黒舞でござる」

弥次太夫が、團十郎と平八郎に耳打ちした。

平八郎は團十郎と顔を見合わせ微笑んだ。

「賑やかなものでござるな」

平八郎が盃を片手に言うと、

「さようでござるが……」

弥次太夫は苦笑いして主君を見やった。こうした大騒ぎは継友の趣味らしい。

酒宴がさらに進んだところで、

「豊島平八郎、もそっと近う」

継友は、上機嫌で平八郎に手招きした。

平八郎が膝をにじらせ近づくと、継友公は平八郎に盃を取らせ、自ら身を傾けて酒を注ぎながら、

「当家ではこのように、酒席では上下の隔《へだて》を取り払い、仲むつまじく酒を汲み交わす習わしじゃ。そちもこれより後は、当家の客分。いや、そちが願えば、いずれそれなりの禄を以って我が藩に迎き入れよう」

平八郎に親しげに額を寄せた。

「もったいないお言葉、されど拙者ただいま芝居に夢中でござりまして」

平八郎がやんわりと固辞すると、継友は團十郎に顔を向け、

「そうであったな。あやうく團十郎の大切な座員を奪うところであった。とまれ團十郎、これにてひとまず中村座は安泰じゃ」

盃をとってからからと笑った。

弥次太夫に膳と料理を促すと頃合いよしと立ち上がり、待たせていた賑やかな女たちを部屋に招じ入れた。

「されば鬱憤晴らしはこれまでといたす。今宵は浮世の憂さをしばし忘れて、夜の更けるまで芝居談義に花を咲かそうぞ」

継友が紅ら顔をほころばせ一座の者に語りかけると、團十郎に向き直り芝居談義に花を咲かせはじめた。

酒宴は、思いがけなくも一刻余りにおよび、雲の上の存在であった徳川継友公と剣談に花を咲かせるなど懇ろに歓待され、おおいに気をよくした平八郎が芝居茶屋を後にした頃には、すでに四つ（十時）をまわっていた。

（お光を待たせてしまった……）

木戸の番太郎に無理を言って木戸を開けてもらった平八郎は、どぶ板を踏みならしてお光の家まで戻り、腰高障子を開けてみると、意外なことに家の中は闇に包まれている。

（はて、もう休んでしまったか……）

刻限から考えて無理もなかったが、闇に目を凝らすと、お光の寝姿はない。いつも欠かさず用意してくれる夕餉の支度もなかった。

平八郎の胸中に、にわかに不安が宿った。

と、油障子に人影が映ると、がらりと戸が開いて、

「お光さんは、一刻ほど前に出ていかれました」

伊賀同心の佐島新兵衛が、玄関先から青ざめた顔で平八郎に声をかけた。

新兵衛の話では、お光は十手をちらつかせて訪ねてきた下っ引きに呼び出され、しぶしぶその後に従ったという。さすがに目明かしには手は出せず、新兵衛はお光が連れていかれるのを黙って見送らざるをえなかったという。

「はて、どこに連れていかれたものか……」

平八郎は顔を曇らせた。

「とりあえず、戸梶信吾が後をつけてまいりました。なに、信吾がついておりまする。なにかあれば、腕ずくでも救い出しましょう」

「さようか……」

いささか頼りない思いで、平八郎は行灯《あんどん》に火を入れた。

外で晩秋の木枯らしが唸っている。身を震わせている新兵衛を家に招き入れ、しばし茶碗酒でお光を待つことにした。

「今日は、昼間からいろいろござりました」

新兵衛が、顎鬚を撫で、茶碗の酒を傾けながら言った。お局方の新居が決まり、慌ただしく引っ越していったという。そういえば、長屋は火の消えたようにもの静かである。

「これが、とりあえずの挨拶状でござる」

新兵衛は、越路の筆になる礼状を平八郎に手渡した。中を開けてみれば、越路の筆で玄哲に急かされ慌ただしく長屋を離れることを詫びていた。

「ならば今、お局のところには誰がついているのです？」

「はて、誰もついておりませぬな」

おっとりした口調で新兵衛が言った。

「それはまずい」

平八郎は、ここはよいからと、新兵衛をお局方の新居に送り出し、一人で酒を呑みはじめると、壁の向こうから話を聞いていた辰吉が、

「そっちへ行っていいかい、平さん」

一升瓶を抱えてお徳とともに訪ねてきた。

小半刻もすると、心配で眠れずにいた長屋の連中も続々と平八郎のもとに集まってきた。

「気が気じゃなくって眠れやしねえや」

辰吉は、明日の仕事は休むと言いだした。

「明日は、一日かけてお光ちゃんを探すつもりだ」

半刻して駈けつけてきたぼろ鉄も、そう言ってくれた。

新兵衛が出ていってから一刻の後、戸梶信吾がようやく戻ってきた。お光は今、お峰《みね》という女の家にいるという。

お徳の話では、お峰は角間伝兵衛が二千両もの大金を投じて身受けした愛娼だという。元吉原の花魁《おいらん》で角間伝兵衛に落籍《ひ》かされ、浅草駒形町に瀟洒《しょうしゃ》な妾宅を構えているという。これは浅草界隈では知らぬ者がないほど有名な話とお徳は言った。

「そうか」

平八郎は会津兼定二尺三寸を引ったくり立ちあがると、

「拙者が、道案内をつかまつる」

帰ってきたばかりの戸梶信吾が、まなじりをつりあげて平八郎の後に従った。

「信吾、道案内だけにして帰ってくれ。二本差しが二人して乗りこめば、相手は荒くれどもだ、必ず喧嘩になる。なに、偽物とはいえ請状《うけじょう》は先方にある。手荒なことをすれば、かえって不利な立場となる。相手は商人だ。金で話はつく」

平八郎はそう信吾に言いきかせ、夜の町に出た。

信吾が、無紋のぶら提灯で足元を照らしてくれる。それがけっこう明るい。

お峰の妾宅は駒形堂近くの大川端で、利兵衛長屋からさほど離れていなかったが、付近は棟割長屋の続く田原町あたりとがらり家並みが異なり、風光明媚な新興地帯で、数寄屋《すきや》造りの瀟洒な町家が立ち並んでいる。

くだんの宅は、丈の高い黒塀が屋敷を囲んで、その内から首だけ出した風除けの松が夜風に乾いた音を立てていた。

「もう、ここでいいぞ。あとは私が話をつける」

平八郎は渋々戻っていく戸梶信吾を見送ると、一人で闇に沈んだ屋敷を見上げた。

（ずいぶんと金のかかった造りだ……）

唇を歪めて小門を押し開くと、拍子抜けするほどの手応えで向こう側に開いた。

水を打った石畳を踏みしめて進むと、植え込みの小粋な灯籠《とうろう》に明かりが入っている。

玄関を開けると、瀟洒な町家には相応《ふさわ》しからぬ下足《げそく》が何足も荒々しく脱ぎ散らかっていた。その中に、見おぼえのあるお光の草履もある。

「誰かおらぬか」

平八郎が声をかけると、

「どちらさまで」

しゃがれた女の声があって、やや腰の曲がった下女が現れ、平八郎をうかがった。

出入りの浪人者とでも思ったらしい。

「先に来ているお光の連れの者だ」

平八郎が憮然と言い放つと、女は平八郎の顔と腰の刀を見くらべ、ぎくりとした。

「お光さんの借財の返済にきた。角間伝兵衛殿にお伝え願いたい」

「旦那さまはご不在だよ。帰っとくれ」

下女は、なんとしても平八郎を追い払わねばと心に決めているのだろう、ひどくぞんざいな口ぶりであった。だが、平八郎もここで退きさがるわけにはいかない。

何度かやりとりがあって、廊下の奥で荒くれ男どもの荒々しい声が聞こえてきた。時折、腹に響く女の低い声が聞こえる。声の主が噂のお峰らしい。

「あがらせてもらう」

平八郎は三和土《たたき》で草履を脱ぎ、下女の制止も聞かずつかつかと廊下を進むと、突き当たりの部屋の障子をからりと開けた。

大徳利を前に据え、部屋の隅で酒盛りを始めている三人の浪人者が、まず平八郎の眼に飛びこんできた。正面で柄のよくないやくざ者が三人、つり上がったこわい目つきでこちらに背を向けたお光に凄味を効かせている。

その横にお峰がいた。勝山髷《かつやままげ》に髪を結い、襟元を大きく開いて、上物の紅緋色の半襟を覗かせているところはなかなか粋だが、片膝を立ててお光に迫る姿はいかにも品がない。

お光の前には、請状が広げられていた。大勢に囲まれて問いつめられていたのだろう、お光は平八郎に向き直ると、安堵して肩を落とし泣きべそをかいた。

「な、なんだ、てめえは！」

お峰の脇にいた見覚えのあるやくざ者が、平八郎を見あげて怒声をあげた。辰ノ口の評定所前で、平八郎に匕首でつっかかってきた男である。

「懐かしい顔だ。おまえとはこれで二度目だな」

平八郎は、剽げた調子で男に笑顔を向けた。

「嘗《な》めたことを」

もう一人が、懐を探った。短刀を潜めているらしい。ほとんど同時に、浪人者が三人、刀をわし摑みにして立ちあがった。

「まあ、待て。喧嘩をしにきたのではない」

平八郎は、片手で男たちを抑えてから、

「ここは、世に名高い豪商角間伝兵衛殿の妾宅だ。家具調度を傷をつけちゃァ、作った職人にすまぬ。まあ、その請状はとりあえず本物と認めてやろう。話し合いがしたい。どうだ」

平八郎がつかつかと部屋に入りこむと、お峰は猫のように後方に跳ね下がった。

「これが、悪名高い伝兵衛さんの請状か――」

平八郎は畳の上の請状を取りあげると、クンクンと臭いを嗅いだ。

「やはり偽物くさい」

「てめえ」

やくざ者が、ドスのきいた声をあげた。

「されば、偽と本物半々ということで、半金で手を打つ。これでよかろう」

平八郎は請状を二つにたたむと、懐中をさぐり巾着を取り出した。

「五十両ある。これでお光の借財は無しだ」

「おっと、そうはいかないよ。お光の借財はきっちり百両だ、びた一文まけやしないよ。公事方のお役人も認めているんだ」

お峰がカン高い声でわめいた。

「どうせ筋の通らぬ金ではないか。返してやるのだ、ありがたいと思うがいい」

平八郎が五十両をお峰の鼻先に突きつけたが、むろんお峰は受け取らない。

「仕方がない。お光ちゃん、帰るぞ」

平八郎が憮然として五十両を懐に収め、お光に声をかけると、

「おふざけじゃないよ。こっちはお光のために、百両がすぐにも用立てられる奉公仕事をもってきてやったんだよ。百両きっちり戻さないかぎり、おまえの話は受けつけないよ」

「なるほど。おまえの古巣の色街に売り飛ばそうという算段だな。お光はれっきとした大店の娘だ。おまえのような下賤な女の商売は似合わないよ」

「なんだってッ！」

カッとなったお峰が、三人の浪人者に鋭く目を向けてけしかけた。三人が鍔《つば》鳴りを立てて抜刀すると、剣尖をぴたりと平八郎に付けた。

「待て、待て。こんな狭いところでだんびらを振りまわせば、怪我人が出る。お峰、この家に庭はないか」

お峰は、ひきつった眼で背後の障子に目をやった。なるほど、この瀟洒な妾宅には庭があるらしい。灯籠の灯が、低く障子に浮かび上がっている。

平八郎が縁側を駈けて庭に飛び出すと、すぐ後を追って三人の浪人者が平八郎に背後から体を泳がせ斬りつけてきた。

だが、平八郎の動きが一歩早い。浪人者の剣は空を斬っていた。

平八郎は濡れ石を踏みつけ高く飛ぶと、翻って会津兼定二尺三寸を真横に薙いだ。間合いからみて斬られたと思ったのだろう、男は凍りついたように動けない。

だが、むろん斬られたわけではなかった。男の髷が跳ね跳び、向こうの黒塀に当たってザワリと音を立てた。残った二人が顔を見合わせ、恐怖に後ずさりした。

腕が天と地ほどもちがう。

「どうした、怖じ気づいたか」

平八郎が浪人をねめまわして前に踏み出すと、男たちはずるずると縁台まで後退したが、

「どうしたんだい。殺《や》っておしまい」

背後からお峰にけしかけられて、二人の浪人者はやぶれかぶれに反撃してきた。

平八郎は軽々と身を転じ、松の幹を楯にとって姿を隠した。浪人者の叩きつけた刀が、続けざまに幹を打った。

「ここだ」

ふたたび姿を現した平八郎の刀が軽々と舞った。

上背のある浪人者が青い顔で前を押さえた。帯が弾けたように断ち切られている。

もう一人、ずんぐりした髭面の男の刀がぽろりと落ちて、握っていた右の親指が内庭の石畳の上に乗っている。

「まだやるか」

平八郎が一歩踏み出すと、男たちは座敷に駆けあがり、そのまま玄関から草履の音を弾かせて逃げ去っていった。

お光が、平八郎の背に駈け寄ってきた。

「お峰」

「な、なんだよ」

恐怖に引きつった眸で、お峰が平八郎を見かえした。

「おまえの腹黒い旦那に伝えておけ。いくらお光がお気に入りとはいえ、得体の知れない請状で金縛りにするなど、公儀御用の大商人がすることではないとな。半金ならいつでも呉れてやる。それで手を打たねば、好色ぶりを江戸じゅうに広めて笑いものにしてやるとな」

「おまえの名は――」

「利兵衛長屋の豊島平八郎という。肚が決まったらいつでも声をかけてこい」

平八郎はそれだけ言い捨てると、お光の手を引きお峰の妾宅を後にした。

蝿のようにどこかに飛んでいったやくざ者どもが、また戻ってきて二人を遠巻きに見ている。

五

この年享保七年（一七二二）に、将軍吉宗は上《あ》げ米《まい》の制度や定免法《じょうめんほう》といった政策を矢継ぎ早に打ち出したが、この新制度の背後には、伝兵衛の知恵が入っているともっぱらの噂であった。

吉宗の米政策の柱は二つあり、そのうちの一つ上げ米は、各大名から石高一万石につき百石を幕府に収めさせる代わりに、なにかと物入りの参勤交代の期限を短縮させるというもので、もう一つの定免法は、米の収穫に関係なく税率を一定にする制度である。

「定免法だがよ。百姓は楽になったと言うが、とんでもねえ。凶作の年は大変だし、税率だって引き上げてる。百姓を騙す政策さ」

ぼろ鉄が、遠慮なく吉宗をこき下ろした。

平八郎がお峰のもとからお光を連れ戻った翌日、仕事を休んだ辰吉とお徳も加わって、お光の家では時ならぬ長屋政談が花ざかりであった。

「伝兵衛は、輪をかけて悪どい商人さ。将軍を手玉にとって、私腹を肥やしてやがるんだからな。そもそも、相場を操作しているのが幕府なんだから、一緒に組んでる伝兵衛にとっちゃ、八百長相場もいいところさ」

ぼろ鉄の話を受け、吐き捨てるように辰吉が言った。手振り商いの辰吉でも、商人の道にはけっこう通じているようである。

「そうさね。米相場なんて、賽の目を操って丁半博打をするようなものじゃないか。おかげで、米は高くなるばかりで銭百文出しても一升二合しか買えやしないよ」

お徳も、顔を紅潮させてお上の米政策をののしった。

「ここ何年も、公方様と一緒になって米の値を吊り上げ、高値で売りつけて荒稼ぎをしてやがる」

ぼろ鉄がさらに言葉を重ねた。

「お光ちゃんの言ってたとおりさ。おかげで、江戸市中の米の値は倍に跳ねあがっちまった。それに近頃は、御側取次役の有馬氏倫と組んで、悪どい金貸しにまで手を広げているってえじゃねえか」

お光は、眉間に皺を寄せてぼろ鉄の話に耳を傾けている。お光を今の境遇に落としたのは、その悪名高い角間伝兵衛なのである。

「だが、それほどの大商人が、なぜお光ちゃんの百両に躍起になるのか、それがいまひとつわからぬな。ぼろ鉄、どう思う」

冷えた体を大徳利で暖めながら、平八郎が訊いた。

「きっと目の上のたんこぶなのさ。目安箱に訴えられて、恨みに思ってるんじゃねえのかい」

「これは噂に過ぎないんだけどさ……」

お徳が、皆を見まわし、膝を乗り出してきた。

「その御側取次の有馬って奴、無類の女好きでね。それも生娘《きむすめ》が大好物だそうなんだ」

「おい、お徳。おまえ、どこでその話を聞いてきたんだ」

辰吉が目を剝いて女房を見かえした。

「例によって髪結いさ。あたしの話の仕入れ先は、あそこっきゃないんだから」

お徳は、笑いながら白状した。

「たしかに有馬氏倫は、角間伝兵衛に輪をかけたワルだ」

ぼろ鉄は、すぐにお徳に同調した。

「意に沿わない商人には、難癖をつけて嫌がらせする。取り潰された米問屋がいくつもあるそうだ。それにあの目安箱だ。私腹を肥やすためにうまく利用してやがる」

ぼろ鉄が読売屋仲間から聞いた話では、氏倫はさらに、将軍家の権勢を笠に着て、特定の商人に便宜をはかって賄賂を取り、幕政の人事を左右して諸大名から高額の付け届けを取るなど、悪評が断えないという。しかも遊興好きで、夜な夜な吉原や深川といった色街に出没し、女色に耽っているとのことであった。

「とにかく今日は、平さんのおかげで助かったが、このままじゃいつまで経っても埒があかねえ。今度は役人が踏みこんで来ねえともかぎらねえぜ。なんとかあと五十両工面《くめん》してえもんだ……」

辰吉が、腕を組んで低く呻った。

「なにを言ってるんだよ、おまえさん。あんな悪党どもに、みすみす百両なんて」

「たしかに、そいつはそうだが……」

辰吉が頭を抱え黙りこむと、平八郎も押し黙り、腕を組んだ。お光の一件は、まだまだ一波乱も二波乱もありそうである。

その翌日、平八郎は芝居の幕がはねるのを待って、勝田玄哲を上野の唯念寺に訪ねた。あと五十両。七代将軍家継の祖父なら、それくらいの甲斐性はあろうと平八郎は踏んだのである。

現在の元浅草に当たるこの一帯は、寺社地で将軍家の菩提所寛永寺《かんえいじ》の西に位置し、中小の寺院がびっしり土塀を並べて密集している。土塀が崩れている寺もあれば、新築なった豪奢な門構えの寺もある。

平八郎は探しあぐねて、予定より小半刻遅れてようやく唯念寺に辿り着いた。

――浄土真宗高田派。

とある。

他の宗派よりははるかに戒律が緩く、妻子ある院主も許される浄土真宗だけに、勝田玄哲のような型破りの僧も出たのであろうと、平八郎は寺を見あげてあごを撫でた。

寺男の孫兵衛を見つけて声をかけると、平八郎はさっそく十畳ほどの庫裏《くり》の一室に通された。部屋の中央に囲炉裏《いろり》が切ってあり、その前に海坊主のような後ろ頭をこちらに向けて玄哲が座している。

寺内で見る玄哲は、どこにでもいそうな僧侶然とした恰好で、それなりに院主で収まっている。出入りする寺小姓を指示する姿もなかなか堂に入ったものであった。

(なかなか頼りになりそうな坊主だ)

平八郎は、にやりと笑って借財の話を玄哲に持ちかけた。

だが、平八郎のあてはすぐに外れた。お光の一件を話し、五十両の無心をすると、玄哲はすぐに手を振り、

「すまぬな、平八郎。じつはつい数日前まで三十両ほど手元にあったのだが、女たちのために借家を借りあげるので用立ててしもうた」

にべも無く断ると、平八郎を横目で見ながら扇を開いてバタバタと扇ぎはじめた。

これでは平八郎も埒があかない。

「お局方は、息災でござるか」

平八郎がやむなく話題を変えると、

「羽を伸ばしておるようだ。おぬしの前でこう申してはあい済まぬが、あの贅沢に慣れたお局方にとって、長屋住まいはさすがに辛かったのであろう。それより、まずいことが起こった」

玄哲は、あらためて平八郎に顔を寄せ、声を潜めた。

「この寺に寺社奉行の手の者が踏みこんでまいったのだ」

「罪状はなんです？」

平八郎も目を剝いて玄哲を見かえした。

「住職の身でありながら、妙齢の女を五人まで寺内に囲い、夜毎淫行に耽っていると訴えがあったらしい。ふざけた話だ。何者かの讒言《ざんげん》にちがいない」

江戸時代の警察制度は町奉行所がよく知られているが、その管轄地域はあくまで武家地と寺社地を除いた江戸府内のことで、武家は目付の管理下に置かれ、寺社は寺社奉行の管轄となっている。

寺社奉行は町奉行より格上で、地方大名がこれに当たり、寺社内で起こる事件の捕り物出役は、寺院役と呼ばれる役人が担当する。

玄哲の話では、その寺社役人およそ十名が、少検使を筆頭に、白房、六尺棒、刺又《さすまた》をたずさえて乗りこんできたのだという。

「それで、勝田殿はなんと弁明された」

「むろん、あの者らはかつて月光院付の奉公人だった者らで、縁《ゆかり》の者ゆえ目をかけておる。こたび火事に焼け出されて困っておるゆえ、なにくれとなく援助をしたが、寺内に招き入れたことはない、と弁明した。嘘いつわりではない」

「それで、納得したのですか」

「あれこれやかましく詮議され、半日にわたって寺内を調べられたが、ようやく納得して帰っていった」

玄哲は扇をたたむと、やおら平八郎を見つめ膝を詰めた。

「そこで、おぬしに頼みがある。他でもない。例の近衛秘帖だ。承知のように『空蝉』、『夕顔』の二巻はそっくり留守居役水野弥次太夫殿に手渡した。だが、『澪標』はまだわしの手元にあるのだ」

「なにゆえ、『澪標』のみ残されたのです」

「あの巻には、天英院が父の太閤近衛基熙と計り、孫の家継に毒を塗った狆の首輪に触れさせたくだりが記されておった」

「さようでしたな」

「将軍殺しは天下の大罪だ。それが公になれば、いかがあいなる。徳川家御一門とて、さすがに黙ってはおられまい。きっと世をあげての大騒乱となろう」

つまり、世を騒乱の巷《ちまた》と化すまでの覚悟はできていない、と玄哲が言うのである。

日頃は強気一点張りの玄哲にしては、気弱なこと、と平八郎は笑ったが、よくよく考えてみれば、近衛父娘と紀州藩のつながりを立証するにはまだ証拠が不充分である。

「機が熟せば機会も訪れよう。この秘帖ばかりは慎重に扱いたい。そこでしばらくのあいだ、おぬしに預かってほしいのだ」

「それがしに？　なにゆえでござる――」

「寺社奉行が目をつけはじめた。それに、わしのところはいつ差し押さえられてしまうかわからぬ」

玄哲はそう言って、秘帖の入った袱紗を平八郎の膝元に置いた。

「されど、拙者とて日々御庭番に狙われておりますぞ」

「なに、すでに尾張藩も動きだした。奴らとて、今もってこの秘帖一巻がおぬしの手もとにあるとは思うておるまい。さいわい、おぬしのところに御庭番が潜入したという話をとんと聞かぬ」

「それはそうでございましょうが……」

玄哲は袱紗から取り出した『澪標』一巻を平八郎の掌に乗せると、受け取れとばかりに平八郎の掌を握りしめた。

寺男の孫兵衛が持たせてくれた提灯を掲げ、平八郎が唯念寺を後にしたのは、夜四つ（十時）の鐘を聞いてすぐであった。お光の身が案ぜられた。玄哲から金が借りられぬとなれば、急ぎ他を当たらねばならない。

寺社町の土塀に沿って、帰路を急いだ。お光のことが気にかかる。

壮大な東本願寺の伽藍《がらん》が間近に迫ってきたあたりで、平八郎はひたひたとつけてくる気配に気づいた。微かに殺気さえ放たれている。

預かった『澪標』一巻を狙う者かとふと思ったが、秘帖が平八郎の手にあることを知る者はまだ誰もいない。

気配の主は、等距離を保ちながら、いつまで経っても襲いかかる気配はない。

(何奴か……)

平八郎は鯉口を切り、すぐに抜刀できる態勢で歩き続けた。

小さな寺が群集する小路を抜けると、月光りの下、東本願寺の伽藍が黒々とした影となって土塀越しに見えた。平八郎は、気配の主を誘うように境内に足を踏み入れた。

夜更けて、人影はない。

平八郎は足を止めると、いきなり背後を振りかえった。追跡者の姿は、忽然とどこかに掻き消えていた。怪訝に思いつつ本堂裏手にまわった平八郎は、そこでいきなり殺気を感じ後方に飛びさがった。

物陰から、ぬっと人影が現れた。

その姿は、月明かりの下、亡者のように暗い。まったくの蓬髪《ほうはつ》であった。長い髪を肩まで垂らしている。男は、朱鞘の鐺を押しあげ、平八郎の前を左から右にゆっくりと過《よぎ》った。

「おぬしか、後をつけて来たのは——」

「……………」

「豊島平八郎と知っての狼藉か」

「むろんのこと」

男は低い声音で初めて返事をかえし、またじりっと間合いを詰めた。

「なにゆえ――？」

「門弟の恥辱を晴らさんがためだ」

平八郎は男の右手にまわりこむと、月光を背にして立ち、ふたたび男の面貌をうかがった。

四十年配の恰幅のいい武士で、上背は六尺近く、強靭な体軀が深い闇の中に岩のように佇んでいる。

甘さの微塵もない、そぎ落としたようなその相貌は、風雪に耐えて剣の道に励んできたにちがいない男の厳しい過去を物語っていた。

黒の道着に袖無し羽織を着けている。なるほど、場末の道場主らしい風体である。

門弟とはおそらく、お峰の妾宅でとぐろを巻いていた三人の浪人者らしい。

平八郎は、さらに右にまわった。

「はて、門弟が悪徳商人の用心棒なら、道場主は誰の用心棒か」

「むろん主はおらぬが、おまえを討てば、お取り立てくださる筋のお方がおられる」

男は恥じ入るようすもなくそう言うと、草履をにじらせさらに間合いを詰めた。いつでも斬ってかかれる体勢で、鋭い殺気を滾《たぎ》らせている。

「流派を訊こう」

「小野派一刀流――」

「…………」

小野派一刀流といえば、平八郎の一刀流の流祖ともいうべき名流である。

五代将軍綱吉の頃までは柳生新陰流とともに将軍家指南役をつとめていたが、剣一筋の世渡り下手が多いらしく、ついに役を解かれて冷や飯を食うはめに陥っていた。

「仕官のためには、なんでもするか。一刀流の誇りは何処に消えた」

「なに、将軍家剣術指南役に復帰できれば、誇りなどいつでも取り戻せる」

「その腕を買った御仁は、お側御用役有馬氏倫殿と見た」

「問答無用――」

男は、右手が動いてすっと朱鞘の刀に手をかけた。

「将軍家指南役復帰がお望みなら、同じ一刀流のよしみ、協力してやらぬでもないが、あいにく我が溝口派一刀流は御留流にて、他流と立ち合うことは禁じられておる」

「笑止。我が一刀流との立ち合いを、なにゆえ他流試合という。小野派一刀流は一刀流本家。祖流との立ち会いさえ拒むとあれば、もはや一刀流とは名乗れまい」

なるほど、その言い分には一理ある。一刀流にはあまたの支流が生まれているが、元を正せばいずれも流祖伊藤一刀斎《いとういっとうさい》の一刀流から生まれた支流にすぎない。

「やむをえぬか。されば名をうかがおう――」

「荒垣甚九郎《あらがきじんくろう》――」

言い放つや、男は草履をにじらせ間合いを詰めはじめた。抜きうちに斬りつけてくるものとみえた。平八郎は一気に会津兼定二尺三寸を鞘走らせ、後方に飛びさがった。

「逃さぬ――」

甚九郎は刀を抜き払い中段につけると、そのまま腰に乗せ、ずいと押してくる。平八郎の腕を試すかのように、いくたびか突きを繰り出し、さっと退いた。

平八郎は、それを刀身を滑らせ鎬《しのぎ》で弾いた。いずれの一刀流にも共通の小技である。

甚九郎は一気に決着をつけるべく、刀を撥ねあげると、

「うぬッ――」

上段から、野太い気合とともに撃ちこんできた。

甚九郎の真一文字の打ち下ろしが、虚しく夜気を裂いた。

平八郎は、一瞬早く後方に飛んでいる。甚九郎はさらに、二波、三波と撃ちこんできた。

手強い。平八郎はそれをかろうじて避け、左右に転じた。

しかも、相手は同じ一刀流である。平八郎の溝口派一刀流についても、お

よその太刀筋は承知しているものとみえた。

平八郎は焦りを感じて、左にまわった。

月が雲間に隠れ、境内がにわかに闇に包まれはじめた。

その時、俄かに後方に気配があった。甚九郎が、それに気づいていきなりかえりみた。

影が三つ。わずかな星明りに透かしみれば、いずれも月代の伸びた細身の浪人者である。金で雇われた食いつめ浪人らしい。とはいえ、白刃の扱い方はじゅうぶん心得ていそうであった。

「ご助勢つかまつる」

影のひとつが、そう言って肩をいからせた。

三つの影をそれぞれねめまわし、平八郎が訊いた。

「仲間か」

「知らぬ」

そうとはとても思えなかった。どうやら三人は、いずれも甚九郎の門弟らしい。目を凝らせば、平八郎がお峰の妾宅であしらった浪人の顔も見える。

「しかし先生、こ奴にはひどく恥をかかされました。それがしにいま一度立ち合わせてくだされ」

浪人者の一人が、平八郎を透かし見て言った。

「うぬの腕では無理、退っておれ」

「こたびこちらは三人、ぬかりありませぬ。それに、恩賞は早い者勝ち」

浪人者は、平八郎に向かって言い放つと、いきなり間境いを越えて撃ちこんできた。

その一刀を鍔で受け押しかえすと、再度の撃ちこみが平八郎を襲う。それを前に転じてかわし、平八郎は男の手元をツッと打った。そのままスッと退く。

峰打ちである。

相手は、からりと刀を落としていた。

「なるほど、それが溝口派一刀流〈転〉の技か」

冷ややかに言うと、甚九郎は刀を収めて、背をかえした。

「勝負はあずけおく。邪魔が入らぬ折に、いずれ決着をつける」

甚九郎はそのまま門弟を置き去りにして、雲間の月に向かって歩きだした。

残った浪人者二人が、ふたたび身構え、じりっと間合いを詰めてきた。

「やめておけ、うぬらでは斬れぬ」

甚九郎は背を向けたまま、吐き捨てるように言って歩きだしている。三人の浪人者は、甚九郎と平八郎を比べるように見て、師とは反対側の方向に駈け去っていった。

六

「平八郎さん、大立廻りを演じたそうで。大御所がえらく心配なすってらっしゃいましたぜ」

翌日、中村座の木戸を潜ると、さっそく弥七が待ち受けていたように平八郎に駆け寄ってきた。

弥七の言う立廻りとは、前夜の小野派一刀流荒垣甚九郎との対決ではなく、お峰の妾宅での浪人者との斬り合いのことらしい。伊賀同心の佐島新兵衛から聞きつけたものと思えた。

「その件で、大御所と伝吉翁がなにか相談をなすっていらっしゃいましたよ」

「どういうことです」

平八郎は、訝しげに弥七を見かえした。

「いえね、あと五十両あれば、お光さんを悪どい米商人の手から救えるってお耳に入れると、伝吉翁が、それじゃァ、皆に声をかけてみては、とおっしゃって」

「声をかけるとは？」

「募金ですよ。皆に呼びかけてみると、十両ばかり集まりました。たしかに一座の者にとっちゃ、お光さんは見ず知らずのお人かもしれねえが、平さんは家族も同然だ。困った時は助け合うもんでさ」

平八郎にはかえす言葉もない。さっそく皆に礼を言ってまわりたいが、もう幕が上がってしまっている。

「おっと、そのことでぜひとも平さんに吉原の茶屋に足を運んでもらいたいと、大御所がおっしゃってました」

「吉原の茶屋へ……。それはまた、どういうことです？」

「そいつは、行ってからのお楽しみということで」

弥七は、にやにやと笑うばかりでそれ以上は語らない。

むろん花街遊びにくり出そうというのではあるまい。芝居と吉原は江戸の華、両者の交流は深く、芝居小屋の出資者が吉原の顔見せの持ち主だったりする。

（おそらく、どこかの大旦那のお座敷がかかっているのだろう）

平八郎は、およそそんなふうに推察した。

三階にあがって控え部屋に入ると、衝立の向こうでゴソゴソと人の蠢く気配がある。

宮崎伝吉翁がいるらしい。

「平さん、派手な立廻りだったそうだね」

伝吉翁のほうから声がかかった。よほど痛快な話として一座に伝わっているらしい。

「それで残りの五十両の件だが、あたしは十両ばかり出させてもらったよ。大御所は三十両だっていうじゃないか。さすがに千両役者は気前がいいよ」

「そのような大金……」

「いいってことさ。皆から集めたものを併せると、なんとか五十両に届くだろう」

「そのようなことをしていただいては、あまりにあい済みませぬ」

平八郎は、恐縮して衝立ごしに頭を下げた。

「なにを他人行儀なことを言っているんだ。集まったら、金庫番に言って切り餅の百両に替えておもらい。吉原に行く前に用意しておいたほうがいいよ」

どうやら、なにもかも段取りができているらしい。

芝居の幕がはねるのを待ち、大御所と駕籠を並べて平八郎が吉原に向かったのは、六つ半（夜七時）を過ぎる頃であった。

江戸幕府開闢当時、幕府は江戸の各所にあった悪所を長崎町に集めた（元吉原）。その後、明暦《めいれき》の大火で消失したため、浅草北の新開地に新吉原を開き、ここに娼婦たちを集めた。

大御所と平八郎が向かったのは、この新吉原のほうである。

團十郎と平八郎は、夕闇せまる江戸の町を北へ急ぎ、大門《おおもん》前で駕籠を下りると、仲ノ町にずらり並んだ店のうち、中でもことのほか豪壮な構えの〈山口屋〉にあがった。

ここは、いわゆる妓楼ではなく、引手茶屋である。こうした店は大見世《おおみせ》との繋ぎ役ばかりでなく、吉原に足を運ぶ客たちの遊興の場であり、やがて時代とともに女たちと華やいで過ごす贅沢な高級サロンとなっていった。

広い廊下に立つと、すぐに若い衆が駈け寄ってきて、大御所と平八郎を二階に案内した。

若い衆は、二人を十畳ほどの部屋に案内して消えた。

平八郎は、ぐるりと部屋を見まわした。廊下側の壁には丸窓が切られ、部屋の壁は茜色に染まっていかにも色里風である。

團十郎はさっそく茶屋女房を呼んで酒膳の用意をさせ、馴染みの茶屋女を数人呼んだ。

「平八郎さん、話は聞いたよ」

大御所は、女たちが注ぐ酒を大きな朱塗りの盃で受けると、あらためて平八郎に顔を向けた。

「そのお光ちゃんという娘さんのお父っつあんには、お会いしたことがある。吉田喜兵衛さんとおっしゃってね。お亡くなりになったお内儀ともども、ご贔屓くだすったもんだ。あんな事件があって島送りになって、店も畳んだと聞いていたが、そんな目にあっていたとはね」

同情した口ぶりでそう言うと、大御所は、

「それで、借財は百両だったね。私にとっちゃ、三十両は大した金じゃねえが、残りの金は皆の血と汗の結晶だ。それだけ集まったと聞いて、私も涙が出たよ」

大御所は、平八郎に徳利を差し向けながら、ちょっと眼を赤くして手ぬぐいでぬぐった。

と、襖が開いて、先刻の茶屋女房が部屋に戻ってきて、大御所の耳元に近づいて何やら呟いた。

大御所は懐から小判を数枚取り出し与えると、茶屋の女房はポンと胸を叩いて去っていった。また女たちが二人に酌を始めると、やがて先ほどの茶屋女房が戻ってきて、大御所の耳に、

「あちらのお座敷にあがっておられます」

と、小声で呟いた。

「やっかいなことになっちまったよ」

大御所は、そう言って今度は平八郎に向き直り、

「市川團十郎が来ていると、女たちのあいだで話題になっているらしい。ぜひ、そっちの座敷にも来てもらえないかというんだ。角間伝兵衛さんの座敷なんだ」

大御所は、平八郎を見てにやりと笑った。

「むろんお供いたします」

平八郎もつられて微笑んだ。

どうやら大御所は、この茶屋女房に命じ、伝兵衛の座敷の女たちに團十郎を呼んでほしいとせがむよう、工作をしたらしい。

「準備万端だよ。平さん」

女たちに心づけを手渡し、茶屋女房の案内で招かれた伝兵衛の座敷に向かうと、座敷の中央で三人の女たちとたわむれていた男が、

「團十郎さんじゃないかい」

大袈裟に驚いてみせた。底響くような大声である。

いかにも貫禄のありそうな大柄な商人である。胡座《あぐら》をかき、己のふぐりを弄《もてあそ》んでいる。ひどく粗大奔放そうな男であった。

紅潮した顔から見て、すでにだいぶ酒がまわっているらしい。

「ご贔屓にあずかっております」

團十郎は伝兵衛の前に跪《ひざまず》き丁寧に挨拶をした。平八郎も揃って頭を下げた。

「お内儀様とお嬢様には足しげくお通いいただき、座員一同、中村座は角間様でもっているようなものと感謝しております」

「うまいことを言う。まったく、女房も娘も芝居見物の日は朝から大騒ぎだ」

女たちが嬌声をあげ、競って大御所のもとに駈け寄ると、ささ、と急ぎ設えた酒膳に二人を案内した。

「これこれ、角間様に失礼じゃないかい」

大御所は、伝兵衛に気をつかい女たちを諭すと、

「まあいい。千両役者の市川團十郎には、男ッぷりじゃかなわねえよ」

伝兵衛が、上機嫌を装って言った。

「いえいえ、角間様にとっては千両など端金《はしたがね》、とても役者風情が御大尽様に敵《かな》うものではありません」

「團十郎、まあ飲め」

角間伝兵衛は、大きな盃を女たちにすすめさせた。

「こちらに控えおりますのは、中村座の殺陣師にて、一刀流免許皆伝豊島平八郎と申します。どうぞご贔屓くださいますようお願い申し上げます」

團十郎は、さらりと平八郎を伝兵衛に紹介した。

「ほう、殺陣師で免許皆伝か。変わった男だ」

伝兵衛は鼻先で嗤《わら》って、じろり平八郎をひと睨みした。

「当節、殺陣も絵空事ではお客様に飽きられてしまいます。剣の達人でなければ殺陣師も通りません。私どもでは真に迫った本物の殺陣を工夫してもらっております」

「ほう、そいつは面白い。なにか芸を見せてくれんか」

伝兵衛が、しゃがれ声で平八郎に注文をつけた。

「お安い御用でございます」

平八郎は女たちに懐紙を一枚取り出させ、それを宙空に舞いあげるよう命じた。

「これからの殺陣は、このようにいたします」

平八郎は抜刀するなり、いきなり片手で懐紙を二つに切り裂くと、さらに刀を一閃、二閃させ、懐紙を宙空で四つに切り刻んだ。

酒席が一瞬凍りついた。

女たちのあいだから、しばらく間を置いてようやく喝采が起こった。

「角間様――」

大御所が声をかけた。

角間伝兵衛は、まだ茫然と平八郎を見ている。

「この者、このように剣の腕は立ちまするが、じつは堅物一方で」

大御所が、にやにや笑いながら言った。

「芸の肥やしに色里にでも送りこめば、気のきいた立廻りも工夫できるようになるかと連れてまいりました。しかしながら、まるで色街の女には興味がないようで」

女たちが大袈裟に嘆いてみせた。

「そいつはなぜだ」

「よくよく訊いてみますと、好いた女がいるようなので」

「好いた女もいいが、色街の女は格別だ。遊んでおかねば、すぐになまくら刀になってしまうぞ、用心をおし」

伝兵衛は、嘲笑《あざわら》うように平八郎に言った。

「別嬪といえば、角間様。随一の別嬪を落籍《ひ》かれたそうにございますな。浅草界隈ではもう大そうな評判で」

伝兵衛は、苦い顔をつくって大御所を見かえした。

「お峰のことか。もうだいぶ前のことだ。そのこと、女房や娘には内聞に頼むぞ」

探るように伝兵衛は大きな三白眼《さんぱくがん》を向けた。

「むろんのことでございます。それはそうと、角間様にこの場をお借りしてひとつお願いがございます」

「なんだ、あらたまって」

「この大堅物の平八郎、さきほど話を聞いてみれば、その好いた女が角間様に借財があるそうにございます。ささ、角間様にご説明申し上げなさい」

團十郎が平八郎を促した。

平八郎は、あらためて平伏し、頭を上げた。

角間伝兵衛は気味悪がって、平八郎を首をそむけてうかがった。

「それがしの住む長屋に、お光という娘が住んでおります。お恥ずかしながら拙者、懸想《けそう》いたしましてござる。なんでも、商売に失敗した娘の父が角間様に百両の借金をしたという話でござる。その借金、お返しすべくここに百両用意いたしました」

平八郎は懐中から紫の袱紗を取り出し、伝兵衛の前に差し出した。

「おまえは……」

伝兵衛が、ぎょろりと平八郎を睨みすえた。

「耳を揃えてお返しいたします、どうかお納めくださりませ」

伝兵衛は驚いて脇の女に耳打ちした。すぐに別室からやくざ風の男が飛んできて、目の前に座す平八郎の姿にぎょっとすると、慌てて伝兵衛に耳打ちした。

伝兵衛の形相がみるみる強張《こわば》った。

「けなげな二人、ぜひとも所帯を持たせてやりとうございます。いかがでございましょう」

團十郎が、促すように言った。

「それとも、いまいちどつたない芸をお見せいたしますか」

平八郎が、えぐるように伝兵衛を見あげ、睨みつけた。

「まあ、借財さえ耳を揃えて返してもらえば文句はないが……、團十郎、それでいいのだな」

角間伝兵衛はふてくされたように言うと、平八郎の差し出した金を急ぎ懐中に入れた。

「お愉しみのところ、無粋なお話で申し訳ございませんでした。無粋ついでに、いまひとつお願いが……」

團十郎がたたみかけた。

「なんだ」

「返済の証として、受領の証文を一筆、頂けましょうか」

「團十郎、おまえは、わしが嘘をつくとでも言うのか」

角間伝兵衛は、眉間に赤黒い怒気を溜めて團十郎を睨んだ。

「いえいえ、そのようなつもりなど毛頭ございません。ただ、こうしたものは形に残してこそ、話があとくされなく運ぶというもの。ご面倒ではございましょうが、どうかよろしゅうお願い申し上げます」

伝兵衛は苦りきった顔で、小者に筆と硯を取りに行かせた。

小者は、ちらちらと平八郎をうかがいながら、いまいましげに筆と硯を伝兵衛に手渡した。

「これでいいか」

伝兵衛が突き出すように自筆したものを平八郎に投げてよこすと、

「お内儀様、お嬢様にもよしなにお伝えくださいまし」

團十郎が平八郎に替わって礼を述べた。

「かたじけのうございます。これでこの者もようやく所帯が持て、よい芝居をお見せすることができますする。どうぞ、お内儀様、お嬢様にもよしなにお伝えください」

そう言うと、

「團十郎、わしをゆする気か」

伝兵衛は、こわい眼で團十郎を睨みすえた。

「めっそうもございません」

その間、平八郎は嬉しそうに書き付をたたみ懐に収めた。

先刻の茶屋女房が入ってくると、角間伝兵衛に耳打ちした。

「團十郎、今宵は来客がある」

「それでは、私どもは退散させていただきます。くれぐれもお内儀様並びにお嬢様にはよろしゅうお伝えくだされ」

そら惚《とぼ》けて團十郎が角間伝兵衛に一礼すると、伝兵衛は眉間に赤黒い怒気を溜め、顔を背けている。

二人は揃って部屋を去った。背後で角間伝兵衛が怒気を叩きつけ、酒膳を覆す音が聞こえた。

大御所は、明るく笑って肩を揺すった。

「大御所、大丈夫なんですか」

「なにがだ、平さん」

「角間伝兵衛を、あれほど怒らせてしまって」

「なに、あんな男とのつきあいは、こちらから願い下げだよ」

と、店の馴染みの番頭がスルスルと大御所に擦り寄ってきた。

「おや、もうお帰りで」

「野暮用を思い出した。また来るよ」

大御所が心づけを番頭に与えると、廊下の向こうから武家の一団があたりを睥睨《へいげい》するようにやってくる。

中央の男は、倹約ばやりの当節、あたり憚らぬきらびやかな絹の羽織袴でのし歩く大身《たいしん》の武士であった。髪は白髪交じりだが、矍鑠《かくしゃく》たる体軀で、腰を乗せ肩をいからせるようにして歩いている。

「あれが、今をときめく有馬氏倫様だよ。いつもああやって、浪人衆を連れていらっしゃる」

團十郎が平八郎の耳元で言った。

なるほど面体は噂にたがわぬ河豚面で、下膨れの大顔、目はぎょろりとして心持ち口が尖っている。

平八郎は、その容貌をしっかり目に焼き付けた。

有馬氏倫の脇を固める紋付袴の家士に混じって、人相のよくない浪人衆が雇い主同様肩をいからせている。

その一団の中に、東本願寺境内であいまみえた荒垣甚九郎の姿があった。この男は例の兵法者然とした陣羽織を着け、一行から数歩離れて飄然《ひょうぜん》とついていく。

「有馬様は名のある武術家をお側に置くのがご趣味のようで。それを知って、将軍様の御前試合に推挙してほしいと、腕に覚えのある無頼の者が有馬様のもとに大勢押しかけるそうにございます」

番頭が、今度は平八郎の側に寄って耳打ちした。

「ほう」

平八郎は去っていく荒垣甚九郎の背を、唇をゆがめてじっと見送るのであった。

第四章　大岡闇裁き

一

　それから数日経って、平八郎は北町奉行所内役吟味方与力土橋辰之助《どばしたつのすけ》を八丁堀の役宅に訪ねた。

　辰之助とのつきあいは、かれこれ二十年にもおよぶ。直心影流《じきしんかげ》高木金右衛門《たかぎきんえもん》道場では相弟子で、剣の腕は平八郎より数段劣っていたが、同じ幕臣同士のよしみもあって、懇意になるまでさして時間はかからなかった。

　ともに大名屋敷の中間《ちゅうげん》部屋で開かれる賭場《とば》に出入りしたり、絵島の寺院代参後の花見の宴に加わったこともある。

　平八郎が妻を娶ってから、しばらく辰之助とは疎遠になったが、それでも交友が途絶えたわけではない。あの忌まわしい事件の起こる少し前、この日のように辰之助の役宅を訪ねたのを平八郎はおぼえている。

辰之助の妻女多恵《たえ》とも、平八郎は昵懇《じっこん》の間柄であった。

多恵は姉絵島の下ではたらく中﨟の妹で、大奥で権勢をふるう絵島の弟ということで花見の宴で近づいてきたが、ついに平八郎を振り向かせることができず、諦めて土橋と結ばれた経緯がある。

この日、平八郎が辰之助を訪ねる気になったのは、お光の一件がきっかけで、幕政の腐敗ぶりをあらためて知ることとなり、有馬氏倫ら紀州派の将軍側近がどれほど幕府を専断しているのか、辰之助からじかに問い直してみたかったからであった。さらに、紀州派といえば、絵島生島事件の背後で暗躍していたことも近衛秘帖にははっきりと記されている。

辰之助の役宅は、八丁堀の組屋敷のあいだに残った亀島《かめしま》山玉円寺《ぎょくえんじ》という小さな寺の隣にあった。

「よう来たな、あがれ、あがれ」

およそ十年ぶりに再会した土橋は、月代の剃り跡も凜々《りり》しい青年武士の面影はもはやなく、男ざかりの町方役人に変貌していた。妻女の多恵も一男の母となり、島田髷に鉄漿《おはぐろ》をつけ、頬紅を塗って、すっかり武家の妻女におさまっている。

月代の伸びた浪人体の平八郎に、多恵は一瞬冷ややかな眼差しを向けたが、辰之助がこころよく平八郎を迎えたので、白々とした顔で客間に案内すると、すぐに奥に消えた。

「おぬしのご子息は、幾つになった」

昔と変わらぬ口ぶりで、辰之助は腰をおろした平八郎にすぐに語りかけた。

「今年で、はや十七になる」

「歳月の経つのは早いものよな」

辰之助は、平八郎の年輪をその相貌の変化でも確かめていた。

「すっかり老いぼれてしもうたよ」

「いやあ、今は、なにを生業《なりわい》としておるのだ」

気になっているのか、平八郎の暮らしぶりを辰之助はうかがうようにして訊ねた。

「うむ。市川團十郎の殺陣師をしておる」

「戯れ言であろう……?」

辰之助は一瞬意外そうな顔をしたが、すぐににやりと笑って盃を取った。辰之助には平八郎の言葉が信じられないらしい。

「江戸所払いであったな。よう辛抱したものだ」

辰之助は、すでに平八郎の消息をどこかで小耳にはさんでいるようであった。平八郎は、会津での八年の暮らしをかいつまんで話した。

「棒振りか。おぬしは、俺などよりずっと筋がよかったからな。さぞや上達したことであろう」

辰之助は、どこか慰めるような口ぶりで言った。

「いちど昔に戻って手合わせしてみるか」

「いや、やめておく」

辰之助は、すぐに手を振って、

「おれの得意なのは、こっちのほうだ」

多恵の運んできた京焼の色鮮やかな徳利を突き出して、平八郎に酒をすすめた。料理もひととおり揃うと、多恵は、

「なにもございませぬが」

冷淡にそう言って、そそくさと奥に退いた。辰之助は、不機嫌そうに多恵の後ろ姿を追った。平八郎は黙って盃を置き、多恵の作った湯豆腐に箸を付けた。昔から多恵は、膳によく湯豆腐を出す。

「それにしても、あれはなんともひどい評定であった」

酒もすすみ、感慨深げにそう言えば、話の矛先はおのずと八年前の忌まわしい事件に向かっていく。

「あの差配の折、おれは身の置き場もなく逃げまわっておった。おぬしの裁かれる姿

など、とても見ておれぬでな」

「そういえばあの折、おぬしの姿を見かけなかったが、どこにおったのだ」

「あの頃は外役でな、足を棒にして町中を歩きまわっていた。あの事件で動いていたのは、たしか、大目付仙石丹波守《せんごくたんばのかみ》の意を受けた目付の稲尾次郎左衛門《いなおじろうざえもん》であったな」

「そうだ」

平八郎は、詮議を担当した陰湿な男の面影を思い浮かべた。平八郎の身辺を執拗に調べあげ、蛇のように執念深く平八郎の罪状を積み上げていった。

「まったく、酷いものだ。大奥に籠もって宿下がりもままならぬお局様の弟に、監督不行き届きもあるまいよ」

「うむ」

「ともあれ、赦免となってよかった。幕臣復帰もいずれ叶うのではないか」

辰之助は励ますように平八郎に言った。

「いや、もうよいのだ」

平八郎は手を振り、素浪人の気楽な長屋暮らしも、これでなかなか捨てたものではないと言って、崩れかかった湯豆腐を箸で掬《すく》った。

それを、辰之助は同情をこめて見つめていたが、気をとり直し、また徳利を平八郎にすすめた。

「おぬしの姉上の絵島殿はご健勝か」

「息災という便りが二度ほど会津に届いたが、じつのところようわからなかった。先日、あの当時のお局方と出会い、その後の消息を聞いた。息災のようだ」

「ほう、お局さまか」

辰之助は珍しそうに目を輝かせた。

「みな、稽古事の師匠をして暮らしておる。逞しいものよ」

「町のお師匠様か。たしかにしっかりしておる。あれからのことゆえ、だいぶ薹《とう》が立っておろうが」

平八郎は苦笑いした。

「いや若いのもおるぞ。贅沢を嫌う新将軍に追い出された口だ」

辰之助は苦い顔をして盃を仰いだ。どうやら辰之助も紀州から来た八代将軍があまり好きではないらしい。

辰之助は、ちらと廊下の気配をうかがって、

「おれにもぜひ紹介してくれぬか」

「されば、いちどおれの長屋に訪ねてまいれ。おまえの好きな長唄の師匠もおる」

「うむ」

辰之助は目の色を変え、

「ぜひまいる」

大きく頷いてみせた。

飾らない談笑とともに酒がすすむ。多恵が空になった徳利を片づけにくると、また冷やかに辰之助を見た。今となっては幕府に無縁となった平八郎に、幕府の内情をあまり語ってほしくないらしい。

「上様が紀州からまいられての。千代田のお城もずいぶんと変わった」

辰之助は多恵に反発してか、かまわず話を進めた。

吉宗は当初こそ幕閣に気をつかい、政策を具申させていたが、しだいに紀州から伴った側近を重んじるようになり、今では老中といえども万事紀州のお歴々にお伺いを立てねば仕事は始まらないという。

「巷《ちまた》では、御側御用取次有馬氏倫殿の評判が芳《かんば》しうないようだ」

平八郎が盃の酒を一気に飲み干すと、辰之助は空になった徳利を替えながら、

「うむ。有馬様は、なににでも口を挟まれるからの」

憮然とした口調で言った。

「奉行所の仕事にまでか」

「ま、そこまでのことはめったにないが、評定所にはよく口を出されるそうだ」

にがりきった口ぶりで辰之助は言った。遠慮のない平八郎が相手だけに、これは本

音であろう。

平八郎は、氏倫と目安箱のかかわりについても訊ねてみた。辰之助の返答は、平八郎の予想をはるかに超えるものであった。

目安箱の鍵はたしかに公方様が持っておられるが、手許に届くまでにいろいろなところを巡っており、都合の悪い訴状は有馬様が握り潰してしまう、と辰之助は言った。

「まことか」

「まこともまことよ」

辰之助はさらに驚くべき内幕を平八郎に披露した。有馬氏倫は、訴えを前もって知り、訴えられた者から揉み消し料として多額の賂《まいない》を懐に入れる、というのである。

平八郎は唇を歪めて箸を置いた。角間伝兵衛と有馬氏倫が密談する場面が脳裏を過《よぎ》った。

辰之助の舌鋒はますます鋭く、止まるところを知らない。

「有馬など、紀州藩の陪臣《ばいしん》にすぎぬのだ。なぜあのような者に、腰を屈めねばならぬ、と幕臣はみな憤懣やるかたない。だがな、あの男はなんというても上様の第一のご側近だ。われわれ下っ端役人ではどうにもならぬ。すまじきものは宮仕え、とはつくづく思う」

辰之助は、本心からぼやいてみせた。平八郎はその辰之助の苦りきった表情を横目で見て、さらに将軍吉宗についても尋ねた。

「なに、巷では名君の誉れが高いが、そのあらかたは、ご側近の献策によるものという話だ」

「側近には、他に誰がおる」

「わが主の大岡忠相《おおおかただすけ》様が大いに知恵を貸しておられる」

辰之助は、ちょっと誇らしげに上司の名を挙げた。

「吉宗公は、そもどのようなお方なのだ」

「聡明だが、いささか怜悧《れいり》なお人らしい。それに秘め事がお好きだそうな」

「秘め事……？」

「色事のことだ。だが、そればかりではない。万事裏で政《まつりごと》を動かす。御庭番がよい例だ。陰湿なものよ」

辰之助は、にわかに声を潜めた。

「そのようなことを言うてもよいのか」

平八郎もつられて低声《こごえ》になった。

「なに、幕臣はみな蔭でそう言うておる。城中が暗くなっておる」

将軍吉宗も、徳川本家の直臣のあいだではあまり評判はよくないらしい。

「それに、希代の野心家であられる。己の利益のためにはなんでもするが、必要がなくなれば容赦なく切り捨てるとな。結局大切なのは、己と紀州家の繁栄なのだろう」

「して、有馬氏倫殿の勝手放題を、吉宗公はご存じなのか」

「さて、どこまで気づいておられるか。上様は何も知らされず、ただ有馬らの掌の上で踊らされているだけという噂もある」

辰之助は、ふたたび空になった徳利をとり替えた。

平八郎は盃を置き、多恵の料理に手を伸ばした。味はほどほどである。平八郎はまた酒に戻った。

と、しばらくして、廊下でその辰之助を呼ぶ多恵の声がある。

「すまぬな――」

辰之助は、顔を歪め立ちあがると、ややあって辰之助と妻女の荒々しい言い合いが聞こえた。

とぎれとぎれに漏れてくる話しぶりから察して、辰之助はひどく叱られているらしい。あまりに不用心に平八郎に語りすぎるというのだろう。やがて戻ってきた辰之助は、

「伜が戻ってきてな――」

作り話をして、さあ呑め、さあ呑め、とまた徳利を突き出した。

その宵、平八郎はさらに一刻ほど辰之助と共に過ごし、利兵衛長屋に戻ったのは、

夜四つ（十時）を過ぎた頃であった。

二

それから数日して、平八郎のもとに訃報がもたらされた。土橋辰之助が、前夜路上で何者かに惨殺されたというのである。

「何者に殺《や》られたのです！」

息せき切って報らせに来た弥七に、三階の大廊下で殺陣の考案に余念のなかった平八郎は息を詰まらせた。

「それが、まだはっきりしねえんで……」

弥七はすまなそうに後ろ首を撫でた。詳しいことはまだなにもわからないらしい。事件の一報を弥七に報せてきたのは、ぼろ鉄だったという。

そのぼろ鉄の話では、事件があったのは昨夜の五つ頃、場所は両国、御船蔵裏手の初音稲荷《はつねいなり》境内であったらしい。通りかかった水茶屋の女が、血臭漂う亡骸を見つけ、すぐに番所に届け出たという。

「だが、ぼろ鉄は私と辰之助の関係をなにゆえ知っているのだろうか……」

にわかに事情が呑みこめず、平八郎はまた弥七に問いかえした。

「嫌疑がかかっているんですよ、平さんに」

「拙者に……？」

「現場に、平さんの印籠が現場に落ちていたっていうじゃねえですかい」

「印籠が……！」

平八郎は絶句した。その印籠は、二日前辰之助の役宅に忘れてきたものである。つい酒を過ごし、妻女に嫌な顔をされながら、追い払われるようにして帰宅したのをつい夕べのことのように憶えている。

「捕り方が、平さんの行方を追っているらしい。とにかく、すぐに身を隠したほうがいい」

「うむ」

平八郎は、慌てて会津兼定二尺三寸をひっつかんだ。

だが、考えてみれば幕吏の執拗な追求から逃れる方法などあろうはずもない。たとえ逃げおおせたところで、探索の目に怯える日々が生涯続こう。平八郎は、日陰者の身であった重追放の日々の辛さをふと思いかえした。

「とにかく、ここを出ちゃいけねえよ。あっしはこれから現場までひとっ走りして、詳しいことを聞きこんでくる。ようござんすね。絶対にここからお出にならないように」

弥七は幾度も念を押して、転がるように廊下を駈けていった。

平八郎は事情を聞きつけた伝吉翁に一階廊下の最奥にある道具部屋に押しこまれることとなった。

伝吉翁の指示に従い、小道具の男たちがよってたかって怨霊《おんりよう》装束一式を平八郎の頭からかぶせた。この装束が、蒸《む》れるように暑く、ひどく重い。そうこうしているうちに弥七が戻ってきて、

「利兵衛長屋にまわると、ちょうどぼろ鉄が戻って来やしてね。さすがに瓦版屋だ。八方仲間のあいだを走りまわって、あれこれ摑んできたようで。なんでも、殺された与力の内儀が、亭主は平さんに呼び出されて出ていったと証言しているそうです」

平八郎は耳を疑った。明らかに偽証である。

(だが、私に罪を着せて、多恵どのはなにを得るというのか……)

そこまで考えて、平八郎はこの事件にはなにか裏がありそうなことに思い至った。背後に見え隠れする影がある。

「もう一日だけ待ってくだせえ。殺しの現場を見た者があるかもしれねえ。昔の伊賀同心仲間と、手を尽くして現場を当たってみます。いいですかい、ここを出ちゃいけませんぜ。もうじき夜になる。なあに、今夜はひとまず大丈夫だ」

弥七は、そう言い残して、また振りかえり振りかえり一階の廊下を駈け去っていった。

（だが、中村座との関係はいずれ知れよう……）

平八郎にはそう思えた。そうなれば、捕り方はきっとこの芝居小屋を囲むにちがいない。芝居小屋が、お取り潰しにあう恐れが十分にあった。

八代将軍吉宗に替わってからというもの、芝居小屋を規制する法令が幾度も発せられている。たとえば、芝居小屋の三階建ては固く禁じられた。そのため、芝居小屋はいずこも三階建てを偽装して中二階を装っているほどである。

（ここにいれば、迷惑がかかる……）

芝居小屋を抜け出し、平八郎は夜の闇に飛び出していった。

三

どこに逃れるにせよ、勝田玄哲から預かった近衛秘帖『澪標』一巻は、幕吏の手の届かない所に隠しておかねばならない。これが明るみに出れば、中村座どころではない、動乱の火の手があがり、江戸じゅうが戦火に巻きこまれる恐れさえあった。

平八郎は一路利兵衛長屋へと向かった。

長屋に向かう途中、平八郎はふと八丁堀で足を止めた。

土橋家を訪ね、辰之助に線香をあげたくなったのである。多恵に、なぜ平八郎に濡れ衣を着せたのかも直接問い質してみたかった。

潜り木戸から庭に入り、間貸しの長屋を左に見て奥に向かうと、数日前の来訪時には気づかなかったが、およそ三十坪ほどの庭に菜園が拓《ひら》かれ、茄子《なす》、胡瓜《きゅうり》など、季節の野菜が月の光にほの白く浮かびあがっている。

雨戸をこじ開け、身をよじらせて、母屋に潜入した。

数日前平八郎が辰之助と酔い潰れた十畳間はすっかり様変わりして、真新しい仏壇が用意され、蠟燭が灯されていた。平八郎は独りその前に跪き、両手を合わせて旧友の冥福を祈った。

と、廊下側の襖が微かな音を立てて開いた。振り向けば、そこに多恵が亡霊のように佇んでいた。

「よくも、おめおめと！」

多恵はいきなり懐剣を抜き払い、夜叉に似た表情で身構えた。

「待たれよ」

平八郎は、片手をあげて、多恵を制すると、無腰のまま立ちあがった。

多恵は、畳の上の平八郎の差料にちらと目をやり、さらに足袋《たび》をにじらせた。

「多恵どの、印籠はあの夜この部屋に置き忘れたもの。なにゆえ、偽りを申される」

「夫は、おまえの使者に呼び出された」

「浪々の身のそれがしに、家士などあろうはずもない。私を罠に嵌《は》めようとする者が呼び出したのだ。それに、印籠の一件は別の話。そなたは、強引に私を下手人に仕立ててあげるつもりか」

「おまえが辰之助を殺したことは、もはや言いのがれできぬ。見た者がある」

「誰かに言いふくめられたとみえるが、もしや、有馬氏倫殿ではないか」

多恵の懐剣を握る手が、わずかに怯《ひる》んだようである。

「偽証の代償に、なにを約束された。金か、それとも土橋家の安泰か――」

「黙れ、平八郎。おまえは町方役人に恨みがあるのであろう。逆恨みもはなはだしい！」

多恵は、頬を震わせ一歩踏み出したが、それでも容易には平八郎に撃ちこめずに震えている。

と、廊下で荒々しい足音がして、若衆髷の少年が部屋に駆けこんできた。土橋辰之助の一子土橋広之進《ひろのしん》であった。広之進は平八郎をみとめていきなり抜刀すると、

「父の仇、覚悟ッ！」

上段から、凄まじい気迫で斬りつけてきた。

だが、勢いよく撃ち下されたかに見えた刀身が、鴨居で止まって震えている。

焦った広之進は脇差しを抜き払い、遮二無二《しゃにむに》に平八郎に突きかかった。その伸びきった腕を手刀で叩くと、脇差しはがらりと音を立てて畳の上に落ちた。

「いずれ、またまいる」

平八郎は畳の上の会津兼定をひっつかみ、身を翻して庭に飛び出した。胡瓜を数本踏み潰してしまったようであった。

平八郎は、夜の闇を縫うようにして利兵衛長屋に辿り着いた。裏木戸を潜り、長屋の板壁に背をあずけて気配を探ると、さいわい捕り方の手は及んでいないようであった。平八郎はお光の家に駈け寄って、腰高障子を小さく叩いた。

「あっ、平八郎さま――」

内からすぐに声があった。お光は平八郎を迎え入れると、急ぎ腰高障子に心張り棒を立てた。

「覚え書は大丈夫かい？」

「昼間ここに捕り方が。でも、見つかってません」

お光は平八郎の腕をとって家の中にあがらせた。

「それより、ついさっき弥七さんがやってきました。平さんが、こっちに廻ってくるんじゃないかって……。だいぶ事情がわかってきたようです」

お光は、弥七がぼろ鉄の報らせを頼りに事件のあった幕府御米蔵付近を駆けまわって集めた情報を、平八郎に語って聞かせた。

ぼろ鉄の話では、意外にも事件の目撃者があったという。近くの岡場所で遊んだ近在の呉服問屋の手代が、帰り道に殺しの現場を見たのだという。

「人気《ひとけ》のない御米蔵で、三人が立ち話をしているので、そのひと、不審に思って近寄っていったそうです。知り合いらしい二人の男が、親しげに話し合っていたそうでした。後ろにもう一人男のひとがいて……」

お光は、早口で語り続けた。

その男は初め、二人の話が終わるのをぶらぶらしながら待っていたが、後ろから迫り寄ると、その一人をいきなり背後から刺したという。

「刺された人が倒れると、残った二人は頷きあって足早に立ち去ったそうです」

手代が、殺された男に近づいて、おそるおそる提灯の灯りを近づけてみると、男は黒羽織の町方与力であったという。手代は、その与力の死の形相があまりに凄まじいので、恐ろしくなり、そのまま駆け去っていったということであった。

「そうか。ありがたい。ぼろ鉄の奴、よくそこまで調べてくれた」

土橋辰之助が何者かに殺害目的で呼び出され、現場にやってきたことまでは、これではっきりした。

「どうせ幕府の犬どもが、有馬氏倫あたりに命じられ私を嵌めたのだろう。辰之助には不憫なことをした」

平八郎はお光とともに床下の塩壺から近衛秘帖一巻を取り出すと、懐中に収め、慌ただしく玄関に下り立った。

「これから何処へ……？」

お光は、不安そうに平八郎をうかがった。

「さあ、芝居小屋にも、長屋にも、迷惑をかけるわけにはいかない」

「それじゃ、どこか遠い所に逃げるんですか……」

「まだ決めかねている。とりあえず、これを弥七さんに預けたい。中村座に戻るつもりだ」

平八郎はお光の手をとって、

「大丈夫だ。必ずまた連絡をする」

強く念を押すと、そのまま勢いよく夜の闇に飛び出していった。

人気《ひとけ》のない中村座に戻り、平八郎が土間席をうろうろしていると、暗闇からいきなり弥七が現れて、

「どこにいらしたんですかい。ずいぶん探しましたぜ」

　大仰に胸を撫でおろした。

「ご心配をおかけした。じつは利兵衛長屋に戻って、これを取ってきたのです」

　平八郎は弥七に天英院の覚え書〈近衛秘帖〉を見せた。

「この一巻が明るみに出ると、上を下への大騒動となろう。なんとしても隠しておかねばならない代物《しろもの》です。弥七さんに、ひとまず預かってはもらえまいか」

「話は佳代から聞いておりやす。よございます。たしかにあっしがお預かりしておきましょう」

　弥七は、覚え書を懐中にねじこむと、

「それより、大御所はなにがあっても、平さんを捕り方の手に渡しちゃならねえって、小屋じゅうにはっぱをかけておられやした。とにかく、ここを出ちゃァ危ねえ。じっとしているこってす」

「だがな、弥七さん。歌舞伎は江戸の華だ。百万の江戸町民の愉しみを、私一人のために奪っちゃあいけない」

「そりゃ平さん、ちょっと大袈裟だよ。この広い芝居小屋にゃァ、隠れる場所なんてまだいくらでもある。見つかりっこねえ。万一見つかったって、公方様も芝居小屋を潰して江戸の町民を敵にまわすことはできねえはずだ。今は、武家が町人の顔色をうかがう時代というじゃねえですかい」

すまぬ、と平八郎が弥七の肩を叩くと、小屋の外が俄かに騒がしくなった。ざわめきに混じって、蹄《ひづめ》の音も小屋の周囲を移動している。

「表が妙に騒がしいや。ちょっとお待ちを」

弥七が唇を歪めて壁際にすっ飛んで行くと、外を覗いて顔を伏せ、首を振った。平八郎も壁際に駈け寄って外をうかがうと、三、四十ほどの捕り方が、手に手に提灯を持ち、捕り物道具を抱えて中村座を囲んでいる。

「また道具部屋にでも隠れていてくだせえ。木戸番とあっしで、ここはなんとかあしらいます。よござんすね」

弥七は珍しく悲壮な表情で平八郎に念を押すと、木戸口に向かってすっ飛んでいった。

だが、平八郎が中村座に潜んでいることを捕り方に知られるわけにはいかなかった。どのような咎《とが》が、一座に及ぶか知れない。

木戸口では、中に入れろと大声でわめく役人の居丈高《いたけだか》な叫びがさらに高まり、木戸番と弥七の声を圧倒しはじめていた。

(ここにはおられぬ……)

平八郎は、身を翻して楽屋にまわると、裏木戸を開けて裏通りに飛び出した。

闇を縫って北へ向かった。

小半刻の後、平八郎は数奇屋《すきや》橋脇の南町奉行所前に佇み、両翼に番所を備えた堂々たる門構えを見あげていた。

南町奉行大岡越前守に賭けてみるよりなかった。

いちど幕吏の罠に嵌まり、重追放の処分を受けている平八郎だけに、およそ奉行所の類など信用していない。だが、今の平八郎には奉行所の評定に一縷《いちる》の望みを託すより道は見出せなかった。

それに、大岡越前守忠相について、平八郎は期待をしてみるだけの値打ちのある男と見ていた。

書院番頭から身を起こした忠相は、徒頭《かちがしら》、使番《つかいばん》を経て目付に移動、やがて伊勢の山田奉行に就任した。異例の出世であった。

だが忠相は、そんなところには留まっていなかった。紀州藩の飛び地を巡る領地争いの裁きで紀州家に不利な判決を下し、忠相は当時紀州藩主であった徳川吉宗に認められた。

吉宗は八代将軍に就任するや、忠相を町奉行に迎え入れ、町火消制度、小石川養生所設置など、庶民受けする施策を続々と打ち出し、今や江戸市中が吉宗人気の一端を担うまでになっている。

（できる男ではあろう……）

平八郎は、奉行所の表門を見上げ、歩み寄ると拳を丸めて扉を叩いた。

しばらくして、脇の潜り木戸が軋んだ音を立てて開き、門番が小腰を屈めて顔を出し、

「夜分に何用だ――」

居丈高に平八郎を誰何《すいか》した。

「御奉行と約束がある。取り継がれたい。豊島平八郎と申す」

平八郎が威厳をつくって取次を求めると、

「いかにもお奉行様はご在宅だが、まこと約束があると申すか――」

門番は小首をひねって奥へ消え、やがてふたたび潜り木戸が軋んだ音を立てて開き、
門番がふたたび平八郎を上から下まで疑わしげに見まわした。

「退け、直々《じきじき》に話をする」

平八郎は門番を退け、木戸を潜ってつかつかと奥へ進んだ。

表玄関に達し、奥を覗くと、夜更けて奉行所内は暗い。平八郎は大きな式台の前に立ち、

「元幕臣豊島平八郎と申す。こたびあらぬ嫌疑を受けたゆえ、直々にお奉行様に釈明

にまいった。大岡殿はおられるか」

薄闇に向かって大音声《だいおんじょう》をあげた。

「なにいッ、豊島が！」

奥から気色《けしき》ばんだ声が聞こえ、当番方、年番方、吟味方まで、およそ二十名ほどの影が、どっと玄関口に現れ、平八郎を囲んだ。

暗がりの中で、その面体は定かでない。役人も平八郎の姿がよく見えないらしい。

「提灯ッ！」

「梯子《はしご》ッ！」

捕り方が口々に叫び、灯りに火を入れると、玄関に立つ平八郎の姿がいくつもの影をつくって浮かびあがった。

「間違いない。豊島平八郎だ」

平八郎を知る役人が叫んだ。

「かなり腕が立つというぞ」

「逆恨みで討ち入ってきたか！」

圧倒的な数で押し包んでいるのだが、よほど平八郎の腕を警戒してか、たっぷり間合いをとって近づいてこない。

平八郎についてだいぶ調べがついているらしい。

表玄関は、平八郎を遠巻きにして瞬く間に、梯子と三つ道具を手にした二十人ほどの同心、捕り方で埋めつくされた。

「争う気はない。あらぬ嫌疑をかけられたゆえ、釈明にまいったまで。急ぎ御奉行にお取り継ぎ願いたい」

平八郎は、正面の与力に声をかけた。だが、血ばしった眼の与力はまるでとりあう気はなく、

「ええい、なにをしておる。捕らえよ！」

居丈高に配下の同心に命じるばかりである。

やむなく数人の同心が、及び腰で数歩踏みこんできた。

「うぬらッ――」

平八郎が、柄がしらを摑んでねめまわすと、一同、もう足がすくんで前に進めない。

その時、いきなり廊下の奥で大きな嗤《わら》い声があった。

「豊島平八郎は遊び人の小狡い男と聞いていたが、途方もない大うつけであったか」

奥の灯りを背に受け、影が巨《おお》きく手前に伸びている。その影はゆっくり廊下を渡ってくると、やがて灯りの前に立った。

彫りの深い道具立ての貌《かお》で、薄い唇が一文字に閉じている。鋭い双眸が炯《けい》と光り、平八郎を射るように見つめていた。なんとも剛腹《ごうふく》そうな面がまえの男である。

（稲尾次郎左衛門……！）

八年前の事件の折、平八郎の詮議に当たった評定方の役人であった。稲尾は薄笑いを浮かべて式台まで進み出ると、捕り方は渋々得物《えもの》を取り下げ、横に広がった。

「お慈悲によって御赦免となりながら、町方与力を殺《あや》めるとは。畜生道に落ちたとしか思えぬ。獣なれば、かまわぬ。この場で討ち取ってしまえ！」

稲尾は、けしかけるように捕り方に向かって叫んだ。だが、腰のひけた捕り方は平八郎を遠巻きにするばかりで、撃って出る者など一人としていない。

「ふがいない腰抜けばかりだ。されば、わしが相手をする。豊島、外に出ろ」

稲尾は、摑んだ佩刀《はいとう》を腰に収め、平八郎を促した。

「斬りあいに来たのではない」

「問答無用ッ！」

稲尾は式台から飛び下りると、二尺、四、五寸はあろうという大ぶりの一刀を一気に鞘走らせた。そのまま斬りつける勢いでじりじりと間合いを寄せてくる。

「やめておけ、ここでは怪我人が出る」

平八郎は、やむなく玄関を出て前庭に立った。

広がっていた捕り方の群が、ふたたび梯子、三つ道具を構えてひしひしと平八郎を押し包んでくる。平八郎は、稲尾次郎左衛門に対峙《たいじ》し、やむなく会津兼定二尺三寸の鞘を払った。

　中段にとった平八郎は、意外にも稲尾が並々ならぬ腕の持ち主であることに気づいた。その構えに、わずかな隙もない。

「囲め、後ろを固めるのだ！」

　稲尾が、不敵に右脇の与力に命じた。与力と捕り方が数人、素早く平八郎の背後にまわる。

「待てい――」

　玄関の奥から朗々とした声が轟《とどろ》いた。長身の武士が、差料を片手に玄関式台の上から庭先の争いを見ている。

「これは御奉行――」

　玄関に立つ与力が、大岡忠相に気づいて一礼した。捕り方が大岡の前で左右に分かれ、捕縛道具を退けた。

（これが噂の大岡忠相か……）

　平八郎は闇を透かして男を見た。歳は平八郎と同じく四十路に近かろう。眉がくっきりと長く、額が高い。くっきりとした大きな双眸は鋭い光を宿し、炯々と平八郎を見すえている。

　平八郎は、その偉丈夫ぶりに目を細めた。

忠相は一歩踏み出し、

「評定する立場にありながら、ついぞ吟味もせず、容疑者と斬り合ってなんとする」

稲尾次郎左衛門を一喝すると、あらためて平八郎に向き直った。

「自ら出頭し、神妙に裁きに伏するとは、見上げた心がけ。刀を退け」

顎を引き、忠相は平八郎に命じた。平八郎は、やむなく刀を鞘に納めると、

「大岡殿、さにあらず」

言葉を遮った。

「それがし、こたび旧友土橋辰之助殺害の嫌疑をかけられたが、もとより手にかけておらぬ。身の証を立てるべく、ここに出頭いたした」

大岡は、無表情に平八郎を見つめ、頷いた。

「事件のあった宵には家におり、証人もある。また、事件の目撃者もあると聞く。証拠の印籠は、殺害された土橋辰之助の役宅を訪ね置き忘れたもの。これらのこと、しかとお調べいただければ、すぐに容疑は晴れよう。早急に再吟味を願いたい」

大岡忠相は、うむと頷くと、

「されば、吟味いたす。尋常に差料を手渡されい」

あらためて平八郎に命じた。

平八郎はもはや、この男に命運を託すよりない、と思った。やむなく刀の下げ緒を

解き、会津兼定二尺三寸を面前の同心に差し出した。
脇で、稲尾次郎左衛門が薄笑いしている。

四

平八郎は、用部屋に移され、十人ほどの同心に型どおりの詮議を受けることとなった。だが、平八郎の主張は一斉認められることもなく、書類送検されて入牢《じゅろう》と決まった。

——話がちがう。

と抗議をしたが、埒があかない。平八郎は大岡に裏切られた思いであった。

——お奉行の吟味は、いずれ白洲で行われる。

とつっぱねられては、平八郎にはいかんともしがたかった。抗《あらが》う武器もなく、厳重に見張られては、逃走することもできない。

大岡忠相はいちどだけ用部屋に顔を出し、

「手続きである。辛抱いたせ」

平八郎に言葉をかけたが、それ以降、影も形も姿を現さなかった。

入牢証文が牢屋奉行石出帯刀《いしでたてわき》（代々の役名である）に受理されると、平八郎の身柄

は伝馬町《てんまちょう》の牢屋敷に移された。入念な衣類改めが行われ、それが終わると牢役人から、

――金銀を持参しておれば、差し出すように。

と命じられ、平八郎は持参した金をすべて没収された。

その後、平八郎は、揚がり屋と呼ばれる独房に入れられた。下役の御家人や、神官、僧侶など、身分あるものが入れられる小部屋である。

浪々の身である平八郎が、揚がり屋に移されるのも妙な話であったが、理由はすぐにわかった。評定所役人稲尾次郎左衛門の出張詮議があるからであった。

「これより厳しく詮議いたすゆえ、神妙にいたせよ」

どのような権限があってのことかも告げられず、当日から稲尾の凄まじい責めが始まった。

昼夜に分けて二度の鞭打ち、これに音《ね》を上げない平八郎をみて、稲尾は次の日からは責めの重点を石抱きに移した。三角に尖った木材を何本も打ちつけた板の上に正座をさせ、膝の上に十三貫もの石の板を五枚乗せるのである。

平八郎は、これに耐えた。

次は海老責めである。暗い拷問倉に引き立てられ、体を海老のように折り曲げたまま縛りあげ放置しておく。

だが平八郎は、ついにこれにも耐えた。

だが、肉体は限界を越えようとしていた。三日目の夜、ようやく牢に戻された時には、平八郎はもはや立ちあがることもできず、高熱を発していた。

「与力殺しを白状するまで手は緩めぬぞ。思えばあの折、兄同様に打ち首に処せばよかったものを、温情で甘い処分にしたのが失敗であった」

苦痛と発熱に呻く平八郎を見て、稲尾は不敵に嗤いかけた。

「哀れな奴め。知らぬな」

平八郎は喘ぎ喘ぎ稲尾次郎左衛門を見あげた。

江戸の裁判制度は意外に公平であり、もし冤罪とわかれば、与力、同心といえど、遠島、死罪の処分となる例さえあった。まして町方役人ではない稲尾次郎左衛門が、どのような裁きを受けるか見ものだと、平八郎は告げた。

「生憎《あいにく》だな。おれは、御側取次有馬様の命《めい》によりおまえを詮議しておる。有馬様の上にどなたがおられるかは承知しておろう。妙な期待はせぬがよい」

稲尾は、薄笑いを浮かべ平八郎を睨みすえ、

「明日またまいる」

暗い牢屋を、長い影を引き去っていった。

翌日もまた、その翌日も、稲尾次郎左衛門による平八郎への執拗な責めが続いたが、

平八郎はかろうじてそれに耐えた。いや、正確には堪えたというより半ば意識を失っていたというべきであろう。

五日目の夜になって、身動きもできず。独房に戻された平八郎の前に、思いがけない男が現れた。弥七である。

「こりゃァ、ずいぶんひどい目におあいなすった。血だらけじゃねえですかい。それに体じゅうこんなに腫れちまって。熱もそうとうありそうだ」

「なに、まだまだへこたれぬ。それより、弥七さん。よくここに忍びこめたな……」

「なに、こんな牢屋のひとつやふたつ、潜りこむなんぞは朝飯まえなんですがね。もし見つかって、大御所にご迷惑がかかっちゃあいけねえ。それで、牢役人に鼻薬を効かせやした」

「地獄の沙汰も金しだいか……」

苦笑いをすると、首筋に激痛が走った。

「あ、それから、例の物は小道具の巻物や経文の箱の中に紛れこましておきやした。ちっとやそっとじゃ見つかるはずはねえ」

「それはよいところに目をつけたな、すまぬ……」

「それより、平さんにお詫びしなくちゃいけないことがありまして」

弥七はちょっと言い澱んでから、

「土橋様を殺《や》った現場を通りかかった手代ですが、やっと見つけ出し、一時は見たことを証言してもいいと約束までさせたんですが……」

弥七はぷつりと黙りこんだ。

「殺されたか……」

「手をまわされまして。申し訳ございやせん。こんなことなら、匿っておけばよかったんですが」

「なに、弥七さんが悪いわけではない」

だが、唯一の目撃者が死んだとなれば、もはや平八郎の無実が立証される手立てはさらに限られてくる。平八郎は微かな失意の吐息を吐いた。

「なあに、他にも目撃者がいるかもしれやせん。こつこつと当たってみますァ。伊賀同心の仲間も、手を貸してくれてるんで。ああ、それより」

弥七はそう言って、懐中から巾着を取り出し、

「ここに二分金が少々ございます。どこかに、上手に隠しておいてておくんなせえ」

「すまぬな……」

牢の格子に手を延ばして受け取れば、巾着はずしりと重い。平八郎はその重さに前に崩れた。

「大丈夫ですかい」

平八郎は苦笑いして、弥七を見かえした。

「なあに、これしきのこと」

ふたたび起きあがろうともがけば、全身が震える。平八郎は牢の床に手をついて弥七ににじり寄った。

「それと、これを……」

弥七が心配そうに平八郎を見て次に取り出したのは、浅草門前町の金龍山餅《きんりゅうざんもち》である。

「つまらねえものですが、佳代が平さんにと買ってまいりやした」

「ありがたい。こうした甘い物がいちばん気が晴れる」

「だが、その体じゃ食べられそうもねえ」

「なあに、食うさ。それより、みな元気かい……」

「元気でやっておりやす。平さん、辛抱なさってくださいましよ。きっとお救いしますんで」

弥七はいくどもそう念を押して、小半刻の後牢を離れていった。平八郎は弥七の後ろ姿をじっと見送り、また独房の床に力なく身を投げ出した。

弥七の訪問があったその翌日のこと、ひどい発熱のおかげで稲尾次郎左衛門の責めが休止となったのを幸いに、平八郎が死人のように独房の床にうずくまっていると、夕刻になって玄関付近が俄かに騒がしくなった。大挙して人が訪れたらしい。

やがて一人の大身の武士が薄闇の奥からぬっと姿を現すと、平八郎の独房を覗いた。

大岡越前守忠相である。供を遠ざけ、たった一人で平八郎の独房に足を踏み入れたようであった。

「ずいぶん話がちがうようだ」

平八郎は、冷ややかに忠相を見かえした。

「じつは、御老中戸田忠真《とだただざね》様ならびに安藤信友《あんどうのぶとも》様より、連名でおぬしの裁きについて、あくまで厳正に、とのお達しがあった」

忠相は淡々と言った。

「御老中が。なにゆえに……」

「わからぬ。それで人を介し内々に戸田様にお尋ねしたところ、別に尾張公徳川継友様より格別のお配慮あるべしとのお話もあったそうだ」

「尾張公……」

平八郎は、その名にほっと安堵の吐息をついた。

「この一件、なにやら慎重にあつかわねばならぬようだ」

忠相は、平八郎の表情をうかがい、ぼそりと呟いた。

「おぬし、尾張公とどのようなつながりがある」

「はて、格別には」

平八郎は訝しげに見かえす大岡を尻目に、

「それにしても、町奉行という役職、なかなかにご苦労なお立場でござるな。幕閣にもよい顔をし、御側取次にも気をつかわれる」

ずけりと言った。

「皮肉か。のう、豊島平八郎――」

忠相は、膝を屈して牢前に屈みこんだ。

「じつは、密偵を放ち、おぬしのことを詳しく調べた」

忠相はにわかに声を潜めた。平八郎は格子に手を添え、いざるようにして忠相に近づいていった。

「おぬしには、尾張公の他にも後ろ楯があるようだな」

「はて、それは」

「惚《とぼ》けるでない。月光院様の御父君勝田玄哲様、千両役者市川團十郎。絵島の弟ともなると、華やかなものだ」

「身元調べはそれだけか」

「まあな。いまひとつわかったことは、おぬしはどうやら土橋辰之助を殺害してはおらぬことだ。内々に、裏付けもとれた。おぬしは、事件当夜利兵衛長屋におったようだ。長屋の衆が、町名主を通じ奉行所に申し立てをしてまいった」

平八郎の脳裏に、長屋のなつかしい人々の顔が甦った。

「それより他に調べることがござろう。事件の背後には、それがしを陥れる企てがある」

平八郎が、大岡をうかがい見た。

「そうであろう。でなければ、たかが浪人風情に御三家や御老中が動かれるはずはない」

大岡忠相は、じっと平八郎を見つめた。

「大きな政争があるようだ。教えてはくれぬか」

大岡は平八郎ににじり寄り、さらに声を潜めた。牢の内外は暗い。忠相の顔もなかば闇に呑まれ、平八郎にはその表情まではわからない。平八郎は、むっつりと押し黙った。

どこまで話してよいものか、判断がつかなかった。多くを語りすぎて、将軍一派に有利な情報を渡してしまうことも十分考えられる。さらには危険視をされ、抹殺される恐れもあった。

「御三家が互いに将軍位を狙って競い合っていることは、わしも承知しておる。だが、わしには雲の上の話での。無縁のことではあるが……」

　忠相は、ふたたび探るように平八郎を見た。

「されど、詮議にもかかわることとなれば、お役目ゆえ知っておかねばならぬ」

　忠相は、むずかしそうな顔をして吐息した。

「律儀なお方だ」

　平八郎は、苦笑いして忠相を見かえした。

「いささか頼りないが、いたしかたない。ここは大岡殿に賭けるよりあるまい。御奉行殿はこの争いに、尾張家と紀州家の他、先の将軍家宣公のご正室天英院様がかかわっておられること、よもやご存じあるまい」

　平八郎は謎かけするように問いかけた。

「ほう。天英院様か……」

「京の御公家衆は政争が好きでな。吉宗公を新将軍に推挙されたのは近衛家の方々であったことはご存じであろう」

「ふむ、知ってはおるが……」

　平八郎はさらに忠相をうかがって、

「さればいま少し大事なことをお話しいたそう。こたび天英院の覚え書が盗まれた」

「覚え書、なんのことだ」

「雲の上の方々の手すさびだ。そこには尾張藩主代々の不審な死、また先の将軍家継公の急死にかかわる経緯が記されてあった」

「家継公の死……?」

大岡は、目を剝いて平八郎を見かえした。

「毒殺されたと、覚え書にはっきりと記されておる。だがそのこと、公《おおやけ》となれば天下の大乱ともなりかねぬ」

平八郎は苦笑いして、忠相を見かえした。

「その覚え書とやら、いま何処にある」

「はて、存じませぬな。話を、それがしの裁きに戻しまする。それがしが、覚え書争奪の争いの渦中にあればこそ、罠にかけられたこと、ご承知いただきたい」

「ふむ」

「さらに申さば、御側取次役有馬氏倫殿は、その秘帖に家継公の死にかかわる者として名も記されておられる。それゆえ御庭番を放ち、それがしを罠に嵌めたのだ」

重い沈黙が続いた。忠相は腕を組み、うつむいてなにやら考えこむようすであったが、

「やっかいなことよな。そのような奥深い事件を裁かねばならぬか……」

ボソリと言った。

「さらにひと言、申し添えておく――」

「なんだ」

「その秘帖を託した者、それがしの身をいたく案じておる。もし牢から帰ることあたわぬ時は、その覚え書を、江戸百万の民の目に晒すと言うておる」

「おぬし、わしを脅すか」

忠相は、目を剝いて平八郎を見かえすと、ゆっくりと立ちあがり、

「今宵は、いろいろ知らぬことを教えてもろうた。だが天下のためそのこと、断じて公表せぬように」

含むように言い、念を押した。

「それは大岡殿しだい、いや、公方様しだいでござろう」

「ふむ」

苦笑いすると、忠相は肩を落とし暗い独房からひっそりと姿を消した。

第五章　妙見菩薩

一

「ちと顔色が悪いぞ、忠相」

八代将軍徳川吉宗は、いまや江戸市中行政の片腕ともなった大岡越前守忠相を上座から怪訝そうに見やった。

江戸城中奥、将軍御座所に人の気配はなく、蓮池堀からゆるやかに渡ってくる秋風が、庭の木々を揺すっている。部屋には、たった今忠相と入れ違いに退出した御側御用取次有馬氏倫の残り香がわずかに残っていた。八ツ目鰻の粉の放つ生臭いにおいであった。

「じつは、昨夜はなにゆえか気が嵩じ、眠れませなんだ」

忠相は自嘲気味にそう言い、主を見かえした。

細く鋭い双眸、頬から顎にかけての引き締まった線が、この男の実行力と自他に厳しい人柄をうかがわせるが、忠相にはその風貌が今日は珍しく困惑に陰って見えた。吉宗の膝元に目を転じると、開いたままの書状が打ち捨てられている。吉宗は、忠相の視線に気づいて、書状を無造作に取り上げ、

「尾張の継友殿だ。読んでみよ」

開いたままの書状を大きな手でわしづかみにして、そのまま忠相に手渡した。忠相は膝を詰め、押しいただくと、急ぎ書状に目を通した。

それは尾張藩留守居役水野弥次太夫が、水戸徳川家ならびに他の御一門衆に向け送りつけた廻状の写しであった。

そこには、忠相が小伝馬町の牢で豊島平八郎から聞いた、紀州藩主当時の徳川吉宗がめぐらせた将軍位継承にかかわる驚くべき謀略の数々が、流麗な筆で縷々《るる》記され、厳しく告発されていた。

予期していたこととはいえ、忠相はあらためて瞠目し、一気に通読し終えると、しばらく身じろぎもせずいたが、

「このこと、真《まこと》のお話でございまするか」

やがてまっすぐに主を見て、探るように訊ねた。

「弁明したきことも多々あるが、あらましはそのとおりじゃ」

吉宗は憮然として応えた。

「さようでござりますか……」

忠相はしばらく黙っていたが、ようやく思い定めてふたたび主吉宗を見かえした。

「仕える主が鬼であったと知って、忠相はどうする」

吉宗は、唇を歪めて忠相に訊いた。忠相はその抉《えぐ》るような視線をかわし、

「本日まかりこしたは、その儀にござりまする」

抱えこんだ訴訟案件について、淡々と語りはじめた。

吉宗は、絵島の弟豊島平八郎なる者が、与力を殺害の罪状で入牢していること、当人は冤罪であると強く主張していること、この件につき、老中戸田忠真より慎重に評定せよとの通達があること、さらに、この件には尾張継友公からも口添えがあることまでを宙を睨んで聞いていたが、最後に平八郎からの〈脅し〉を忠相がつけ加えると、吉宗もさすがに怒気を眉間に漂わせた。

「して、そちならばどう裁く」

吉宗は、投げ捨てるような口調で訊いた。

「やはり、有罪は無理かと」

「なにゆえじゃ」

「その者の罪状をつぶさに調べましたところ、たしかに貶《おとし》められた形跡がござります

る」

「されば、誰が貶めた」

「あくまで憶測にて、軽々に申し上げることができませぬ」

忠相は顔を伏せ、押し黙った。

「余ではないぞ」

吉宗は、苦笑いして忠相を見かえした。

「されば、氏倫か」

「………」

「だが、尾張の継友めが叛意を固め、このような廻状をまき散らし、余に挑んでくるのだ。氏倫が口封じを計ったとしても無理はあるまい」

「さりながら……」

忠相は、そこまで言って膝を詰めた。

「つかぬことを伺いまするが……」

「なんじゃ」

「上様は唐国の書物三国志に登場する蜀《しょく》の皇帝 劉備《りゅうび》の軍師龐統《ほうとう》の〈逆取して順守す〉の一言をご存じでござりましょうか」

「はて、知らぬな」

「逆取、つまり天下を取るに際しては、義に背くもいたしかたない。されど、取った後は、道義をもって天下を治めるべし、の謂《い》いにございまする」

「ふうむ」

吉宗も忠相も押し黙って、長い沈黙が流れた。

聡明な吉宗は、忠相が命を懸けて進言をしていることにすでに気づいていたが、さりとて忠相の言に素直に従うのも腹立たしかった。吉宗はしばし不機嫌そうに忠相を見下ろしていたが、

「忠相、この一件そちに任せる」

ぼそりと言い捨てた。

「よろしうござりまするな」

忠相はあらためて吉宗を正視し、念を押した。

「どうした忠相、そちに江戸の民の評定は委《ゆだ》ねておる。いちいちの案件に余が口を挟むべくもない。それより、忠相」

「はっ」

「今日はいささか、血の気が上ってかなわぬ。氏倫の持参した八ツ目鰻が余には合わぬようじゃ」

吉宗は、唇を歪めてそう言うと、大きな体を揺らして立ちあがった。吉宗の面体か

らは、すでに怒りの色は消え、憂いの色が深まっている。忠相は、平伏し険しい面体をわずかに崩して、吉宗が部屋を退去するまで身じろぎせず頭《こうべ》を垂れていた。

二

「痛いっ！」

手荒な責め苦に最後まで音《ね》をあげることのなかった平八郎が、お光の触れた手首をつい撥ね退けてしまっていた。

利兵衛長屋の平八郎の住居には、辰吉お徳夫婦、弥七佳代夫婦、それにぼろ鉄、お光と、なじみの面々が詰めかけている。玄関先は、心配して集まった長屋の衆で立錐の余地もなかった。

平八郎の判決は、大岡忠相との密会があって三日の後にすんなりと下った。

――容疑濃厚なれど、証拠不十分にてお咎めなし。

およそ、そんな内容であった。

この意外な裁きに、白洲は一斉にざわめき、同僚を失った与力、同心は刺すような鋭い眼差しで平八郎に憎しみを向けた。

目付稲尾次郎左衛門は、ふて腐れたように大岡忠相を見かえし、こんどはその眼を平八郎に向けて、憤然と席を立った。

裁きの後、大岡越前守忠相は、しばし無表情に平八郎を見下ろしていたが、周囲の与力、同心には、忠相の心の内を察することはできようはずもなかった。それほど、奇異な裁定だったのである。

それ以前に、大岡忠相の周辺でどのような政治判断が下されたのかなど、平八郎には知るすべもない。

「まったく、平さんたら大袈裟なんだから」

お光が苦笑いしてみせたが、みなの表情は平八郎の無事の帰還に悦びであふれんばかりである。

「ほんと。平さんが弱みを見せるなんて珍しいよ」

お徳が、嬉し涙で顔をくちゃくちゃにすると、

「まったく、こんなに腫れあがっちまってさ。まるで平さんの顔じゃねえみてえだ」

辰吉も目頭を押さえた。

平八郎の放免をぼろ鉄から伝えられ、すっ飛んできた弥七夫婦も、平八郎のいびつに腫れあがった顔をしげしげと眺めている。

「ご免なさいね」

佳代がそう言って、お光が当座に応急処置した膏薬を外し、傷の具合をたしかめた。

腕といわず肩といわず、全身が青痣だらけである。背中をはだけると、幾筋ものみみず腫れがどどめ色の筋をつくって背中じゅうに広がっていた。

「せいぜい美味しいものを食べて精をつけるっきゃないけど、しばらくはお粥だね。とにかく、じっと安静にしていることがいちばんだよ」

お徳は、気の毒そうに平八郎に言った。

「お徳さんの言うとおりだ。お光ちゃんと、しばらくはいちゃついちゃだめだよ」

弥七が冷やかすと、

「そんなこと――」

お光が赤面して口を尖らせた。

「お光ちゃん、ちょっとからかっただけさ、そうだろう、弥七さん」

お徳が言うと、佳代が弥七と顔を見合わせて苦笑いした。

と、衝立の向こうで煙草に火をつけていたぼろ鉄が、両手をついてこちらに這い出してくると、

「それにしてもよ。このとんだ番狂わせに、平さんに濡れ衣を着せた連中は、腸《はらわた》が煮えくり返っているかもしれねえな。黙ってこのままひき退がるとも思えねえ」

ちょっと大袈裟に驚かすと、皆、ふむふむと頷いて黙りこんだ。考えることは、みな同じなのである。

「伊賀同心の佐島様の話じゃ、一味の中には公方様が紀州から連れてきた御庭番も混じっているって話じゃねえか。だとすりゃァ、狙われるのは夜だぜ。寝込みを襲って……」

蜆売りの辰吉が、手刀を首に当ててすっと横に引くと、

「嫌だねえ、あんた。よくもそんなことを平さんの前で」

お徳が、目を三角にして連れ合いに怒りだした。

「いや、そういうわけじゃねえ。こちとら、心配して言ってるんだ」

「たしかに、辰っつあんの言うように、警戒は怠れねえ」

ぼろ鉄が、真顔になって腕組みし、煙管《きせる》を口に寄せた。

その武士が平八郎の長屋を訪れたのは、出牢して三日後のことであった。

まだ足腰もさだまらず、ふらふらと往来に出て、一膳飯屋に入ったり、酒で咽をうるおしたりして、痛みを紛らわせていた頃のことである。

長屋に戻り、裏木戸を潜り抜けてふと振りかえると、立派な身なりの初老の武士が平八郎の後を追ってくる。

生活の苦労がなさそうなおっとりした顔だちからみて、何処かの大藩の重臣といったところだが、供も連れずいきなり裏長屋を訪ねてくるのはやはり奇妙であった。

平八郎はこの武士が気になって歩を休めると、近づいてくるのを待ち、

「率爾《そつじ》ですが」

と声をかけた。

「どなたかをお訪ねですか」

「じつは、豊島平八郎と申される方のお宅を捜しております」

初老の武士は平八郎をちらとうかがい、

「もしや……」

「その、もしやでござる」

平八郎はそう言って微笑みかけると、その武士を、ささ、と九尺二間の裏長屋へ招き入れた。

「いやいや、突然前触れもなくお訪ねし、なんと申してよいやら……」

その武士は、温厚そうな眼差しを平八郎に向けた。平八郎は屈託のない笑みをかえし、

「なんの。お気になさらず」

平八郎が思ったとおりの人物であったことに満足してか、その老武士は嬉しそうな笑みを浮かべた。

「いや、申し遅れた。それがし、水戸藩大番頭《おおばんがしら》白井忠左衛門《しらいちゅうざえもん》と申す者でござる」

老武士は、あちこちに沁みのできた古座布団に腰をおろすと、居住まいをあらためめ名を名乗った。大番頭は藩の軍事武門を統括する重職であり、藩主の信頼も篤い。しかも老武士は家老も兼ねているという話であった。

「お供の方々はいずれに」

「なに、うるさいゆえ浅草で追い返し申した」

忠左衛門は平然と言ってから、

「これは、つまらぬ物じゃが……」

手にした信玄袋の口を開け、平八郎の膝元に菓子の包みを置いた。

「浅草寺の門前で求めたきなこ餅じゃ。倅の嫁の好物での。だが、しばらく江戸に長居し藩邸におるゆえ、土産にもならぬ。なんとも老いぼれてしもうた。よろしければ、おひとついかがじゃな。お口に合わぬかもしれぬが……」

飄々とした口ぶりで言う。

「これはかたじけない」

平八郎は長火鉢の火がまだ残っているのを確かめ、鉄瓶に水を汲み、火にかけた。

「粗茶を淹れますゆえ、お待ちくだされ」

「あいや、おかまいなく」

武士は言いながら、きなこ餅の封を解いた。

「歳をとるとな、妙にひと混みが懐かしうなる。一人で冥土に旅立たねばならぬからかもしれぬ。今日はつい浅草に寄り道して、ふらふらうろつき回っておったよ」

忠左衛門は、ちょっと寂しそうな表情を浮かべて、

「もういい歳でな、早う隠居したいのだが、殿がなかなか許してはくださらぬ」

「ご信頼の証しでございましょう。それはそうと、白井殿と申されましたな……」

「さよう。白井じゃ。そこもとも旧姓を白井とうかがった。それゆえ、訪ねてまいった次第」

白井老人は、懐中から折り畳んだ古紙を取り出し、平八郎の前に広げてみせた。妙見菩薩像が、黄ばんだ紙面いっぱいに描かれている。

「白井一族は、古《いにしえ》より北辰《ほくしん》の菩薩（妙見菩薩）を崇《あが》め、己が支えとして生きてまいったこと、ご承知であろうな」

「むろんでござる。拙者も持っております」

平八郎は、忠左衛門の前で行李の蓋を開け、台本のあいだに挟んだ同様の仏画を取り出して老人に見せた。

「それはおそらく、白井五郎太夫が大切にされていた品でござろう」

「いかにも。しかしなにゆえ叔父御を……？」

じつのところ、白井五郎太夫は平八郎の叔父どころか血の繋がりも薄く、遠い縁者

にすぎないのだが、平八郎は親しみをこめてずっと叔父御で通している。

「なに、拙者もいまだ五郎太夫殿にはお会いしたことはござらぬが、長きにわたって文をとり交わしてまいった」

それなら、と平八郎も合点《がてん》がいった。おそらくこの老武士は、叔父五郎太夫に頼まれ、江戸暮らしを覗きに来たのであろう、と平八郎は察するのであった。

「会津人らしい気概を内に秘め、それでいて人にはやさしい御仁であられる」

白井忠左衛門は、旧来の友人のように五郎太夫を評した。

「さよう。かの地を離れてみれば、まこと叔父御の温かさ、大きさがようわかります」

「そのとおりじゃ。妙見菩薩を深く信仰する者は、みなこころ寛《ひろ》く、経世済民《けいせいさいみん》の志を忘れておらぬものじゃ」

白井忠左衛門は、眸を細めて平八郎を見た。

「して、本日のご用向きは――」

「本日お訪ねしたは、まさにその経世済民のこと」

忠左衛門は、真顔になって膝を詰めた。

「じつはな、当家は留守居役を通じて、江戸城内のさまざまな噂が耳に入る」

「さようでございましょう」

「ことに、尾張藩留守居役水野殿からの内々の話は、いずれも聞き捨てならぬものばかり。耳を疑うものばかりでござった」

「と申されると……」

平八郎はさぐるように温厚そうな忠左衛門の双眸を覗いた。

「率直に申そう。水戸藩では、現将軍徳川吉宗公のこれまでの行状に、おおいに不審の念を抱いておる」

「不審の念……」

平八郎は、忠左衛門を黙って見かえした。

この老人がどれほどの情報を得ており、またどのような立場で平八郎に問いかけているのかわからないうちは、やはり迂闊なことは言えない。平八郎はわずかに身構えた。

「吉宗殿は、尾張藩と将軍位継承を争った折、尾張藩主を二代にわたって毒殺したとの話じゃ。しかも、その証しがあるという」

平八郎は否応もいわず、ふたたび忠左衛門を見かえした。

「しかしながら、なにゆえそのようなことをそれがしに」

「承知のように、我が藩とて末席ながら御三家のひとつ、間者を四方に放っておれば、いろいろと耳に入ることも多い。そうした中に、じつは驚くべきものがあった。天英院様と対立する月光院様の御父君勝田玄哲殿、ならびに月光院様のかつての侍女に陰ながら助勢する者として、そなたの名が上がっておるのだ。白井一族縁《ゆかり》の者がなにゆえ、と正直困惑した次第――」

「さようでござるか。とまれ、まずは咽も詰まりましょうゆえ」

平八郎は、笑顔を返し、鉄瓶の湯を湯飲み茶碗に入れて、忠左衛門の膝もとに差し出した。

「かたじけない」

忠左衛門は、早速平八郎の入れた白湯《さゆ》を口に運んで、きなこ餅に手を伸ばした。

「いかにも、拙者、勝田玄哲殿ならびにかつての月光院様のお局方と懇意にさせていただいております」

「さようか。つまりは平八郎殿、そなたも尾張藩主二代の殺害を承知のうえで動いておるというわけじゃな」

忠左衛門は、身を乗り出して平八郎に問いかけた。

「それがしからも、ひとつお尋ねしてよろしいか」

「はて、なんなりと」

老人は、わずかに身を引いて平八郎を見かえした。

「その件、水戸藩御重職として拙者にお尋ねでござるか、それとも……」

「拙者、たしかに水戸藩の家老職をお預かりしておるが、その前に白井一族の者。それゆえ、経世済民の心でそこもとにお尋ねしておる」

微かな義憤を込めて、忠左衛門が言った。

「そこでござる。どうお応えしてよいやら、正直申して困りまする。拙者とて経世済民の志はござる。それゆえ、乱はまったくもって望んでおりませぬ。もし、そのことが判明すれば、水戸藩はどう動かれまするか」

「むろん、乱は避けたい。できれば吉宗公には穏やかにご隠居願いたい」

「まことでござるな」

平八郎は頭を傾け、忠左衛門をうかがうようにして問うた。

「二言《にごん》はない」

「わかりました。忠左衛門殿を信じて正直《じか》に申し上げましょう。拙者、そのことを記した天英院様の覚え書に直に目を通しております」

「それはまことか！」

「なんの嘘偽りがありましょう」

「いやはや……」

忠左衛門は大きく嘆息し、後ろ首を撫でた。

「さもありなんとは思うておったが、なんとも……。紀州のお方は、そこまでして将軍に成りたいと願われたか……」

「そのようでござるな」

平八郎は憮然として言い捨てた。

「戦国の梟雄《きょうゆう》宇喜多直家《うきたなおいえ》、松永弾正《まつながだんじょう》もかくやと思われる。はて、それが事実となれば、新たな疑念が浮かぶ……」

忠左衛門はふたたび眉を寄せ、憂い顔で平八郎を見かえした。

「吉宗公には、たしか綱教《つなのり》様、頼職《よりもと》様の二人の兄がおられた。いずれも、短いあいだにあいついで亡くなられ、当時から毒殺の風評が絶えなかったが、この件でも水戸藩は吉宗公に不審の念を捨ててはおらぬ」

「覚え書によれば、尾張藩主を毒殺した薬師は、牧村道庵なる者と判明しております。もともと紀州藩に籍を置いていた者にて、吉宗公の御側取次役有馬氏倫とも昵懇、その線はじゅうぶんに考えられまする。いや、覚え書にはたしかそのことも……」

「さようか……、されればいまひとつ訊きたい」

もはや何事にも動じぬと覚悟を決めたか、忠左衛門はあらためて膝を乗り出した。

「水戸藩は、代々尊皇の志が高い。京の帝から内々のご相談を受けることも多い。先年、霊元法皇は、先の幼将軍徳川家継様のもとに八十宮《やそのみや》吉子《よしこ》様をお輿入《こしい》れさせ、徳川家との縁を強めようとなされた」

「憶えております」

「その矢先に、家継様が俄かのご病没、当時二歳の八十宮様は、幼くして寡婦となられた。近衛家に不審の念を深めておられる法皇は、家継様の死についても九条家を通じ、我が藩に内々のご下問をされておられる」

「朝廷が……」

平八郎は、天英院一派への嫌疑が意外なところからも向けられていたことに驚愕した。

「その儀ばかりは、いかに白井様とてお答えは控えとうござる」

「またか、平八郎。白井の者を甘く見るでない」

忠左衛門は憤然として平八郎を見かえし、

「わしは、水戸藩士の前に白井一族の者じゃ。白井家の持仏は妙見菩薩。天の極北にあって不動の位置にある北辰の星の化身である。天地の軸を護り、乱れた世を嫌う我ら、天下万民のため、平和を一途に願うておるのだ」

「わかりました」

忠左衛門の話を、目を細めて耳を傾けていた平八郎が、俄かにカッと目を見開くとひと呼吸置いてから、

「さればこの話は、水戸藩白井忠左衛門殿にはぜひともご内密にお願いしたい」

「心得た。これは、ただの茶のみ話、他愛のない噂話として聞いておく」

白井忠左衛門は、ようやく満足げな微笑みを平八郎に向けた。

「その家継様殺害の陰謀を記した秘帖は、それがしが所持してござる」

「そこもとが！　じゃが、それでは平八郎殿、そなたが危なかろう」

「覚悟の上のこと。上様や天英院一派からも、また場合によっては血気にはやる尾張藩からも狙われることになりましょう。しかし、天下大乱を避けるため、それもいたしかたござらぬ。この身を犠牲にする覚悟はできております」

「ふうむ」

白井忠左衛門は腕を組み、じっと平八郎を見つめていたが、

「ようわかった。このこと、水戸藩の者には決して口外いたさぬ。また、この白井忠左衛門、なにかあれば、きっとおぬしの力となろう。どこまでも、わしを信じられよ」

忠左衛門は大きく顎を引いてそう言うと、表で下駄の音がして、腰高障子に女の影が映った。

「平さん――」

表戸がからりと開いて、お光が顔を出した。

「あら、お客さま……」

「いいんだ、お入りな」

平八郎が声をかけると、

「いやあ、お客さんがまいられたというのにお茶も出せなかった。よかったら、淹れてくれるかい」

「そんなことなら……」

お光は、遠慮がちに部屋に上がりこんだ。

その装いと脇に置いた差料の立派さに、大身の武士にちがいないと見て、お光は首を竦めた。

「そう、気難しい顔をされずともよい。ただの田舎爺じゃよ。よかったら、そなたもきなこ餅をひとつどうじゃな」

忠左衛門が気軽に声をかけると、お光は安心して茶を淹れはじめた。

「そうか、そうか。豊島平八郎殿には、このようなお方がござったか。五郎太夫殿の手紙では、先年ご妻女を亡くされたということで、行き遅れの我が娘を、いやその……、貰うてもらおうか、などとふと思うてもみたが、年寄りの勝手な目算となってしもうたわ」

忠左衛門は残念そうに言って、膝を叩いた。

「いえ、けっしてそのような……。このお光さんとは、十も二十も歳が離れておりまする。伜の嫁にこそ相応《ふさわ》しいと……」

「あら、いやだっ……」

お光は、顔を紅らめて平八郎の肩を叩いた。

「なるほど、賑やかな長屋のお仲間というところじゃな。平八郎は江戸でうまくやっておると、五郎太夫殿には手紙をしたためておこう」

忠左衛門は相好を崩して微笑むと、お光の淹れてくれた渋茶を美味そうに飲み干すのであった。

三

それから三日ほど後、平八郎は浅草新寺町《しんてらまち》の唯念寺に勝田玄哲を訪ねた。鴨のいいものが手に入ったので、食べに来ぬか、という玄哲の誘いを、孫兵衛が中村座に伝えに来たからである。

はや神無月《かんなづき》（十月）も半ばを過ぎ、寺町の土塀を染める夕陽の色が濃い。庭の大銀杏もあらかた黄色く色づいていた。

「よう来た。もうなんでも食えるであろう」

寺の本堂に平八郎を迎え入れた勝田玄哲は、孫兵衛とともに肩を支えて平八郎を寺の奥へと誘《いざな》った。

初めて足を踏み入れた本堂の板敷は思いのほか広く、ほのかな線香と黴《かび》の臭いが鼻をつく。

「昨日まで、檀家のおっ母が産気づいてここで唸っておった」

玄哲は、本堂の板の間に丸座布団を敷いて平八郎を座らせると、まんざら冗談とも思えない話を披露した。

「寺で子を産むのですか……？」

「生も死も、ひとつの因果応報よ」

玄哲は、珍しく坊主らしいことを言って平八郎を笑わせた。

「これは真《まこと》の話だが、わしの檀家はみな貧乏でな。産婆を呼ぶ金もない。わしの知り合いの婆さんが安くとりあげてやるのだ」

平八郎は、玄哲の意外な面を見た思いであった。

「ともあれ、まずは酒だ。それに鴨のよいものが手に入った。精気が衰えておろう。鴨鍋がよい」

玄哲はあらためて、孫兵衛に酒膳の支度を命じた。

そこへ、段どりよく寺小姓二人が小鉢に盛った料理を運んできた。

「鴨の支度ができるまで、しばしこれでも摘んでおれ」

小鉢の中は、カブの煮つけである。

「この時分、これに過ぎるものはありませぬな。ほくほくと舌が蕩《とろ》けまする」

「そうであろう。毎日煮て食うておるが、まだ飽きぬ」

「それにしても、玄哲殿はまこと酒のお好きなお方ですな。経より先に酒の味を憶えた口では――」

平八郎が冗談めかしていると、

「なにを言う。そもそもわしは、このような抹香臭い場所に生まれついたのではない。かつては加賀藩槍術指南役であった」

嘘とも思えぬその話しぶりに、

「まことでござるか――」

平八郎は目を丸くして聞きかえした。

「ゆえあって加賀藩を出奔《しゅっぽん》し、浪々の身となったが、娘の喜与が甲府宰相徳川家宣様のもとに上がり、さらに将軍の側室となって、わしの境遇もこのように一変してしもうた。将軍の祖父が浪人ではまずいと、幕閣どもがわしをこの寺に押し込めたのだ」

小姓も、玄哲の経歴はよく承知しているらしく、淡々と話を聞いている。

「御坊、肉食はよいのですか。また寺社奉行に難癖をつけられますぞ」

冗談めかして玄哲をからかうと、

「じつはな、寺社奉行の牧野《まきの》めがまた来た」

「また……？」

平八郎は驚いて玄哲を見かえした。

「おそらく有馬氏倫に命じられ、渋々再訪したのであろう。またひとあたり寺の中を調べまわして帰っていった」

「しつこい奴らめでござる」

まず、酒が運ばれてくる。玄哲はさあ呑め、とばかりに徳利を突き出した。

「建前はともかく、こたびは女どもを連れこんだ疑いではないようだ。なにやらしきりに寺内を調べておった。近衛秘帖を奪いかえしに来たのやもしれぬ。寺社方の役人の中に、御庭番らしき目つきの鋭い者どもが加わっておった」

「さすがにあの秘帖の内容では、寺社奉行に委細を告げられようはずもありませぬ。内々の探索でござろう」

「それが、妙なことにの、こたびは白井忠左衛門と申す老臣が牧野英成《ひでなり》に付いてまいってな。その者どもに、調べても無駄じゃと指示をして動きまわらせぬようにしておった」

平八郎の顔が俄かにあらたまった。

「その老臣、たしかに白井と申されましたな」

「おぬしの養子入りする前の名が、たしか白井であったな。知り合いか」

「いえ……」

「それにしても、その白井姓の老臣、妙な男であったぞ。これはわしの勘にすぎぬが、どうもおぬしに縁のある寺ということで、手を抜かせたフシがある。白井一族とはそもどのような素性をもつ者なのか？」

玄哲は眼を細め、いぶかしげに平八郎を見すえた。

「されば、白井家は坂東《ばんどう》を拠点にする千葉氏の支族にて、白井を名のる者は諸国に散っております。経世済民の志高く、太閤秀吉の御代には、当時対立を深めていた豊臣、徳川の両家をとりもったと聞きおよびます」

平八郎が盃の酒を呑み干すと、孫兵衛が平八郎の盃に酒を注いだ。酒客の主を持つだけに、万事に手際がいい。

「して、宗派は」

「いずれも妙見菩薩を崇める者たちにござる」

「妙見菩薩は、北辰の星の化身と申すが……」

「さよう。北斗の七つ星と、北極星の化身と聞きおよびます。旧《いにしえ》の星への信仰が妙見菩薩と結びついたとも言われております」

「信仰による結びつきは強いものよ。戦国の昔、我が浄土真宗（一向宗）も固い絆にて大名支配を遠ざけ、一国を支配したこともある」

「さようでございました」

平八郎は、目を細めて玄哲を見かえした。

やがて煮立った鴨が鍋ごと運ばれてくると、すぐに本堂によい臭いが立ちこめはじめた。

「鴨は旨いぞ。あいにくこれで買い置きの鴨は終わりだ。早く食わねば葱ばかりになる。ところでな」

玄哲は盃を置くと、達磨のような大きな双眸で平八郎を見すえ、膝を寄せた。

「じつは、おぬしには折入って頼みたいことがあるのだ」

「なんでございましょう」

平八郎は鴨をつつく手を休め、玄哲を見かえした。

「そろそろ、あれを返してほしいのだ」

「あれとは……」

「むろんのこと、近衛秘帖よ。あれを活かす時が近づいてきたようだ」

「はて、もともと拙者のものではございませぬゆえ、返せと申されればお返しもいたしまするが……、公表は慎重になさらねばなりませせぬぞ」

「そのようなことわかっておる。おぬし、わしに説教をするか」

玄哲は、苦い顔をして平八郎を斜めに見た。

「あいにく、手元にはござりませぬゆえ、いずれ持参いたしましょう」

平八郎はそう惚けて応えたが、すぐに返してはなるまいと秘かに心に誓うのであった。

玄哲も、寺社奉行に踏みこまれて頭に血を昇らせている。玄哲に秘帖を返せば、玄哲は怒りにまかせて尾張藩に手渡しかねなかった。その尾張藩が、この秘帖を武器に御一門、親藩、旧幕閣を糾合《きゅうごう》すれば、天下に乱を招くことも十分考えられるのである。

「ま、その話は別として、じつは頼みがいまひとつある」

惚け顔の平八郎を見て、探るように玄哲が問いかけた。

「なんでござる」

玄哲は咳払いをひとつして、孫兵衛に席を外すよう命じた。孫兵衛は俄かの人払いに落ち着かない様子で本堂を去っていった。

「いやな、おぬしの腕が借りたいのだ」

「それがしの腕を――」

「なに、わしが頼みというより、尾張藩留守居役水野弥次太夫殿の頼みと心得るがよい」

玄哲は、声を潜めて本堂を見わたした。孫兵衛も寺小姓も去り、暗い本堂は平八郎と玄哲の他に人の気配はない。

「じつはな、孫の家継の毒殺に手を下した薬師牧村道庵の行方が知れたのだ」

「まことでござるか」

平八郎は声を潜めた。

「水野殿の話では、その男牧村道庵はかつて紀州藩の口利きで名古屋城に籍を置いておったそうで、面体もよく承知しており、所在をつきとめるに造作はなかったそうだ。尾張藩では、ぜひともそ奴をひっ捕らえて口を割らせたいのだが、なかなか思うようにいかぬらしい」

「なぜでござる」

「じつはな、手強い用心棒がおるのだ」

玄哲は、眉間を曇らせ声を落とした。

「御三家筆頭尾張藩が、たかだか用心棒一人に手を焼いておるのですか」

「それがめっぽう手強いのだ。じつは昨日も、牧村道庵めの周辺に潜らせていた御土居下衆の忍びが、骸となって上屋敷の門前に投げ捨てられていたそうな。みせしめであろうが、酷いことをする。しかも、わずか一太刀にて斬り捨てられておったそうだ」

平八郎は、芝居茶屋で紹介された屈強な御土居下衆の面々を想い浮かべた。

(あの男たちが手に負えぬとは、よほどの遣い手であろう……)

平八郎は、身のひきしまる思いであった。

近々、武芸好きの吉宗のために御前試合が催される、と玄哲は言った。有馬がそのために掻き集めた兵法者の中でも、その男の剣は随一という。

「尾張藩で男の素性を洗ったところ、小野派一刀流免許皆伝荒垣甚九郎と申す者であった」

「荒垣……!」

平八郎はその名に困惑し、あらためて東本願寺境内で遭遇した剣客の凄絶な剣を想いかえした。

「なんとしても天英院、吉宗主従を追いつめたい。それには、道庵めをひっ捕らえ、家継の殺害を自白させねばならぬ。その荒垣なる兵法者をぜひとも倒さねばならぬのだ。平八郎、腕を貸してほしい」

玄哲は盃を酒膳に投げ出すと、黒光りする本堂の床に両手をついた。

「おやめくだされ、玄哲殿。お役には立ちたいのは山々なれど……」

平八郎はまだ病み上がりの身で、足腰も定まらない。一刀両断の豪剣で知られる小野派一刀流と渡り合う自信は毛頭なかった。

「なに、臆することはない。おぬしの体が回復してからでよいのだ。それにおぬしは強い」

「相手は、かつて将軍家指南役小野派一刀流の免許皆伝でござるぞ」

「なに、それも昔のこと。今は、どうせ食い詰め浪人であろう。それにの。おぬしは、己が思うておるよりはるかに腕が立つ。継友公も天下に剣名の轟く尾張柳生を抱え、武道にはことのほか精通しておられるが、おぬしの剣談を聞き、見込みがあると強く買っておられたそうだ。おそらく、甚九郎を倒した暁には尾張藩剣術指南役も夢ではあるまい」

「お戯れを。尾張藩にはその新陰流の手練れが大勢おられるはず。そもそもこたびもその柳生一党を使えばよろしかろう」

「考えてもみよ。そのようなこと、できようはずもないではないか」

玄哲はいちだんと膝を寄せ、声を潜めた。

「尾張柳生が動けば、すぐに尾張藩の仕業と知れる。尾張藩も表立っては幕府に刃向かうわけにいかぬ。内々に事を運ばねばならぬのだ」

平八郎は、必死に説き伏せる玄哲を斜に見て腕を組んだ。

継友公にそこまで買われれば、悪い気はしない。それに冤罪事件では、継友公の口添えに救われてもいる。だが、尾張藩や玄哲の口車に乗り、易々と利用されたくもなかった。

平八郎は曖昧に口を濁し、

「それは、体が戻ってからのこととしていただきたい」

言い残し、早々に寺を後にするのであった。

四

それから五日の後、紫色に広がっていた全身の青痣もだいぶ薄れてきたのを見て、久々に中村座に顔を出してみると、ちょうど朝一番立ての三番叟《さんばそう》が始まったところであった。

楽屋口に近い稲荷にまず手を合わせた。

その後、頭取、座元に挨拶してまわり、一座には迷惑をかけたと皆に詫びてまわった。

平八郎の無罪放免の報らせは、すでに一座のすみずみまで広く知れわたっていて、楽屋に残っていた役者たちは、みな平八郎を熱く出迎えてくれた。

「一時はどうなることかと思っていたよ」

三階の自室に入ると、宮崎伝吉翁が地獄から生還してきた者を見るように目を白黒させて平八郎を迎え、

「たしかに、あんたは並のお人じゃない」

幾度も、同じ言葉をボソボソと繰りかえした。

「市川團十郎の睨みが江戸の氏神なら、あんたはそうして刀を落とし差しにしているだけで、一座の毘沙門天《びしゃもんてん》だ」

「それはたいそうなお褒めの言葉で、いたみいります」

平八郎が後ろ首を撫でると、遅れて顔を出した弥七も、

「まったくだ、平さんは中村座の守り神だよ。あんたがこうして居るだけで、後光が後ろに広がるようだ」

弥七は、冗談半分に手を打って拝みはじめた。

「あんたがまこと毘沙門天さながら強いことがわかったからには、これまで以上に殺陣のほうは期待していますよ。そろそろ顔見せ興行の準備が始まる。大向こうを唸らせる切れのいい殺陣を考案してくださいよ」

伝吉翁は、励ますようにそう言うと、なにを思いついたか、

「おおい、誰か二人ばかり木刀を持って来てくれないかい」

大声をあげた。

二人の大部屋役者が、使い古した黒光りのする木刀を持って駈けつけてきた。

「平八郎さんに見本を見てもらうんで、太刀打ちをしてくれるかい。今度の芝居のツボになる」

「へいッ」

「合点承知ッ」

二人は愛想よく頷くと、

「まずは天地だ」

伝吉翁が手際よく指示を与えた。

二人の役者が木刀で向かい合い、片方の役者が上段から相方に斬りかかっていく。

それを、もう片方が上下に払う。

「次は切り身――」

片方が相手の両腕を順に突いた。

「お次は、柳――」

片方の役者が上から斬り下ろすのを、下から受ける動作をした。

太刀打の見本が続く。やがて平八郎は、一人を相手に打ち合う所作を真似てみた。

実際に刀を合わせてみれば、真剣の立ち合いとは別物で、遊びごとであることがよくわかる。打ちこむ腰の乗り、刀の柄を握る打ちの感覚も、間合いも、歩はこびも、まるで剣術の打ち合い稽古とは別物である。

「どうです。ご覧になって」

「まあ……」

平八郎は返答に窮した。

「そりゃあ、そうだろうね」

伝吉翁は苦笑いした。

「私ら役者じゃァ、斬り合いの真似事で、こんな曲芸のものばかりしか思いつかなくてね。ただ、こうした動きも、派手なのが取り柄でけっこうウケるんだよ。なんとか本物らしくなるよう、剣術の型をどこかに採り入れてもらいたいんだ」

「承知しました」

平八郎は快く請《う》け合った。

「太刀打ちの名目はこんなところでして、次に殺陣の名目をご披露しましょう」

伝吉翁はそう言うと、手配、宙返り、さるがえり、杉立ち、五枚がえりと、聞き慣れない殺陣の名目を二人の役者が演じてくれた。

いずれも、闘いの緊迫感をそれなりに演出している。真剣の打ち合いとはたしかに別物であるが、勝手に動いているわけではなく、切羽詰まった迫力の演技だけに、じゅうぶん見栄えはする。

実際に平八郎が演じてみると、演じてみるだけでひと苦労、牢屋暮らしで体力が衰えていたためか、疲れが出るほどである。

「それにしても、本物の剣術をやっているお人だけに、型の摑み方が上手い」

そう言って伝吉翁は、文机の上の綴じ本を手に取って、平八郎に手渡した。

中を見れば、伝吉が自ら描いた殺陣の図がびっしりと描かれている。

鎬《しのぎ》で刀をかわすもの、背に刀を回して受けるもの、桶で受けるもの、体が入れ代わり、ねじれたような姿で斬り合うものなど、変わった動きが紙面に躍《おど》っている。

「なかなか面白うございますな。芝居は芝居、剣術は剣術、うまく溶けあわせることができれば、真に迫った殺陣となりましょう。しばらくお借りします」

平八郎は、得心して絵図を大事そうに懐中に収めるのであった。

五

殺陣の稽古に没頭し、平八郎が夜更けて利兵衛長屋に戻った時には、とうに四つ（十時）をまわっていた。

番太郎に頼んで裏木戸を開けてもらい、どぶ板を踏みしめて玄関先に立つと、平八郎の家にまだ灯りがついている。

（妙な……）

不審に思って腰高障子をそろりと開けると、意外な客が平八郎の帰りを待ちかねていた。剣の師井深宅兵衛と、会津にいるはずの息子吉十郎である。

「これは、ご師範！」

驚いて一礼し、目を息子吉十郎に転じると、会津を離れてまだ二月《ふたつき》と経っていないが、総領息子は旅塵にまみれたその顔をいちだんと逞しくさせている。

くっきりとした凜々しい眉は父の平八郎譲りだが、若さゆえの挙措の逞しさ、父の比ではない。会津を離れる前にも井深宅兵衛から、

——吉十郎は、最近めきめき腕を上げておる。

と伝えられてはいたが、精進のほどが平八郎にも察せられた。

「吉十郎、いつから江戸に——」

「ちと道に迷い、一刻ほど前に辿り着きました」

こともなげに吉十郎が応えた。

「いやいや、江戸は広い。じつはな、お隣のお徳どのが食事を振る舞ってくだされ、さきほど終わったところだ」

恩師井深宅兵衛が、剽《ひょう》げた口調で言った。

城下では剣聖と讃えられ、ごく稀にその面影に凄味を宿すこともあるが、普段はど

ここでもいる隠居爺としか見えない。二人の前の食膳には、なるほど沢山《たくさん》の皿と飯茶碗が乗っていた。

「して吉十郎、なにしにまいったのだ」

「その……、父上のお役に立てればと、御師範とともに……」

「ならぬ、吉十郎」

平八郎は、険しい表情で吉十郎を見かえした。

「江戸は、いま修羅場である」

「修羅場……？」

「わが豊島家が罪を得て江戸を追われ会津に落ちのびたのは、おまえもよく承知しておろう。私は江戸に戻り、なぜそのような理不尽なお裁きがあったか、その背景を探っていた。あの事件には、思わぬ裏があった。それを知った私は、いま邪魔者として狙われているのだ」

平八郎は、諌めるように吉十郎に言った。平八郎の身辺に、いつ敵襲があっても不思議はない。まだ未熟な息子を、危険に晒したくなかった。

「それゆえ父上に加勢にまいりました」

吉十郎は、そんな平八郎の思いをよそに、奮い立つように言った。

「五郎太夫殿は、なんと申された」

平八郎は呆れて問いかえした。

「叔父上は、今こそ父上の危難を救うてまいれと申されました」

平八郎が会津を離れて後は、白井五郎太夫に吉十郎の後見役になってもらっている。

その五郎太夫は、江戸での平八郎の厳しい立場をじゅうぶん承知しているはずであったが、それでも吉十郎を送ってよこす叔父御の心底がわからなかった。

平八郎は、お徳さんの淹れた番茶をのんびりと啜る井深宅兵衛に顔を向けた。

「白井五郎太夫殿はな、白井家縁《ゆかり》のお方よりの書状にて、江戸でのおぬしの窮状をよく承知しておられる。五郎太夫殿は、むしろおまえ以上に諸国の動静を摑んでおられるぞ。それゆえにこそ、吉十郎は武士の子らしく、身命を賭して父を助けるべし、とお考えなのじゃ」

「はて、その白井家の方とは、どなたでござる？」

「水戸藩の、さてなんと申されたか……」

老師は、茶を啜りながら宙を睨んだ。

「されば、ご師範が来られたわけは――」

「悔いが残っての、居たたまれぬ思いであったからじゃ。おぬしが江戸に発つ前夜、溝口派一刀流の奥伝をすべておまえに伝えたの」

「はい」

「だが、つらつら思うに、あの折はあまりに忙しく、思うように伝えきれなかったように思えてならぬのだ」

「しかしながら……」

「それに、こたびおまえは罪を得て入牢したというではないか。それを聞いて、もう居ても立ってもおれなかった」

宅兵衛は、茶碗を置いて険しい表情を崩し、

「さらに言えば……」

「なんでござる」

「わしも、老い先そう長かろうはずもない。いささかわがままがしとうなったのよ」

「わがまま、でござるか……？」

「冥土の土産に、江戸の町を見物しておきたくなった」

平八郎は、あきれたように老師を見かえした。

「それより平八郎、奉行所の嫌疑は晴れたのか」

「不覚にも罠に嵌められましたが、嫌疑は晴れてござります。それでは、明日は一日芝居小屋の仕事を休み、江戸をご案内いたしましょう」

「されば、その芝居小屋に連れていけ。評判の江戸の大歌舞伎をとくと見ておきたいものだ」

「それなら、お安い御用にござります。それがしの仕事場でござれば」

「うむ」

宅兵衛は目を細めて頷くと、徳利を取って吉十郎に酒をすすめた。だが、徳利はほとんど空である。

「吉十郎、酒が呑めるのか」

平八郎はあきれ顔で訊いた。

「道中、先生に教えていただきました」

されぱと立ち上がり、平八郎は竃の脇に置いた大徳利を抱えて戻ると師と息子の前にどかりと置いた。

外は、小雨が降りだしている。

ぼろ鉄が戻ってきた音がして、しばらくすると平八郎の家の油障子に前のめりになった男の淡い影が映った。

「お客人で――」

戸を開けたぼろ鉄が、遠慮がちに首を突き出したのを見て、

「おれの剣の師と一人息子だ。一緒に呑まんか」

「そうですかい」

ぼろ鉄はすぐその気になって、ひっかけた雪駄を脱ぎ捨て、家にあがりこんだ。

「平さんに、こんな息子さんがいたなんて」

感心して吉十郎を無遠慮に見まわすぼろ鉄に、吉十郎は困ったように頭を掻いた。

「おれに伜は似合わないか」

平八郎は苦笑いすると、

「こちらは、井深宅兵衛先生だ」

恩師をぼろ鉄に紹介した。

「会津では八年のあいだ、剣の道をお教えいただいた。いや、人生の師と言ってよい。遊び人のやさぐれ男を、なんとか一人前に更生してくだされたのだ。この恩は、あだや疎かにできぬ」

「そう、もちあげるでない」

井深宅兵衛はにたりと笑うと、ぼろ鉄は相好《そうごう》を崩してその脇に座りこみ、

「まあまあ、先生、おひとつ」

おどけた調子で大徳利を宅兵衛にすすめた。だが、またもや大徳利にもほとんど酒がない。

「辰さん、起きているんだろ」

ぼろ鉄が、壁に向かって声をかけると、

「ずっと起きてるさ。でも、失礼じゃねえかと思って遠慮していたんだ。平八郎さん、こっちにゃ酒がまだたっぷりあるよ。届けていいかい」

壁の向こうから声がかかった。

「むろんだ。伜を紹介したい」

平八郎が声をかけると、ややあって表の戸ががらりと開き、辰吉、お徳夫婦が飾らない笑顔をのぞかせた。

辰吉の抱えてきた素焼きの大徳利二本、お徳が皿に盛ってきた残りものの煮豆でふたたび酒盛りが始まった。

井深宅兵衛が、注がれ上手のにこやかな笑みを浮かべて呑みすすめる。やがて顔をほころばせた井深宅兵衛が、声をあげて会津の俗謡を披露すれば、ぼろ鉄が茶碗を叩いて拍子をとりはじめた。

いい調子になった井深宅兵衛に、

「先生、溝口派の一刀流と将軍家ご師範の小野派一刀流はいったいどっちが強いんで」

ぼろ鉄が、酔いに任せてとりとめのないことを訊ねた。

「言うまでもない」

井深宅兵衛は憮然として声を荒らげ、とうとうと説明を始めた。

宅兵衛師の語るところによれば、溝口派一刀流も一刀流の祖伊藤景久《いとうかげひさ》を始祖とし、その弟子小野忠明《おのただあき》まで流れは小野派一刀流と変わらないらしい。

その忠明の高弟溝口正則《みぞぐちまさのり》が、それまでの小野派一刀流をさらに発展させたものが一刀流溝口派で、この流派を会津の地に伝えたのは、正則の弟子である伊藤正盛《まさもり》である等々、老師は得意気にぼろ鉄に流祖以来の溝口派一刀流の剣の流れをつぶさに語ってきかせた。

「それじゃァ、その伊藤正盛って人が、会津の溝口派の元締めみたいなもので」

「ところが、この正盛なる人物は、皆伝するより前に会津を去ってしもうた。わしの一刀流はこの流れのものだが、別に、会津藩の池上安道《いけがみやすみち》なる者が江戸へ出て、自ら完成させたものも会津に伝わっておる」

一刀流溝口派の系譜があまりにややこしいので、ぼろ鉄は首をひねって考えこんでいる。平八郎はそれをニヤニヤしながら見守っていた。

「つまりは、流祖より遥かに改良され、進化発展したものが溝口派一刀流であり、小野派一刀流の弱点をよく補っておるということだ」

井深宅兵衛は、最後に大きく胸を張って念を押した。

賑やかな酒盛りに吸い寄せられるように、油障子にまたひとつ人影が映った。女の立ち姿がある。

「そこにいるのは、お光ちゃんだね。おあがりよ」

お徳が声をかけると、お光が遠慮がちに腰高障子を開けた。

「お客さんがいらっしゃるんでしょう」

「お光ちゃん、この長屋に二枚目がもう一人現れたぜ」

ぼろ鉄が声をかけた。

お光は下駄を脱いで部屋に上がると、平八郎のすぐ隣に座りこみ、頬を染めて吉十郎を見た。

「平八郎さんに、こんな大きな息子さんがいたなんて」

お光は、ちらちらと吉十郎を見ながら、幾度も頷くのであった。


その夜、越路が残していった布団一揃いと、お光の家に志保が残していった一揃いで、平八郎親子と井深宅兵衛は川の字になって床についた。

吉十郎は長旅の疲れから、すぐに大きな鼾《いびき》をかいて寝入ったが、平八郎も井深宅兵衛もなかなか寝つかれない。

平八郎は、やはり吉十郎が心配であった。今更追いかえすわけにもいかないが、平八郎の留守中、吉十郎を長屋に残していくのはやはり心もとない。

「起きておるか」

闇の中で、師の声があった。

「起きております」

「白井五郎太夫殿から、おぬしへの言伝《ことづ》てがある」

「はい」

「じつは、藩主松平正容《まつだいらまさかた》公から伝言があったとのことじゃ」

「大殿からの……」

俄かには信じがたい話であった。平八郎は会津に逼塞《ひっそく》していたあいだ、藩主松平正容公にはむろん一度もお目見えしたことも言葉を交わしたこともない。その雲の上のような存在である藩主から、平八郎への直々の伝言を白井五郎太夫は託されているという。

平八郎は、慄然として耳をそば立てた。

「よいな。本来は書状に書き記すものなれど、これが万一外に漏れれば藩の一大事となる。それゆえの口伝《くでん》じゃ」

井深宅兵衛はいちだんと声を低めた。

「心得てございます」

「されば申す。こたびは、そなたが吉宗公子飼いの御庭番と争っていること、入牢を申し渡されたことなどを耳にされ、いたくご心配なされておられた」

「もったいないこと」

「大殿は現将軍徳川吉宗公のこれまでの行状におおいに不審を強めておられる。また、有馬氏倫をはじめとする御側取次衆ら、紀州藩より呼び寄せた家臣のみを吉宗公が重用し、幕閣を軽んじる所業に、憤懣やるかたないと申されておられる。しかも己の子を分家させ、御三家に替える企みを秘かに企てておるとの噂さえ耳にされておられる」

「殿はなにゆえ、そのようなことまでご存じでござるか？」

「うむ。おまえも承知しておろうが、会津藩の留守居役も有力諸藩とともに城中お控えの間にあり、世に言う留守居役同盟に加わっておる。我が藩の留守居役も、その方々と綿密に連絡を取り合っておるのだ。さらには、諸国に拠点を置く白井一族からの報告もある」

「白井一族……、しかし大殿はなにゆえ白井一族と接触を持たれておられるのです」

「大殿は、熱心な妙見菩薩の信徒であられる。おぬしは、会津藩のもとの紋所を憶えておろう」

「もとよりのこと。二代秀忠《ひでただ》公の妾腹であられる藩祖保科正之《ほしなまさゆき》公はご正室のお江《ごう》様に遠慮して会津に出られたものの、御一門ゆえ三つ葉葵を家紋に用いておられるはず」

「うむ。じゃが、もともとは九曜紋《くようもん》であったと知るがよい。葵紋は後に徳川本家に永代使用を許され、替えられたのじゃ。月星の九曜紋は、北斗の星々と妙見菩薩を深く信仰する者の証。その信仰ゆえにこそ、白井五郎太夫殿をお呼び出しになり、一族をあげておぬしを支えるようにとのご下命なのじゃ」

「ありがたきことでござる」

平八郎は胸を熱くして、井深宅兵衛に礼をのべた。

「さて、おぬしの当面の敵じゃが、わしの気がかりは相手が忍びということ。剣の敵とはまた様子がちがう」

「たしかに、飛び道具には手を焼いておりますが……」

「どうしたな、平八郎」

声を潜める平八郎を、宅兵衛はうかがい見た。

「じつは、こたびの敵は、皆伝の腕を持つ小野派一刀流の武芸者でござる」

「なにゆえ武芸者と立ち会う」

「尾張家藩主殺害の嫌疑で、手を下した薬師を捕らえねばなりませぬが、側用人有馬氏倫殿の付けた用心棒が邪魔になっております」

「さようか……」

宅兵衛は重く吐息した。

「なに、勝負はやってみねばわからぬもの。小野派一刀流はそもそも、我が溝口派一刀流が祖と仰ぐ流儀だが、当流はその小野派を工夫し改善して生まれた」

「はい」

「よいか、平八郎。かの流儀の基本は、落ち下ろしにある。承知しておろうな」

「むろんのことでございます。一方、我が方はそれを受け流して反撃に転じ、相手の脇から袈裟に斬り下ろしまする」

「だが、あの真一文字の打ち込みは迅い。未熟であれば間に合わぬ」

「はい」

「かわしきれぬと感じたなら、まず鍔で受けよ。そして、二太刀めで転ずるのだ。さて、その〈転〉じゃ。溝口派一刀流が勝ちを得るには〈転〉をいかに素早く行うかに尽きよう。足さばきの素早さ、滑らかさが要《かなめ》となる」

「それゆえ、体力の回復せぬうちは、闘いを避けております」

「それがよい。それにしても、今のおまえの腕では、よほどの工夫がいろうな」

「は」

「もう夜も更けた。またおいおい伝えていくとする」

老師は、それだけ言うと押し黙り、やがて安らかな寝息をもらしはじめた。

六

その翌日、殺陣の工夫に余念のない平八郎のもとに、唯念寺の孫兵衛が例によって遠慮がちに訪ねてきた。

「お仕事中にあいすみませぬが……」

孫兵衛は場馴れのしない木戸前で、小柄な体をさらに小さくして平八郎に頭を下げた。

「ぜひともご住職様が、寺までご足労願いたいと申しております」

「すぐに行かねばならぬのか……」

平八郎はまたか、と唇を歪めて孫兵衛を見かえした。霜月の顔見せ興行に向けて殺陣の考案も佳境に入っている。一手一手が、今は息づまる真剣勝負なのである。

「はい。そう申されておられまする」

孫兵衛は、頭を下げるばかりである。

やむなく弥七に断って唯念寺に顔を出してみると、通された庫裏には先客があった。尾張藩留守居役水野弥次太夫である。水野は、よほど待ちかねていたらしく、大刀をひっつかみ廊下まで出て平八郎を出迎えると、そのまま立ち話を始めた。

「豊島殿。我が藩の腕利きが昨夜も三人も斬り捨てられ、その骸が上屋敷の門前に投げ捨てられておった」

艶福家の水野弥次太夫にはめずらしく、憤懣やる方ない様子で憤怒した顔を紅らめている。

「拙者に急用とはその件でしたか」

急《せ》きこんで話す水野の袖を取り、平八郎は庫裏に引きこむと、

「まあ、お座りくだされ」

どかりと腰をおろし、刀を投げ出した。

水野は、落ち着きなく平八郎の前に座ると、急ぎ茶で咽を潤し、

「その、我が主継友公をはじめ、ご重臣方はいずれもいきり立っておられてな。なんとしても牧村道庵めをひっ捕え、先々代吉通様、先代五郎太様毒殺を供述させ、生き証人としたいと申されておる」

遅れて席に着いた玄哲も、膝を詰めた。

「平八郎、じつはな。数日前、天英院周辺に潜らせた尾張藩の間者から報らせが入っての。このところ天英院の容体がすぐれず、道庵めは日ごと西ノ丸に上がっておるそうな」

「その帰路を襲い、道庵めを捕らえたい。一度逃すと奴らも用心しよう。失敗は許さ

れぬ」

玄哲の言葉を継ぎ、水野弥次太夫が急くように言った。

「有馬氏倫めがこちらの動きを警戒し、用心棒を数名道庵の周辺に張り付けておる。その中に、例の一刀流荒垣甚九郎もおる」

「その話はうかがっております。しかしながら、拙者はまだ病みあがりにて……」

平八郎は、弥次太夫の強引な視線を外して茶を口に含んだ。

「それは承知だが、今が好機なのだ。頼りとなるのは、おぬししかおらぬ。この機会を逃せば……」

今度は玄哲が平八郎を追いこむようにたたみかけた。

「よろしうお頼み申す。失礼ながら、豊島氏には些少の謝礼が用意してござる」

水野弥次太夫が懐中を探り、袱紗に包んだ小判の切り餅を取り出した。ざっと五十両はあろう。

「お待ちくだされ……」

平八郎は、顔を紅らめて水野を制すと、

「これは、お気にさわられたか」

弥次太夫は、狼狽して平八郎の顔色をうかがった。

「平八郎、頼む。金でおぬしの腕を買おうというのではない。我らの積年の恨みを晴らしたい一心なのだ」

玄哲は、そう言って黒光りする床に両手をつき、大仰に頭を下げた。平八郎は、いつもの玄哲のどこか人を喰った振る舞いに、憮然として腕を組んだ。

「それともおぬし、怯んだか」

今度は、脅すように玄哲が声を荒らげた。

「なんの。怯んだわけではござらぬ。剣に懸けたこの命、果たしあいにて捨つるは本望。継友公には入牢の折、救うていただきましたご恩もありまする。されど」

「おぬしはじゅうぶん体力が戻っておるぞ。見たところ、挙措も精気に満ち、じゅうぶんに逞しい」

「それがしが案じておりますことは……」

「なんだ」

「このまま徳川両家の対立が深まった場合の、行きつく先でござる」

「行きつく先……？」

「大きな乱となるやもしれませぬ」

玄哲と水野弥次太夫が、苦々しげに顔を見合わせた。

「そのような大仰な話ではないのだ。これは、あくまで徳川家内部の内輪喧嘩、それに非はあ奴らにある。我らの成すことは天に代わりて悪を正すことだ。亡き東照権現徳川家康公も、よくぞ徳川家の騒動を鎮め、憂いを晴らしてくれたと、草葉の陰できっとご称賛なされよう」

玄哲がそう言うと、

「さよう。当家が求めるは、あくまで吉宗公の引退御隠居、これのみにござる。それに幕閣、御一門諸藩も我らの味方」

水野弥次太夫も、この男にしてはめずらしい固い表情で平八郎に語りかけた。

「わかったであろう」

玄哲が苦虫を潰した顔で、膝元の金子《きんす》を平八郎の掌に押しつけた。

「されば、拙者が荒垣甚九郎を引きつけまする。その間に、早急に人質を奪取なされよ。拙者の役目はそれまでとしていただきたい」

「あいわかった。されば、早速軍議といたそう」

水野弥次太夫は急ぎ玄哲と顔を見合わせ、買い求めた江戸の大阪地図を懐中から取り出し、畳の上に大きく広げた。


その翌日のことである。

遠くで暮六つ（六時）の鐘が鳴りやみ、茜色の夕陽がやがて家並みの下にゆっくりと沈んでいくと、本所の町はいちだんと暮れ色が深まった。

人通りのめっきり途絶えた町辻で、七つの人影が蠢いていた。豊島平八郎と南雲源《なぐもげん》三郎《ざぶろう》率いる御土居下衆六名である。

平八郎の着流し姿をのぞけば、いずれも町人の装いに身をやつしている。中にはでんでん太鼓を担ぐからから売りや、紙屑買いといった変わった生業《なりわい》に姿を変えた者もあった。

他に、御土居下衆五人が、退路を断つべく迂回して駕籠の背後にまわっている。天英院の側近中に潜りこませた尾張藩の女間者から、天英院を見舞った牧村道庵が、半刻ほど前に江戸城を発ったとの報せがすでに南雲源三郎のもとに届いていた。この一報を受け、平八郎らがこの辻に駈けつけたのは、それから小半刻後のことである。

平八郎は、荒垣甚九郎との闘いが生死を分かつものと見ていた。しかも、明らかに平八郎に分が悪い。体力がじゅうぶん回復していないうえ、剣の腕も甚九郎のほうが数段上と思われた。それに、一刀流どうし。溝口派の秘剣が本家小野派一刀流にどこまで通じるものか心もとない。

(倒すとすれば、一瞬の勝負に賭けるよりあるまい……)

平八郎は、わずかな勝機をそこに見出していた。

「まいりましたぞ」

平八郎のすぐ脇で、南雲源三郎が柄がしらを握りしめ呟いた。

七人が一斉に険しい眼差しを向けた先、暮れなずむ町辻から、牧村道庵の駕籠が夕闇のなか影絵のように姿を現した。その周囲を、五人の用心棒がひしひしと固めている。

御土居下衆六人が、一斉に手ぬぐいで顔を覆った。

早々と、刀の鯉口を切って身構える者もある。

「待て、よく引きつけるのだ」

南雲源三郎が、舌打ちして配下の若者を諌めた。

みな、緊張で相貌を強張らせている。彼方から町人風の男が五人、身をかがめるようにして駕籠に迫り寄るのが見えた。

「よし、遅れるな！」

南雲源三郎が抑えた声で叫ぶと、六人がすわっとばかりに駕籠の前におどり出た。前を塞ぐようにして、道幅いっぱいに広がっていく。駕籠脇を固めた用心棒がそれに気づき、すわとばかりに抜刀して六人を迎え撃った。

道幅いっぱいに広がって死闘が展開された。

御土居下衆は、身を沈め、撃ちこんではすぐに退く。

彼方で、御土居下衆の別動隊が、バラバラと駕籠を取り囲むのが平八郎の眼に映った。

道の中央を、周囲の乱闘をよそに、荒垣甚九郎が一人悠然と歩いてくる。

動かずにいた平八郎が、ようやく迎え撃つべく、甚九郎の前に向かって歩きだした。

間合い五間。――

「尾張藩主毒殺の生き証人牧村道庵の身柄をもらいうける」

平八郎はそう言い放つと、滑るように会津兼定を鞘走らせ、ぴたりと脇構えにつけた。

「待ちかねていた。今日こそ、預けた勝負にけりをつける」

甚九郎は、腰を沈め勢いよく刀を抜き払うと、それを上段に撥ねあげ、じりじりと草履をにじらせ間合いを詰めてきた。

方々で白刃がきらめき、知らずに近づいて来た通行人が慌てて逃げていく。

平八郎は刀を中段に移し、逆らわず間合いを保って後退した。甚九郎を駕籠からひき離すつもりである。

遠く、黒紋付に茶袴を着けた総髪の老人が、駕籠脇から蹴りつけられて転げ落ち、足をばたつかせているのが見えた。薬師牧村道庵にちがいなかった。

腰が抜けたらしく、立つこともできない。ひどくおどけた姿であったが、当人は必死である。

背後から駈け寄った御土居下衆五人が、暴れる道庵の後ろ首を押さえつけ、腕をねじ上げて縄を打った。道庵が悲鳴をあげて騒ぐので、用心棒どもが慌てて振りかえったが、御土居下衆に迫られて戻ることができない。

「用心棒殿、道庵めが奪われたぞ――」

平八郎が、挑発するように甚九郎に言った。

「腐れ医者など、もはやどうでもよい」

甚九郎は、刀を上段に撥ねあげると、

「まいる――」

間合いを一気に詰めるや、激しい気合とともに、ざあっと剛剣を平八郎の頭上に殺到させた。それを見切って、平八郎は飛びさがる。

甚九郎は、さらに追い、ふたたび大きく踏み出すと、激しい太刀風とともに一颯、二颯と刀をあびせていった。

三颯めで、平八郎の体がおどろくべき軽捷さで前に出た。

右前に転じるや、甚九郎の肩口に向け、会津兼定を素早く袈裟に振りおろしていた。

その時、甚九郎もまた思いがけない動きに出ていた。平八郎と同時に身を翻し、虚空を斬った平八郎の刀身を、力まかせに叩いたのである。

平八郎の体がぐらりと揺れ、前によろめいた。

だが、甚九郎も動けずにいた。甚九郎は異様な手応えを感じていた。

甚九郎の刀が、切っ先三寸のところでざくりと欠け落ちていたのである。

甚九郎は一瞬茫然と立ち尽くしていたが、慌てて大刀を投げ捨て、飛びのいて脇差しを抜きはらったものの、

「くそ、勝負はいずれまたの日だ」

不利とみて、吐き捨てるようにそう叫び、夕闇の中を足早に駈け去っていった。

平八郎は、あらためて会津兼定二尺三寸をながめた。刀の嶺に小さな窪みが残っていた。

視線の彼方、首尾よく道庵を駕籠に押しこめ、平八郎に手を振って駈け去っていく御土居下衆が見えた。他の用心棒は、南雲源三郎ら六人の御土居下衆となおも数合刃をあわせたが、荒垣甚九郎の姿が消えたのに気づき、慌てふためいて闇にまぎれ四散していった。

七

「とまれ、命拾いしたようだな、平八郎」

溝口派一刀流師範井深宅兵衛は、白いものの混じった顎鬚を撫でながら鋭い眼を光らせた。

「おぬしの差料が剛刀会津兼定でなければ、斬られていたところだ。その荒垣なる者、咄嗟の身のこなしからしてただならぬ。確かに腕は一格おぬしより上であろう」

吉十郎が、あっさりそう言ってのけた師範を不安そうに見かえした。すっかり平八郎の家に入りびたりのお光も、茶を淹れていた急須の蓋を落としてしまっている。

「されど溝口派一刀流は、小野派一刀流を乗り越えるべくして生まれた流派だ。そう、ひたすら信じよ。迷わず剣を究めることだ」

小野派一刀流の弱点を超えるべくして生まれた溝口派には、生まれながらにして小野派一刀流を超える潜在力がある、と老師は信じたいらしい。

井深宅兵衛の飄然とした口ぶりに苦笑いを浮かべ、平八郎は心を軽くした。

(もはや、思い悩んだところで仕方あるまい……)

「ところでご師範は、本日どちらに行かれましたか」

平八郎は話題を変えて、師範に笑みを向けた。

「芝居見物じゃよ。おまえに案内してもらい、すっかり芝居の面白さに魅入られてしもうた。本日も、おまえの仕事場を訪ねたかったが、吉十郎がなにやらおまえの様子が気になると申してな、もしや果たし合いがあるのではないかと、気をもんで一日を過ごした」

「それは、ご心配をおかけしました。それにしても、ご師範がそれほど芝居をお気に召したとは思いませなんだ」

「いやいや、江戸の大歌舞伎というもの、田舎芝居とはずいぶんとちがうとあらためて感じ入った。見ればみるほど引きこまれる。芝居の筋立てもそうだが、気に入ったのはあの歩はこびだ。剣を志す者にはなかなか学ぶことが多い」

「異なことを申されます。歩はこびでござりますか？」

殺陣師を引き受けてからというもの、平八郎は慣れぬ歌舞伎特有の歩はこびを修得しようと日夜苦労を重ねているところだが、その歩はこびへの師範の言及が平八郎には意外であった。

「何処かの西国の藩では、武道の稽古に歌舞伎踊りなるものを採り入れていると聞く。あの体の軸を微動だにさせず、力づよく歩をすすめる動きには、武道の極意に通じるものがあるやもしれぬな」

「私もその話は、どこかで聞いた覚えがあります」

吉十郎も大きく頷いて師範を見かえした。

その話は、平八郎にとっては初耳であったが、ハタと気づかされるものがある。とはいえ、歌舞伎の歩はこびをどう役立たせたらよいものかと平八郎は咄嗟には見当がつかなかった。

「いずれにせよ、よいところに職を得たものだ。殺陣の稽古を続けるうちに、あるいは剣の境地をさらに進めることができるやもしれぬぞ」

「大そうな申されようでございますな」

平八郎は、苦笑いして老剣士に微笑みをかえした。

「して、吉十郎。江戸の日々をどう過ごしておる。おまえは、九つまで江戸で育ったゆえ、すぐに土地勘を取り戻せよう」

「両国橋の上で大川の流れを見ているだけで、なにやら八年前の江戸が甦ってまいります。遠くに見ゆる富士の眺めも昔のまま、これより後はずっと江戸に住みとうございます」

「それもよいが、父の危難を助けるために江戸にまいったのじゃぞ。それを忘れてはならぬ」

井深宅兵衛は、双眸に鋭い光を戻し、吉十郎に諭した。

「先生、吉十郎さんは立派に平八郎さんの代役を努《つと》めていらっしゃいますよ」

淹れた茶を三人に給しながら、お光が話に割って入ると、吉十郎に頷いてみせた。

「どういうことだ――?」

お光は、吉十郎が今日からお局様方の本所の新居で用心棒を始めたことを師範の茶碗に二杯目の茶を淹れながら答えた。

「ほう、吉十郎、そんなことを始めたのか」

平八郎が、目を丸くして吉十郎を見た。

「敵は御庭番とのこと、私の剣が忍びにどれだけ通じるものかわかりませぬが……」

吉十郎は、ちょっと照れた顔をして後ろ首を撫でた。

「たしかに、相手は飛び道具を持つ。油断はならぬぞ」

「心得ております」

「いまひとつ、女人ばかりのところ入って、妙に色気づいても困る」

「まあ」

お光がクスクスと下を向いて笑っている。


「平さん、お客さんだよ」

それから一週間ほど経って、木刀片手に殺陣の工夫に余念のない平八郎のもとに、佳代が中廊下の仕切り戸を半開きにして声をかけた。佳代はにこにこ笑っている。

「お客人を、こちらに通してよございますね」

「それはかまわないが――」

平八郎が応じると、仕切り戸の向こうからひょっこり顔を出したのは吉十郎であった。

「芝居見物はよいが、こんなところまで来ては皆様のご迷惑となろう」

平八郎が驚いて咎めると、

「あい済みませぬ。ただ、越路様が至急お報せせよとのことで」

吉十郎が首をすくめた。

「はて、なんであろう」

「月光院様が、父上に是非お会いしたいと申されておるそうにございます」

「月光院様が……！」

平八郎は、茫然と立ち尽くした。姉絵島が仕えていたとはいえ、月光院は七代将軍家継公の生母、むろん、親しく言葉を交わしたこともない。

「父上が江戸に戻っておられるとお聞きになり、伯母上の消息がぜひとも聞きたいと申されておられるよし」

「それなら、会いたいと申されるのも無理からぬ。姉上はたいそう月光院様のお引き立てを受けた。なにを置いても行かざるをえまい」

「されば、その件で越路様から伝言がございます。五彩《ごさい》の装いまでは揃えられぬので、中村座にてお借りすることはできぬものかと」

五彩とは、下働きのために、それぞれのお局が私用のために雇う小者の謂《い》いである。厳しく外泊を制限されたお局たちのために、必要な物を買いに行かせたり、身元保証人や親族に手紙を託したりと、お局方には雑用を一手に引き受ける便利な存在である。

「しかしながら、五彩の装束までは……」

平八郎が佳代の横顔をうかがった。

「どんな役の衣装だって揃えてみせますよ。まかせてくださいな」

佳代は、ポンと胸を叩いて請けおってくれた。


「これなら、じゅうぶん五彩で通りましょう」

大奥から迎えにきた月光院付の侍女南野《みなみの》が、切れ長の双眸をつりあげて平八郎の装いを確認した。

茶の小袖に羽織を着け、木札の入った皮袋を腰から下げると、どこから見ても、奥女中付の下男である。

玄哲が横から口を出し、

「差料ばかりが異様に大きいの。待て、小振りのものがある」

孫兵衛に、さっそく二尺そこそこの太刀を持って来させた。

「これを使うがいい。ふむ。これでどこから見ても奥女中付の五彩だ」

玄哲は、平八郎を見まわして満足そうに頷いた。

「それから、これは喜与に手渡してほしい」

そう言って玄哲が取り出したものは、小さな京風の手鞠であった。はんなりとした色糸で多彩に編みあげてある。

「昨夜、納屋を片づけていたら、これが出てきた。喜与の幼き日に買うてやったものだ。敵中にあって心細い思いをしておろう。しばしの慰めになる」

「しかとお渡しいたしまする」

平八郎は、小さな手鞠を大事そうに袖に収めた。

一刻後、半蔵門をぬけて城内に入った一行は、緑の色濃い吹上《ふきあげ》御殿前で止まった。

吉宗の代になって大幅に改装された吹上御所は、学問所、天文所の他、馬場、射場、鉄砲場《てっぽうば》まで、武芸の鍛練の場が設けられ、えら松、黄櫨《はぜ》の木、栗などが植えられ、質実ながら瀟洒な造りで、平八郎の目にも麗しかった。

平八郎は部屋子の住まいとなっている大部屋の隣室で、女たちの賑わいを聞きながら、陽の沈むまで待機した。

ようやく御殿の庭の緑が夕陽に彩られはじめた頃、

「こちらに――」

俄かに現れた南野に促され、平八郎は庭に出た。御殿の前方、入念に手入れされた庭園を渡ると、前方にこんもりと樹木の繁る一角がある。そこに、ぽつんと瀟洒な四阿《あずまや》があった。

「こちらでお待ちを――」

南野が去ると、独り残った平八郎はその四阿で月光院を待った。

夕闇せまる庭園を目を細めて眺めていると、微かな草摺りの音があって、木陰から貴人が姿を現した。

数人の侍女を伴っている。いずれも並の奥女中とは思われなかった。武道の心得のある引き締まった顔だちで、小袖に見え隠れする腰刀も無骨なつくりで、飾り物とは思えない。

平八郎は、梢越しに零れ落ちる月光に浮かび上がった女主の面影をうかがった。

そこに立つ貴人は、姉の縁で大奥の女人は見慣れているはずの平八郎の目にも、息を呑むほどの麗しさであった。くっきりとして大きな双眸の下、引き締まった唇がやわらかく笑っている。

玄哲の娘と聞いて想像していた活発な町娘とはちがって、意外にも節度立った利口そうな女人である。

「そなたが、豊島平八郎か——」

月光院は、立ちあがり深く一礼する平八郎にまるくしめった声で語りかけた。

その口ぶりはちょっと勝気そうで、やや早口であった。黒目がちの利発そうな双眸が、平八郎をうかがっている。

「御意。お初にお目にかかります」

「絵島から、たびたびそなたの噂は聞いておりましたぞ。惚れ惚れする若侍にて、女人にもようもてるそうな」

月光院の口ぶりは、遠慮がなく親しげである。

「お戯れを。その若侍も、すでに四十路《よそじ》を越えようとしております」

「わらわも歳をとった。今宵はるばるそなたに足を運んでもろうたは他でもない。そなたの姉絵島のことが気がかりでならぬのじゃ。息災か」

「生憎《あいにく》それがしもこの八年、姉には会うておりませぬ」

「そうであったか……」

月光院は、俄かに顔を曇らせ、

「たしか、そなたも江戸追放の処分を受け、他国にあったと父より聞いた。さぞや辛い思いをされたことであろう」

「なんの。それがしなど、姉に比ぶればさしたる苦労もしておりませぬ。姉のことにつきましては、部屋子の百合《ゆり》なる者が信州高遠を訪ねたと、便りをくれたことがございました。どうやら恙《つつが》なく過ごしておるようにございます」

「そうか。それにしても不憫なことじゃ」

月光院はわずかに明るい顔をつくって、四阿の椅子に腰を落とした。

月が雲間から吐き出されていた。月光院の息を呑むほどの美貌に、平八郎はあらためて見入った。月光院は嬉しそうに笑っている。

「そなたは、赦免となった後も、幕府への復帰は許されぬそうじゃな」

「いまだお許しいただけませぬ。そればかりか、御庭番に命を狙われる始末――」

平八郎は苦笑いした。月光院は深く頷いて、

「憎きは天英院と紀州一派よ」

その麗しさに似合わぬ口ぶりで、深い憎しみの言葉を吐き捨てた。

「ことに上様の飼い犬有馬氏倫は、天下の政を専横しておるそうな」

「米相場に介入し暴利を貪るばかりか、悪徳商人と結んでたびたび汚職を重ねており、江戸の民は苦しんでおります」

「主が主なら、家臣も家臣じゃ」

月光院は、ふと憂いを含んで顔を伏せた。

「いかがなされました」

「上様は色好みでの……」

困り果てたように言った。

「落髪したこの私にまで言い寄ってこられる。この御殿も、私を懐柔するための道具じゃ」

「上様の女癖は、江戸の民はみな知っております。家臣の妻も召し上げるとか……」

「江戸の民は聡《さと》いの。そうした話のひとつひとつが励みになる」

「月光院さまは、お独りで闘っておられます。おつらいお立場、お察し申し上げます」

「こうして我が子の仇の中に残っておるのも、天英院と紀州一派の隙をうかがい、証拠を押さえるためであったが、こたびは、ようやく幻の覚え書を奪い取った」

「そのうち二巻が尾張藩にわたり、今や徳川家御一門衆をも動かしております」

「ようやく、そこまで来たか。そこでじゃ。そこで折入ってそなたに頼みがある」

月光院は、前かがみになって平八郎をうかがった。

「ここは、一気に勝負に出たい。あの秘帖がぜひとも必要となった。父の話では、そなたが秘蔵し、公にすることを許してくれぬという。されど、父をはじめ私に仕えた侍女たちの苦労も一重《ひとえ》にあの者らの罪を明かさんがため。みな命を賭けて闘ってくれた。どうかあの秘帖一巻、戻してはくれまいか」

「幼君家継公の恨み晴らさんとするご母堂様のお気持ち、痛いほどよくわかりまする。ただ、いましばしご辛抱を……」

「なぜじゃ。なぜこれ以上耐え忍ばねばならぬ」

月光院は、悲しげに平八郎を見かえした。

「お考えくだされませ。もし家継様を亡き者とした将軍暗殺の大罪を、徳川ご一門衆の知ることとなれば、いかがあい成りましょう」

「戦さになると申すか」

「おそらく。徳川家が本家と御一門衆に分かれて互いに争えば、戦国の世が再来しましょう」

「だが、それもいたしかたあるまい」

「なりませぬぞ、月光院様――」

平八郎は真っ直ぐに月光院を見つめた。

「武士が己の野心のため、また家名のために、戦さで死ぬるは本望かもしれませぬが、町民には町民の、百姓には百姓の暮らしがござりまする」

「ようわかる。わらわとて、江戸の町で育った」

「それがしも、幕臣を離れ、今は浅草の裏長屋に住まいし、堺町中村座にて殺陣師を勤めておりまする」

「聞いたぞ。そなた、團十郎のもとにおるそうな」

月光院がにわかに明るい目をして平八郎を見かえした。

「羽織袴を脱ぎ捨て、町人とともに暮らし、初めて気づくことが多々ありまする。飾らぬ人の情など、多くのものを学びましてござります」

月光院の面影から険しさが消え、明るい輝きが戻ったことを確認し、平八郎はさらに言葉を続けた。

「江戸の裏長屋にも、芝居小屋にも、建前ばかりの武士の暮らしとはちがう町人の暮らしがござりました。そこには武士の世界にはない実《じつ》があり、真心がござりました。それがしにとって、かけがえのないものとなっております」

「そうであろう……」

「お父上からの預かりものがござります。月光院さまにお渡しせよと」

玄哲からあずかった手鞠を袖から取り出した。

「なんともなつかしい……」

月光院は、息を呑んで手を伸ばした。

「月光院さまが幼き日、お父上と江戸の町にお暮らしの折、大切にしておられた手鞠だそうにござりまする」

月光院は、頰ずりするようにして手鞠を愛撫した。

「乱となれば、幾千、幾万の民が焼け出されまする。その民はあるいは、月光院さまであったかもしれませぬぞ」

「うむ、そうじゃな。ようわかった。これより後、辛き日にはこの鞠を見て耐えることといたそう。秘帖一巻、そなたがしっかり守りとおしてくだされ。そして民の暮らしが、まこと危うくなった時には、白日《はくじつ》のもとに晒すといたそう」

「吉宗公は、きっと隠居に追いこみまする。それまでのご辛抱にございます」

「わかった。そなたのその言葉を、私の心の支えとしたい」

月光院が深くうなずいて言うと、背後に立つ侍女の一人が、月光院に近づいて耳打ちをした。そろそろ戻らねばならない刻が、迫っているようであった。

「また逢うてくれるな」

「何時なりとも、お招きくださりませ」

月光院は腰刀を帯から引き抜き、平八郎に差し出した。

「これを今宵の思い出に受けてたもれ。これは本日危険を省みず訪ねてきてくれた礼じゃ。離ればなれとなった越路ら奥奉公の者どものことも、よろしう頼む」

「心得ております」

「それに、市川團十郎は私の大の贔屓。よしなに伝えてくだされよ」

月光院は明るく微笑むと、小袖を翻し、静かに立ちあがった。

女たちが、音もなく月光院の背後を固めた。

月光院は幾度も平八郎を振りかえりながら四阿を離れていった。

平八郎は深々と頭を垂れ、ゆっくりと頭を上げて微笑みを向けると、与えられた腰刀の重みをしっかりと両手で確かめるのであった。

八

その夜、利兵衛長屋に戻った平八郎を待ち受けていたのは、吉十郎と井深宅兵衛の重苦しい顔であった。井深宅兵衛は、お光が用意してくれた夜食の茶漬けにも、豆の煮つけにも、ろくに箸をつけていない。

「いかがなされた」

越路が置いていった長火鉢の端に一通の書状が乗っている。朱書きの果たし状であった。

「これは……」

裏を返せば、土橋広之進とある。いわずと知れた、殺害された土橋辰之助の忘れ形見であった。

土橋家を訪ねた夜、平八郎に遮二無二《しやにむに》斬りかかってきたが、その後は平八郎の前に姿を見せることはなく、どうしているかと思っていたが、いきなりの果たし状で平八郎は困惑した。

「すまぬが、待ちきれず、読ませてもろうた」

「それはかまいませぬが、なんと？」

「明後日の暁七つ、墨田牛島神社の境内で待つとある。荒垣甚九郎という助太刀がいるらしい。あの一刀流の遣い手であろう」

(奉行所はすでに、無罪放免したというに……)

平八郎は、仇討ちの異様な執念に燃える土橋母子に呆れつつ、封書を開いた。

広之進は果たし状の中で、仇討ちは幕府にすでに届け出た、逃げ隠れせず、尋常に勝負せよと告げていた。

(元服も過ぎておらぬ青二才をけしかけるとは、有馬め、なんたる卑劣な奴め)

平八郎は憤りつつ、果たし状をたたんだ。

「どうするな、平八郎」

「逃げも隠れもいたさぬつもり」

「だが、仇とつけ狙う母子を斬ることになるぞ」

「そのようなつもりは毛頭ありませぬ。これを機会に、いまいちどそれがしの無実を説いてみるつもり。しかし、荒垣甚九郎には、勝負を預けております。あの者とは、決着をつけねばなりませぬ」

「やむをえませぬ。相手が助太刀を頼むのであれば、私も助太刀いたしとうございます」

吉十郎が刀をたぐり寄せ、下げ緒を延ばした。

「おまえの勝てる相手ではない。控えておれ」

平八郎が、激しい口調で吉十郎を諫めると、

「しかし、相手も助太刀を立てておる。こちらも立てて悪かろうはずもない」

井深宅兵衛はもう差料を引き寄せ、目釘をあらためはじめている。

「師範もご遠慮くだされ。この勝負、相手は荒垣甚九郎ただ一人。助太刀など無用にございます」

「しかし、おぬしの足腰もいまだ衰えたままであろう」

「なに、じゅうぶんに回復しております。もはや、不覚をとることはありますまい」

「そこまで言うのであればいたしかたないが……」

宅兵衛は眉を顰めて平八郎を見つめていたが、

「されば武運を祈るのみ」

ついに諦めて刀を転がし、渋い顔で宙を睨んだ。


竹屋の渡しで大川右岸に下り立った平八郎は、ぶるんと背筋を震わせて歩きだした。晩秋の朝は冷える。みるみる冷気が平八郎の両鬢に溜まってくるのがわかった。

朝霧の中を、平八郎は泳ぐように進んだ。

この仇討ちが、有馬氏倫によって仕組まれたものであることは、もはや火を見るよ

り明らかであった。そもそも、土橋広之進と荒垣甚九郎を繋ぐものなどあろうはずもない。土橋母子の敵討ちにかこつけて呼び出し、平八郎を甚九郎に討ち取らせる計略と見ている。

だが、仇と狙われては、平八郎もひき退がるわけにいかなかった。

土橋母子を斬るつもりはもとよりない。さりとて、向かってくる母子をどう説き伏せてよいものか、平八郎に妙案があるわけでもなかった。

平八郎の足どりは重い。

墨田牛島神社の珍しい三輪の鳥居をくぐり、総檜権現造の牛島神社の前に立つと、待ちかねたように玉砂利を弾かせ、白装束の広之進が平八郎の眼前に躍り出た。白鉢巻きに、朱の襷を掛け、白鞘の一刀を早々と抜き払っている。

果たし合いを前に、すでに緊張の極みにあるのか、まだ幼さの残るその顔から血の気が引いている。

「待っていたぞ、豊島平八郎。父の仇、尋常に勝負いたせ！」

森閑とした境内に、広之進のかん高い声が轟きわたった。

平八郎は五間を置いて立ちどまり、広之進にゆっくりと対峙した。すると、広之進の後方から、白装束の女が駈け寄って、息子の脇に並び立った。

「豊島平八郎、もはや逃れられぬと知れ！」

土橋多恵である。

「仇と狙われるおぼえはない」

「問答無用ッ！」

多恵は、懐剣を抜き払い、ぴたりと胸元に寄せた。

血の気がひいて鬼女のように見える。平八郎は、その視線を嫌って広之進に眼を移した。

「よく聞け、広之進。辰之助は私の旧き友であった。ともに酒を酌みかわし、剣の稽古に励んだ仲だ。その友に恨みがあろうはずもない。奉行所の裁きもすでに無罪と決まっておる」

広之進は一瞬動揺し、ちらと母を見かえしたが、多恵が咎めるように首を振ると、あらためて平八郎に向きなおり、じりじりと詰め寄った。

「騙されてはならぬぞ、広之進。無罪放免はこ奴の仲間が昵懇の幕閣に手をまわしたためだ」

多恵は、息子の背を押すように平八郎を罵倒した。

「多恵どの、その話、誰から聞いた。騙されているのだ。まだわからぬか」

「この期《ご》に及んでまだ言うか。父の亡骸の側に落ちていた印籠が、なによりの証拠！」

広之進は、平八郎の言葉をうち消すように高く叫ぶと、一気に刀を上段に撥ねあげた。

「わからぬ奴め」

平八郎は、やむなく刀の鯉口を切り、そのまま一歩踏み出した。広之進が威圧されて数歩退いた。刀を握った手が震えている。

「荒垣さま、何処に。ご助勢を！」

多恵が背後を振りかえり、声をひきつらせて叫んだ。そろそろ助っ人が現れる手筈らしいが、まだ姿を現さない。広之進は諦めて目をつむり、泳ぐようにして、

「たあっ！」

平八郎の頭上に、遮二無二刃を殺到させた。

その一刀をひらりとかわし、平八郎は広之進の手元を峰で叩き、スッと退いた。広之進の刀が、玉砂利の上に転がって乾いた音を立てた。

「荒垣さま、何処に――！」

ひどく焦った多恵がもういちど叫ぶと、社殿の裏手から鉢巻き姿の荒垣甚九郎が肩を揺すらせ、苦笑いしながら現れた。お義理のように白鉢巻きを結んでいる。

「現れたな、荒垣甚九郎。この親子とはいかなる縁だ」

「縁などあろうはずもないわ」

土橋親子を嘲るように見て、甚九郎は刀の下げ緒を抜き、素早く襷に代えた。

「もとより嘘で固めた仇討ち騒ぎに加勢などしたくはないが、一刀流の失地回復のためだ。まいる」

三歩跳びさがり、甚九郎は低い体勢のまま腰の大刀を鞘ごと数寸引き出した。

居合の構えである。

小野派一刀流にも居合があることは承知していたが、対峙するのはこれが初めてであった。

「なにゆえに……」

そう考えて、平八郎はふと思い当たることがあった。

本町辻の争いでは、平八郎は秘太刀をかわされ狼狽したが、どうやら甚九郎は甚九郎で、平八郎の変幻自在の太刀捌きに脅威をおぼえていたらしい。

平八郎は、甚九郎の鍔元を見た。右の親指を鍔に掛けず、爪先で鍔の裏から押し、鯉口を切っている。そのまま刃を外に向け、腰を低く沈めると、甚九郎は右手を左の甲に乗せ、滑るように柄に移していった。

一気に抜き払い、打ちかかる体勢である。

平八郎は抜き打ちを避け、左に廻った。

甚九郎も、平八郎を追って左へ左へとまわる。

平八郎は、なおも丸く孤を描き続けた。甚九郎の顔に、微かな苛立ちの色が浮かんだ。

間合い三間。痺れを切らしたか、甚九郎が大きく動いた。抜き打ちの構えのまま、一刀一足の間境を一気に越えてくる。

その時、社殿の裏手あたりでいきなり銃声が轟いた。平八郎の鬢をかすめて鉄砲の弾が後方の霧の中に飲みこまれていった。

前方の物陰を探れば、蠢く人影が七つ、平八郎と甚九郎の死闘をうかがっている。

「とんだ助太刀だな。甚九郎、飛び道具か」

「…………」

「見たか、これがおまえたちの仇討ちだ」

平八郎は振りかえり、広之進と多恵に言った。

「知らぬ、わしは知らぬ」

甚九郎はひどく狼狽したが、やがて眉間に赤黒い怒気を溜めて背後を振りかえり、

「出てまいれ！」

激しく怒声を浴びせた。

人影が七つ、甚九郎の背後からパラパラと飛び出してくると、甚九郎の背後に広がった。そのうちの四人は町人風の男で、鉄砲を抱えている。おそらく御庭番どもであ

ろう。

残りの三人は、兵法家風の総髪、長羽織の男と、着流しの浪人者であったが、いずれもかなりの遣い手らしい。平八郎は御側取次役有馬氏倫に雇われた武芸者崩れと見た。

四人は、それぞれに白刃を煌めかせて平八郎に立ち向かった。

「なぜ、そのようなまねをする!」

甚九郎が、ふたたび怒声を浴びせた。

「なに、おぬし一人の獲物ではあるまい」

「おまえはなにせ、その男の面前から刀を捨て逃亡したのだからの」

五尺ほどの猫背の小男が、さらに言葉を重ねて甚九郎を嘲笑した。

「もういちど言うてみよ」

甚九郎が、小兵の男の背後から一気に詰め寄った。

「そ、そうではないか。生くら刀しか贖《あがな》えぬのも兵法のうちだ」

藪睨みの男が、怯えて後ずさった。

甚九郎はさらに踏み出すと、殺気を感じた男たちが、反転して甚九郎に刃を向けた。

いきなり抜刀した甚九郎が、素早く刀を撥ねあげ四人の浪人者に一気に迫り寄ると、眼前の兵法家を頭上から一文字に斬り下げた。返す刀で、もう一人、小兵の浪人者の胴を払っている。

乱舞する男たちの狭間《はざま》で、血飛沫《しぶき》がたてつづけにあがった。

「し、痴《し》れ者ッ」

度肝を抜かれた五人が、血相を変えて甚九郎を囲んだ。

と、平八郎の後方から、焙烙《ほうろく》頭巾の男が二人、いきなり飛び出してきて素早く抜刀し、浪人者に挑みかかった。一人はずんぐりとした体軀の若者で、きびきびとよく動く。もう一人は小柄な年配者のようであった。

男たちは、乱入してきた二人に気づき、慌てて防御の体勢をとったが、敏捷な若侍は、かまわず踏みこんでいった。

町人風の男の一人に数合刃を合わせるや、すぐさま男の刀が宙空に舞いあがった。刀をつかんだ腕ごと逆袈裟に斬りあげている。残った男たちは、俄かに及び腰となり、ずるずると後ずさると、ついに尻尾を巻いて四散していった。

「あ奴らは、我らにお任せくだされ！」

活発に動いた若者が、そう平八郎に向かって叫び、残りの男たちを追っていった。

連れの小兵の男は、頷いて、飄々とその後を追っていく。

「ざまはない。うぬとて、助太刀を立てたではないか」

甚九郎が蔑むように平八郎に言った。

「思いもよらぬこと」

「まあよい。溝口派一刀流、残らず斬り捨ててくれる」

甚九郎は、抜刀した刀をそのまま斜め上段にあげ、じりっと平八郎に詰め寄った。

平八郎は、会津兼定をやわらかく両手に摑み、ぴたりと中段につけた。

平八郎は、押されるまま、逆らわずに後退した。それを見て、甚九郎は怒気を乗せてなおも踏みこんでいる。

激しい殺気が、平八郎の相貌を叩いた。

「汝ァ!」

甚九郎は底ひびく声を発すると、踏みこみざま上段から激しく撃ちこんできた。それを平八郎は、巧みに刀身を滑らせ鍔で受け止めた。

双方、パッと飛び退く。

すかさず、甚九郎の第二撃が平八郎の頭上に押し寄せた。

その刹那、平八郎の体が前にひらき、驚くべき速さで転じている。

しかも、これまで見せたことのない大きな踏みこみであった。

身を翻した平八郎が、甚九郎を袈裟懸けに斬り裂いている。

平八郎の刃は、甚九郎の肩口を割き、心の臓近くまで達して止まった。

血飛沫をあげて崩れ落ちた甚九郎の双眸が、驚いたように平八郎を見かえしていた。

（おれが、おぬしであったやもしれぬな……）

残気を吐き捨てると、平八郎は崩れ落ちた甚九郎の骸《むくろ》を見おろした。

「お見事でございました」

駈け戻ってきた吉十郎が、背後から平八郎に声をかけた。頭巾はすでに外している。

平八郎は、苦虫を嚙みつぶしたような眼で息子を見かえした。

「あ奴らはどうした」

「追い払いましてございます」

「手出し無用と申したぞ」

「あい済みませぬ」

吉十郎が首をすくめ、顔を伏せた。平八郎は、一度小さく血ぶりして会津兼定二尺三寸を鞘に納めた。

「土橋母子はどうした」

「退散いたしました」

平八郎は、師井深宅兵衛をちらりと見やって歩きだした。

遠くで、しきりに野犬の吠える声がする。

平八郎は不機嫌であった。大川の土手を独り黙々と南に下りると、宅兵衛と吉十郎が、距離を置いてその後をついてくる。平八郎は、二人を見かえして、また突き離すように歩きだした。

第六章　消えた黒羽二重

一

六代将軍徳川家宣の正室天英院（近衛熙子）は、七代将軍家継の死後だいぶ経ってから西ノ丸に移っている。吉宗に正室がなかったこともあり、将軍家を代表する女性として、その後も長く大奥の権力を握っていたからであった。

西ノ丸はもともと、将軍の隠居所であり、また将軍世子の住まいでもあったのだが、新将軍徳川吉宗は、自分を将軍に推挙してくれた天英院の恩義に報いるべく、化粧料として一万二千石を付け与え、気前よく西ノ丸を明けわたしてしまった。

そんなわけで、天英院の力は西ノ丸に移ってからも衰えず、吉宗の倹約令もどこ吹く風、誰はばかることなく贅《ぜい》を尽くして暮らし続けた。

その夜も、西ノ丸大奥では夜遅くまで琴の宴が続き、燭台の灯りが絶えることはなかった。だが天英院は、侍女が弾く琴の音に、ほとんど耳を傾けていなかった。なにやらじっと宙を睨み、時折重い吐息をつくばかりである。

ここ数日、天英院はことのほか気重であった。秘事を記した大切な覚え書を何者かに奪われたうえ、尾張藩主等政敵謀殺の実行犯である侍医牧村道庵まで尾張藩に囚われて、紀州藩と組んだ新将軍擁立の暗闘が一挙に明るみに出るおそれが出てきた。

そのせいで気鬱は日に日に募るばかり、夜もじゅうぶん眠れず、持病の心の病いも日々悪化している。月光のように青白い肌は黒ずみくすんで、つり上がった双眸は黄ばみ澱んでいた。

「ええい」

天英院はうわ言のように言い、その日の朝紀州から送られてきた蜜柑を手にとり、皮を剝いて途中で放り投げた。

不機嫌な女主をうかがい、琴を爪弾く女も、耳を傾ける女も、みな一様に身を固くし黙りこんでいる。そこへ、京摂関家以来の側近綾乃《あやの》が女主の耳元に近づき、

「河豚どのが、お越しにござります」

と、夜半の来客を告げた。

天英院も伺候する女たちも、将軍御側取次役有馬氏倫をそう呼んで憚らなかった。京育ちの女たちにとって、毒を含んで薄笑いを絶やさぬこの将軍の側近はいかにも卑

しげで、嫌悪を呼び起こさずにはおかない存在なのであった。

「通せ――」

天英院は、顔を歪め招じ入れるよう命じた。

河豚どのの訪問時には、このところ人払いが習わしで、側近の綾乃一人を残し、女たちは命ぜられる前に衣擦れの音を立てて部屋に去っていった。

入れ替わりに有馬氏倫が姿を現すと、天英院はすぐに舌打ちして顔を背けた。氏倫が女人の城にふさわしからぬ厳めしい面体の男を伴っていたからである。

黒の小袖に同色の袖無し羽織、髪は総髪にして肩まで重く垂らし、無腰の礼を省みず、飾りのない無骨な脇差しを腰に落としている。眉間あたりに浮かんだ暗い陰りは、この男の底知れぬ暗い素性をうかがわせた。

公儀御庭番頭村垣重蔵であった。

「この夜更けに、何用じゃ」

天英院は、村垣重蔵には目もくれず氏倫に問うた。

「いささか、お報せいたしたき儀がございまして」

氏倫がさっそく切り出したのは、奥医師牧村道庵のその後であった。道庵はここ数日来、尾張藩上屋敷の座敷牢に閉じこめられ、厳しい詮議を受けているとのことである。天英院は機嫌を直して、前かがみに身を乗り出した。

「気が気ではなかった。早う申せ」

天英院は、ちらと村垣重蔵を見やって、かん高い声で話を急かせた。

氏倫は、脂こい顔に笑みを浮かべて平伏し、同伴した村垣重蔵の手の者によって首尾よくその口を封じたことを報告した。

「どのようにした……?」

「委細、この者がご報告いたしまする」

氏倫はそう言って、背後の村垣重蔵を促すと、重蔵は畳に額を擦りつけて一礼し、かねて潜らせていた女間者が首尾よく毒殺したことを詳細な殺人の手続きまで逐一報告した。

「道庵め、この道には通暁しておりまするゆえ、気取られぬよういささか苦労いたしました。これにて死人に口なし。もはや秘事が漏れる恐れはござりませぬ」

氏倫は重蔵の報告を受けて、天英院の機嫌を取り結んだ。

「しかしながら……」

「はて、いかがいたした」

「今宵は、別にご報告しておかねばならぬことが出来《しゅったい》いたしました。これにござります」

重蔵が懐中から数枚の絵草紙を取り出し、黙って天英院の膝元に広げた。

挿絵《さしえ》入りの町の瓦版である。他愛のない歌舞伎役者の姿絵から政治批判まで、瓦版の題材は多種多様だが、氏倫の持参したのは明らかに幕政批判で、現将軍吉宗を悪しざまに罵《のの》り、笑いものにしたものだった。

眼前の色鮮やかな紙面を訝しげに覗いた天英院が、すぐに息を呑んで身を反らせた。さらにおそるおそるその一枚を手に取ると、わなわなと震えだした。

そこに描かれていたのは、興味本位に綴られた将軍吉宗の暗い半生と醜聞の数々であった。湯殿の女に生ませた子吉宗の出生から、兄二人を毒殺し紀州家を強奪するくだりあり、政敵の尾張藩主二代を毒饅頭で葬り去り、さらに天英院を懐柔して偽りの遺言書を作らせ、ついには八代将軍にまで昇りつめるといった話の流れで、これほどの梟雄《きょうゆう》は戦国の世にも見られぬ、などと面白おかしく断じていた。

「不埒千万にはござりまするが、瓦版というもの、一時に数百、数千枚が刷られまする。何処で誰の目に触れるやもしれませぬ。念のため持参いたしました」

氏倫はことさら平静を装って言った。

「それにしても、なにゆえ上様をかくも悪しざまに。いったい何者のしわざか」

「町方役人に八方手を尽くし調べさせておりまするが、いまだ判明いたしませぬ。なにぶんにも江戸は広うござりまするゆえ……」

村垣重蔵が、精一杯の慇懃な口調で言った。

「不甲斐ない。御庭番を総勢繰り出しても捜し出せ」

天英院は絵草紙を憎々しげに見やり、しばし荒く息を継いでいたが、

「いずれにせよ、これを見るかぎり、わらわの覚え書、すでに尾張藩に渡ったと見ねばなるまいな」

天英院は、ようやく気を鎮《しず》めて氏倫を見た。

「おそらく、これより後は」

氏倫は、おもむろに畳の上に扇を立てた。

「御一門親藩等徳川家縁《ゆかり》の諸藩の動きには注意せねばなりませぬぞ」

「はて、なにゆえ御一門じゃ？」

「紀州勢を重んじる上様の治世に、不満を募らせる御一門衆、幕閣が手を結ぶ動きが出ております」

「さても由々しきこと。それも尾張藩の策謀か」

天英院は、苦虫を噛み潰したような顔で氏倫を見かえした。

「おそらく」

「して、尾張の継友めは、どのような手を打った」

「すでに留守居役を通じ、数通の廻状を各藩にまわした様子にござります」

氏倫に代わって、村垣重蔵がまたその大きな三白眼を天英院に向けて言った。

「戦さとなるか」

「ご安心くださりませ。今のところ、あの覚え書だけでは確たる証拠になりませぬ」

「いや、油断してはならぬ。あの覚え書、あらゆる手立てを尽くして奪い返すのじゃ」

「もはやその儀、容易には。ただ……」

そう言って、氏倫は天英院をうかがった。

「不幸中の幸いと申すべきは、先代家継公抹殺の経過を記した『澪標』一巻は、まだ尾張藩に渡っておらぬ様子にござります」

「渡っておらぬ――？」

天英院は、怪訝そうに脇に座す老女綾乃と顔を見合わせた。

「あの一巻は、先の幼将軍にまつわることゆえもっとも案じていた。だが、なにゆえにそう申す？」

「ご覧くださりませ。これら絵草紙には、家継公の一件について記した箇所がござりませぬ」

「うむ……」

天英院は、あらためて膝元の絵草紙を覗きこんだ。たしかに将軍吉宗や自分を貶めるのであれば、まず家継の不審な死をとりあげるのが道理である。

「そなたらの申すとおりじゃ。なれば、いったいたれの手にある」

「ご安心なされませ。およその目当はついております」

村垣重蔵が低声《こごえ》でそう言うと、氏倫がそれを受け、

「勝田玄哲の一味に、絵島の弟豊島平八郎なる者が加わっておりまする。どうやらその者が」

と告げた。

「なにゆえ、その者が所持しておると申す」

天英院は、眸をつりあげて氏倫に訊ねた。

「確たる証拠はござりませぬ。ただ、勝田玄哲めの寺は探索いたしましたが、見当たらず、その者より他には考えられませぬ」

「その者、捕らえよ」

「その儀、こたび策をもって入牢させましたが、解き放たれてござりまする」

氏倫は、尾張藩および老中会議から横槍が入ったこと、さらに豊島平八郎が南町奉行大岡忠相と裏取引をした形跡のあることまでを伝えると、天英院はぎょっとして目を瞠《みは》った。

「裏取引とは、どのようなことじゃ」

「覚え書の一件について、なにやら越前守に入れ知恵をしたようにござります。さら

に調べましたところ、上様にも内々にご相談申し上げたようす」

「されば、覚え書の一件、すでに上様のお耳に達しておると申すか」

「落ち着かれませ。上様より、その件につきましてなにもお話はござりませぬか」

「ない」

「それにいたしましても、困ったことにあい成りました」

氏倫は、なにやらもぞもぞと呟きながら顔を伏せた。

「それにしてもいまいましい。そ奴らによい反撃策はないものか」

「さて、なくはござりませぬが……」

氏倫はちらりと綾乃を見やって、

「この儀、くれぐれもご内分に」

強く念を押してから、天英院に向かって膝を詰めた。

「豊島平八郎は、江戸に戻ったものの幕臣に復帰もできず、市川團十郎のもとに身を寄せております。されば、いまいちど歌舞伎役者と月光院一派の絡んだ事件を起こし、こ奴らを一網打尽といたしまする」

「わけのわからぬことを申す」

「はや十年も前の話となりますが、月光院はかの事件が起こる数ヶ月前、歌舞伎役者市川團十郎になにやら贈り物を手渡すよう絵島に命じたそうにござりまする」

「妙な話じゃ。たれがそのように申した」

「天英院様の覚え書を奪った裏切り者、藤枝にございまする」

「なにを託したと申す」

「それが、思いもよらぬ物にございます」

「もったいぶらずに、早う申せ」

「近衛家の家紋入りの黒羽二重にございまする」

「黒羽二重とな……?」

天英院は、ふたたび怪訝そうに首をかしげた。

「京今出川《いまでがわ》の近衛様お屋敷を訪ねた絵島に、兄君近衛家熙《いえひろ》様は、月光院への土産としてその黒羽二重を持たせたそうにございまする」

「兄さまの羽二重を、役者風情に与えたと申すか。ええい、どこまでも無礼千万な者どもじゃ」

天英院は、苛立って脇息《きようそく》を叩いた。有馬氏倫は、ふたたび苦笑いして天英院を見あげ、

「その羽二重を用い、かの事件を上まわる風聞を立てまする。いましばらくお待ちくだされ」

言い含めるように言った。

「いつまで待てと申す」

天英院は苛立たしげに眉を顰めた。

「いましばらく」

「氏倫、そなただけが頼りじゃ。一刻も早く、その黒羽二重、捜し出してくりゃれ」

すがりつくように天英院が言うと、氏倫はいちど大きく背を反らし、大仰に平伏してみせた。

二

竪川《たてかわ》の南北に広がる本所尾上町《おのえちょう》の一帯は、かつては幕府の御用地であったが、貞享《じょうきょう》五年（一六八八）に町民に下賜されてからというもの、江戸の新興地帯として発展を遂げ、町家が立ち並び、ぼちぼちと水茶屋や食べ物屋もできて、すっかり町らしい風情がととのいはじめていた。

ようやく落ち着いたその本所尾上町のお局方の新居に、平八郎親子、弥七佳代夫妻、勝田玄哲と、いずれも顔馴染みの面々が招かれていた。

この日ばかりは、お局方の稽古事も休みとなっている。うっかり忘れて訪ねて来た弟子たちに、お局方はかわるがわる立って腰を屈め、愛想を言って引きとってもらっていた。

それを背に聞きながら、

「ようやく落ち着いた暮らしが戻ってきたようじゃな」

年嵩の越路の久しぶりの笑顔を見て、勝田玄哲が目を細めた。

「お蔭様をもちまして。それに吉十郎さまに用心棒になっていただいてからというもの、怪しき者の姿もとんと見えませぬ。心強う思うております。のう」

居並ぶ女たちも、満足そうに顔を見合わせた。

平八郎の一人息子吉十郎が、数日前から警護の伊賀同心に加わり、お局方の警護に当たっている。

「私ごときが、どれほどのお役に立っておるやらわかりませぬが」

吉十郎は、女たちに揃って頭を下げられ、照れくさそうに後ろ頭を掻いた。

「なに、伜めは皆様から思わぬお稽古事の手ほどきを受け、日々浮き浮きと過ごしている様子、礼を申さねばならぬはこ奴のほうでござる。そうであろう、吉十郎」

平八郎が言葉を向けると、

「そのとおりでございます。三味線、琴、常磐津と、いずれも目移りするほどの面白さ。しかも、流石《さすが》に元大奥勤めの皆さまの芸だけに、本格的なもので、取り組み甲斐がございます」

吉十郎がはずむ声で応えた。九つまで江戸で育った吉十郎にとっては、江戸で見聞きするものすべてが胸おどるものらしい。

酒膳の支度もととのい、お局さま方が手ずから玄哲、平八郎、弥七、吉十郎と、男たちの前にとっておきの馳走を並べてまわる。新鮮な魚貝に吸い物、品よく盛られた煮物は湯気を立てている。

燗をつけた銚子が数本並んだところで、

「父上、大奥勤めをされていた皆様にこのようにしていただくと、なにやら公方様になったような気分でございますな」

吉十郎が軽口をたたいた。

「おまえ、だいぶ江戸の水に染まって口が軽うなったの。そのようなことを申しおって」

平八郎が驚いて目を見開いた。

「それはそうと平八郎、お喜与（月光院）はどうであった」

勝田玄哲が平八郎に訊ねた。盃をゆっくりと傾けていた平八郎が、その盃を置いて、

「姉絵島のこと、皆様のこと、いたくご心配なされておられました」

越路が強く頷き、目頭を押さえた。

「ことに、付け火で焼け出されたうえ、賊に襲われご災難続きの皆様のことを、いた

くお気づかいくだされておられました。くれぐれも御用心なされるようにと。また拙者には、皆様をしっかりお守りせよと、このようなものを」

平八郎は、月光院から贈られた腰刀を取り出し、刀袋の口紐を解いて皆の前に披露した。女たちからどよめきがあがった。懐かしいのであろう、越路などははらはらと涙を流しはじめている。

「秘帖のこと、お喜与はなにか言わなんだか」

「月光院様も、それがし同様、機はいまだ熟さずとのお考えでございました」

「まことか……?」

玄哲は訝しげに平八郎をうかがい、また憮然として盃をあおいだ。

「その天英院一派の動きでございますが……」

越路が居住まいをあらため、懐中から一通の書状を取り出すと、拝むようにして玄哲に差し出した。

「尾張藩が味方に引き入れた西ノ丸の侍女綾乃からの密書にございます」

「なんと申しておる」

受け取った書状の封を解きながら、玄哲が急くように越路に訊いた。

「数日前、天英院は自室に有馬氏倫と御庭番頭村垣重蔵を招き入れ、密談を交わしたよし。三人はよほど懇《ねんご》ろな関係とみえ、一刻ものあいだひそひそと……」

お局たちが、たがいに顔を見合わせた。

「天英院め、黒羽二重をなんとしても奪え、と御庭番の頭目に命じたとある」

書状に素早く目を通した玄哲が低く呻いた。

「それにつけても、妙なことよ。天英院一派は、なぜそれほどまでに躍起となって團十郎の黒羽二重を捜し求めておるのか」

玄哲は盃を持つ手を休めて、首を捻った。

「弥七さま、その團十郎さんの黒羽二重って、そもそもどのようなものでございます？」

吉野が、前かがみになって弥七の横顔を覗いた。

「そりゃァ、もう」

弥七は煮物をつついていた箸を置き、吉野に向かって大仰な表情をつくった。

「まかり間違えば、月光院様の身を危うくするほどの大切な物で」

弥七が、そう言った後から余計なことを言ってしまったと首をすくめた。

「もったいぶらずに、話しておしまいよ」

佳代が弥七の脇をつついた。

「お話ししたいのは山々ですが、大御所の秘事をお断りもなく明かすことばかりは、とてもあっしにァできません」

「妙に律儀なことを言う奴だ」

玄哲が唇の端を歪めて弥七を見かえした。

「それなれば、私どもの知るかぎり。おそらくこういうことでございましょう」

弥七をちらりと見て、越路が言葉を続けた。

「かつて絵島様が月光院様のお使いにて京の近衛家に行かれた折、月光院様への土産の品として近衛家より贈られました物にございます。近衛家の銀杏牡丹の紋が打ってございます」

「また、なぜそのようなものを月光院様は姉に預けたのでござろうか?」

平八郎が首を傾げた。

「それは……」

ちょっと躊躇してから、越路は伝え聞いた話を皆に披露しはじめた。

「月光院様は、幼将軍の御母堂様としてお辛い立場でございました」

越路は、思わぬことを言った。

大奥奉公の女たちが、芝居、芝居とどれほど騒いでも、将軍の生母である月光院様は、気楽に芝居見物ひとつできなかったという。

「お芝居をご覧になりたくて我慢できぬご様子でございました。その一念が嵩《こう》じて、まだ見たことも会うたこともない市川團十郎に懸想をされ、黒羽二重を絵島さまに託したのでございます」

越路は、かつて仕えた女主を哀れんだ。

「かわいいことをする。それは間違いないのだな」

玄哲が、越路に念を押した。

「あの日のことは、今もよう憶えております。事件の起こる一年ほど前でございましたか。絵島様が上野寛永寺代参の折に團十郎のお芝居を見に行くと申されました折、ならばこれを、と月光院さまは黒羽二重を絵島さまに託され、よしなにと頬を染められました。あの頃、團十郎はまだ売り出し中で、稽古に打ちこんで贔屓筋のお座敷にもめったに現れませんでしたが、あの日はひょっこりおみえになり、絵島さまは大喜びでその黒羽二重を團十郎にお渡ししたのを憶えております」

「ふうむ。贔屓にしていたのは、絵島でなくお喜与であったのか。思いもよらぬことであった」

玄哲はつるりと頭を撫でた。

「月光院さまは、勝気なご気性ゆえ、和事の役者よりも荒事の得意な團十郎を好いておられました」

「それゆえ、こたびは天英院め、月光院と市川團十郎を結びつけ、新たな事件を起こそうと画策しておるのだな。発覚すれば、偽りの話をでっちあげられ、喜与（月光院）は咎人とされるやもしれぬ。おおそう言えば、気になる噂がある……」

玄哲が思い出したように、手を打った。

「じつはな、数日前御土居下衆の南雲源三郎殿がひょっこり寺を訪ねて来ての。その折、妙なことを言っておった。西ノ丸に潜らせた間者の報せでは、喜与はすでにあらぬ噂を立てられておるそうな」

「あらぬ噂――？」

平八郎が盃の手を休めて、玄哲をうかがった。

「それが、あまりに途方もないものでの。あきれ果てた。ひと頃、生島新五郎が長持に隠れて絵島さまのもとに忍んできたという噂が立ったことがあったが、さる腰元めが、八年前長持に潜りこんで團十郎様が大奥に現れ、月光院の部屋に忍んでいったなどと、今さらのように言いふらしておる」

「見えすいたことを。そうした風評を立て、大御所と月光院様を無理やり結びつけようというのでしょうが……。佳代さん、その黒羽二重、今どこにあるのです？」

平八郎が、佳代に険しい顔を向けた。

「さあ、存じません。そんな大切なお品を、大御所があたしなんぞにお任せなさるはずもありませんし」

佳代は首をすくめてみせた。

「これは、いちど大御所と話し合ったほうがよさそうだ」

平八郎が弥七に向かって言うと、

「そのようで……」

弥七は平八郎を見かえし、眉を顰めて頷いた。

三

平八郎はその夜、弥七とともに急ぎ中村座にとって返した。

いよいよ天英院一派の反撃が際立って、いずれ黒羽二重をつけ狙う御庭番の攻勢も際立ってこよう。大御所にも敵の狙いを知らせ、あらためて対策を講じる必要がある。もし、大御所が一座のどこかに隠してあるのであれば、別の場所に移すことを勧めねばならなかった。

夜更けて人気《ひとけ》のない三階に上がってみると、まだ小屋に残っていた宮崎伝吉翁がすぐに平八郎を見つけ、

「大御所が探していたよ」

と声をかけてきた。

「どちらです？」

「座頭の部屋だろう」

伝吉翁の声は心持ち暗い。

部屋を訪ねてみると、大御所はひとり腕組みをして深刻そうな面持ちである。

「平さん、里のほうで人が二人死んだ……」

いつもの大御所とはうって変わり、ひどく動転した口ぶりに、平八郎はただならぬものを感じて、刀を投げ出し大御所の前に座りこんだ。

「里とは、どちらのことです？」

「故郷の甲斐だ」

「やはり……」

平八郎は、御庭番がいくら懸命に捜したところで、黒羽二重の行方が杳《よう》として知れなかったわけがこれでわかったような気がした。

「大御所、いよいよ御庭番は動きだしました」

「なんのことだね」

「黒羽二重でございます」

「知っていたのか」

大御所は、驚いて平八郎を見かえした。

「はい。あれだけ懸命に御庭番が捜しまわっているんで、よほどのものとは思っておりました。姉絵島の下で働いていたお局様方から、月光院様から託されたものと聞いております」

「そうか。もうすべてわかっていたんだね。それなら話は早い。あれは月光院様からの大切な頂き物。一座にとっても誇りの品だ。だが、あれを使ってまた世を騒がせ、芝居の世界を潰そうと企む輩が出てきたようだ。奢侈の大嫌いな公方様に、きっと歌舞伎は潰されてしまう。江戸じゅうの芝居小屋に迷惑がかかる。そこで、私は先まわりして、あれを遠縁のお方に預かってもらっていたんだよ」

「どなたに？」

「甲斐は塩山《えんざん》在のお方だ。じつは私の本名は堀越《ほりこし》といってね。その昔は、武田家の家臣だったんだよ」

大御所の出身が甲斐であることは、團十郎人気の凄まじい江戸では芝居好きなら誰でも知っている。平八郎も、とうにその話は耳にしていた。

「そちらの石原《いしはら》家はね、大昔から甲斐に根を張る名族三枝《さえぐさ》氏の支流でね。堀越家は二代前から昵懇にさせてもらっている。だが、とんだ迷惑をかけてしまった」

大御所は、慙愧《ざんき》の念に堪《た》えない様子であった。

「黒羽二重は、まだ奪われていないのですか」

「豪気なお方だ。きっとまだ守りぬいてくださっているはずだ。ただ、死人が出た以上、もうご迷惑をおかけすることはできない。引きとって別のところに移したい」

「そのほうがよろしゅうございましょう」

「平さんには、どこか心当たりがあるのかい？」

大御所は、心細げに平八郎に訊ねた。

「ならばいっそ、月光院のご父君勝田玄哲殿にお願いしてみてはいかがでございましょう。娘の一大事、けっして嫌とは申されますまい。玄哲殿なら、娘から贈られたといえば申し開きも立ちます」

「それはいい」

大御所は膝を叩いて得心した。

「いずれにしても、早いほうがよろしゅうござる。明日にでも甲斐に発つことにいたしましょう」

「ありがたい。きっと危ない目にあうだろうが……」

「なに、この平八郎のひと睨みで、追い払ってみせます」

大御所は、にやりと笑って平八郎を見かえし、

「これを肌身はなさず持っていっておくれな」

成田山のお護り札を、平八郎の手にしっかりと握らせた。

「今度だけは、忍びに戻ってあっしもお供します」

平八郎の背後で弥七の声があった。衣装蔵を見まわって戻ってくると、いつからか話を聞いていたらしい。

「よくぞ言ってくれたな、弥七」

大御所は平八郎と弥七を交互に見て、嬉しそうに幾度も頷いた。

四

翌朝六つ（午前六時）、平八郎は弥七と四谷大木戸で落ち合い、早立ちして一路甲斐路をめざした。

万一江戸城が敵勢に囲まれ、やむなく将軍が甲府城に落ちのびる時のことを考えて設けたという八王子《はちおうじ》千人同心も待ち受けている甲州街道は避けて、二人は新宿追分《おいわけ》から青梅《おうめ》街道に進路を移した。

時折寺社の杜《もり》や路傍の地蔵に目を休めながら、平八郎と弥七は夜の五つ（午後八時）頃、青梅の里に到達した。里の老爺に頼みこみ、漬け物と味噌汁で冷や飯をかきこむと、二人は謝礼に一分を置いて、ふたたび夜陰の深まった街道に立った。

そこからは、追手の目を避け山中を往く。

さいわい、これまでのところ追手の影はなかった。二人は老翁から譲り受けた破れ提灯を手に、夕立ちの後のぬかるみに足を取られながら山に分け入った。

金木犀《きんもくせい》の花の匂いが、闇の奥に漂っている。

忍びの鍛錬が今も役立っているのだろう、弥七は巧みに杣路《そまみち》を探し出し、平八郎を先導した。時折、地に伏せて追手の足音を確かめ、そのたびに平八郎を見かえし足元を確かめる。

渓谷沿いの平地を見つけると、弥七は提灯を高く掲げて、あたりを見まわした。

「ここまで来れば、まず大丈夫でしょう。今宵はこのあたりで野宿としやしょう」

森の夜は、どこまでも闇の色が濃い。

枯れ葉を集めて火を熾《おこ》し、仮の寝床をつくった。庄屋で分けてもらった握り飯を頰ばり、竹筒の水を咽を鳴らして飲み干すと、ようやくひと心地ついた。

弥七は馬革の煙草入れから煙管を取り出すと、刻み煙草に火を点けた。

「平さんは、煙草をやらないんで」

「私は、しばらく前から煙草を断っている」

「なァるほど、そうして剣術一筋に打ちこみなすったんですね」

「そう大それたことでもないのだ。酒は浴びるほど呑んでいる」

平八郎は苦笑いすると、

「それより、追手の姿がないのがかえって気になるな」

平八郎には、これまであまりに平穏すぎるような気がするのである。

「たしかに、油断はできやせん。平さんとあっしが江戸から姿を消したのを知って、きっと御庭番は甲斐に向かったとみたはずで。道中で待ち伏せしていやがるか、それとも先まわりして甲斐で待ち受けているか……」

平八郎は、御庭番に襲われたという石原家のその後も気がかりであった。

「石原家とは、どういうお宅なんです？」

「それが、大変な旧家だそうで」

今は石原壮右衛門《いしはらそうえもん》という古老が当主で、土豪として土地に根を張り、造り酒屋を営んでいるという。

「大御所の話では、戦国の昔は武田家の精鋭に数えられていたそうですが……」

弥七は、煙草をくゆらせながら言った。

だが、いかに屈強の土豪と言えど、御庭番が相手では、いかにも辛い。おそらく、刻一刻と犠牲者が増えているはずと平八郎はみた。

「着くまで、もちこたえてくれればよいがな」

「さようで……」

「それにしても御庭番は、どうして大御所と石原家との縁を嗅ぎつけたのだろうか」

「それが、なんとも笑ってしまう話なんで」

弥七は苦笑いしながら、大御所から聞いたいささか滑稽な話の顚末《てんまつ》を平八郎に披露した。

当主の石原壮右衛門が、大御所の祖父堀越重蔵《じゅうぞう》から預かった旧武田家の感状や堀越家の系図をある寺の住職に自慢したところ、その住職が無類のおしゃべりで、あちこちに吹聴《ふいちょう》してまわり、ついには、團十郎の生家のある市川郷のあたりまで話が伝わったという。

その話を、市川郷あたりを嗅ぎまわっていた御庭番が聞きつけたらしいのである。

平八郎も、話を聞いて思わず苦笑した。

翌朝、眼を覚ますと、弥七の姿がない。

(周辺を探索しているのであろう……)

平八郎は、大きく背伸びしてぶらり山中を散策した。

半刻ほどして、弥七が戻ってきた。追手の姿はないかと様子を見てまわっていたという。

「ちょっと街道まで下りてきやした。このぶんなら、山を下ってもまず大丈夫でしょう。この先二里ほどで、街道は緩い下りとなりやす。塩山までの道は、ずっと楽になりまさァ」

「それはありがたい」

身支度をととのえ、ふたたび九十九折《つづれおり》の青梅街道に戻った二人は、人気《ひとけ》のまるでない裏街道をぼちぼちと歩きはじめた。

陽が昇りはじめ、街道を往く二人の影が短くなってくると、気温もどんどん上がって汗ばむほどとなる。丹波の里を越えると、山路はようやく滑らかな下りとなった。

夜間の山中行ではまったく目に入らなかったが、朝の光のもとで見わたせば、晩秋の山々は紅葉の季節を迎え、眩いばかりの錦に彩られている。

柳沢峠を越えてしばらくすると、彼方から兜巾《ときん》錫杖《しやくじよう》の山伏姿の男が二人、平八郎らをひたひたと追ってくる。

「怪しい連中で。敵となれば、一気に片づけるよりありやせん」

「やむをえぬな」

二人は峠の曲がりに身を潜めると、刀の鯉口を切って、じっと山伏を待った。

やがて三間ほどの間合いにまで迫ったところで二人が揃って街道に飛び出すと、

「お、お待ちくだされ！」

山伏二人が、驚いて飛び退がり、

「我ら、けっして怪しい者ではござらぬ！」

待ったとばかりにそのうちの一人が手を上げた。

「率爾《そつじ》ながら、豊島平八郎殿とお見受けいたすが……」

その年嵩の山伏が、うかがうようにして平八郎に問うた。

「いかにもそれがし、豊島平八郎だが──」

刀の柄から手を離し、平八郎は訝しげに男をうかがった。

山伏は、安堵してもう一人の若い連れと顔を見あわせ、

「われら水戸藩の者にて、妙見菩薩を信奉する者。そう申さばおわかりいただけよう。白井忠左衛門殿の命《めい》により、ご助勢にまいった。昨夕は、早馬にて秩父妙見神社まで駈けつけ、妙見菩薩に願を掛け、夜どおし歩き続けて奥多摩山系を南下してまいりました」

「異なことを申される。忠左衛門殿がなにゆえ我らがここにあることを」

平八郎は、驚いてその山伏を見かえした。

「白井様は数日来、会津藩剣術指南役井深宅兵衛殿と連絡を取り合っておられ、御庭番どもが市川團十郎殿の所持する黒羽二重を狙っておることをお知りになりました。また、甲府藩内の白井一族の方からも、忠左衛門様のもとに別途一報が入っております」

「ご師範が……」

井深宅兵衛は、平八郎の知らぬ間に、江戸で奔走していたのである。平八郎は、苦

笑いして弥七と顔を見合わせた。

二人の水戸藩士は、それぞれ片桐一角《かたぎりいっかく》、旅川周馬《たびかわしゅうま》と名乗った。片桐一角は三十路をとうに越えていたが、塚原卜伝《つかはらぼくでん》の流れを汲む名流鹿島神道流《かしましんとうりゅう》を修め、藩でもその腕は五指に入る、と若い旅川周馬が同朋を評してみせた。

片桐一角は見るからに偉丈夫で、錫杖を握りしめた指は太くいかつい。おそらくその錫杖の中は、細身の隠し剣であろう。

一方の旅川周馬は、黒髪がまだ若々しいきびきびとした挙措《きょそ》の若者である。いずれも、よく鍛えあげた赤銅色《しゃくどういろ》の体軀を、山伏装束の胸元から見せている。

片桐一角の語るところでは、水戸藩では團十郎の黒羽二重が紀州方に落ちることを深く憂慮しているとのことであった。月光院派が追いつめられれば、これを支援する尾張藩も窮地に立つことになる。そうなれば、紀州派の力はますます強まり、幕府政治はさらに紀州派に専横されるはず、と二人は藩の見方を披露した。

「それはありがたい」

平八郎は、頼もしげに二人を見かえした。

「しからば、水戸藩も白井殿のお立場と同じとみてよろしいのでござるな」

「我が藩は、藩主徳川宗堯《むねたか》公をはじめ、家臣一丸となって将軍家及び尾張藩の軽挙妄動をお諫め申そうと藩論を一《いっ》にしております」

「さようか」

平八郎は、目を細めて両名を見かえした。

「白井殿のお話では、水戸藩は前々より紀州藩主当時の徳川吉宗公の行状に不審を抱き、昨今は反公方《くぼう》に傾いているそうでしたが」

「水戸藩はもとより尊皇の志深く、昨今の朝廷を軽んじる近衛家の横暴を憎んでおりまする。とはいえ、むろん動乱を好むものではなく、むしろ尾張藩にはこれまで忍従自重を求めてまいりました」

片桐一角が顎を引き、語気を強めた。

「それより、こうしてはおられませぬ」

小顔のわりに耳の大きな若者旅川周馬が先に立ち、平八郎を促した。

甲府藩番頭《ばんがしら》白井清兵衛《せいべえ》殿からの報らせでは、すでに新手《あらて》の御庭番が周辺に結集しているという。

平八郎と弥七は、水戸藩の助っ人二人と並んで歩きはじめた。

街道には、爽やかな沢風が吹き上げてくる。見わたせば、滑らかな里山に家々が点在し、いちだんと穏やかな風景をつくっていた。すでに一行は、甲州領に足を踏み入れているようである。

「しからば、甲府藩は今、どのような立場でござろうか」

平八郎は下り坂で歩度を上げながら、並びかけた片桐一角に訊ねた。

「甲府藩主柳沢吉里《やなぎさわよしさと》様は、若年ながら英明なお方にて、留守居役廻状に目を通され、公方様に怒りを抑えきれぬご様子。また、石原家に御庭番の手が伸びたと知り、吉宗主従がなにやら企んでいるとお疑い、藩兵を派遣したそうにござる。また尾張藩とも連絡を密にされているとのこと」

なかなか頼もしい話である。だが、なにゆえ甲府藩主が石原家にそこまで肩入れなされるのか、平八郎には納得がいかなかった。

「じつは……」

一角は声を落とし、

「柳沢吉里様は、御側用人柳沢吉保《よしやす》様の御子ということになっておりますが、じつはこれには裏があり……」

一角によれば、甲府藩主は五代将軍綱吉《つなよし》公の子であるという。

「まことか！」

平八郎は唖然として足を止めた。

「綱吉公は愛娼染子《そめこ》様に生ませた御子を、ご正室への配慮から柳沢吉保様に下げ渡されましたが、幾度となく柳沢邸をお訪ねになり、御対面も重ねておられました。すでに、吉里様に百万石を与えるお墨付きをお与えになっておられるとも聞いております」

「ほう」

平八郎は、初めて耳にする意外な話に目を丸くした。

「あっしも、柳沢吉里様が綱吉公の落とし胤《だね》という噂は聞いておりやす」

弥七が横から口を挟んだ。弥七の推察するところはこうである。

そもそも甲斐は旧武田家の領地、その武田家は徳川神君家康公もその軍制をそっくり真似たほどで、徳川家にとっては畏怖すべき戦国大名であった。それゆえ、甲州の領地は格別の意味をもった。その証拠に、その大切な領地を初代の家康公も、第九子の義直《よしなお》公に、また二代秀忠《ひでただ》公も次男の忠長《ただなが》公に与えている。

「五代綱吉様が、それほど大切な領地百万石を、いかにご寵愛とは申せ、一介の側用人柳沢吉保の子に与えるはずがありやせん」

弥七は語気を強めた。

「それは道理だ。だがもしそうであれば、これはなかなか面白いことになるな」

平八郎も得心して弥七を見かえした。現藩主柳沢吉里殿は、徳川家親類筋の御一門衆。しかも、反公方の急先鋒ということになる。

「徳川家をそっくり横領するような紀州側のやり方には、甲府公も断固抵抗なされるはずでござる」

片桐一角も、顎を引き大きく胸を張った。

そして、それは水戸藩も会津藩も同じであろう。反公方の機運は、諸藩に広がりはじめているらしい。

平八郎は、ようやく高く昇りはじめた朝日を眩しげに見あげた。

やがて山路がとぎれ、眼前におおらかな里山が大きく広がってくれば、塩山はもうほど近い。四人はこの後、山路を抜ける裏街道を巧みに選んだゆえか、追手の影はついに四人の行く手に現れなかった。

五

（甲府藩の意気ごみは、なるほどかなりのものだな……）

平八郎は、低く唸って用心深く館の周囲を見まわした。

目の届くかぎりだけでもざっと三十名ほど、代官所の役人に加えて藩兵までが石原家をぐるり取り巻いている。みな襷掛け鉢巻き姿で、馬上には陣笠胴丸を着けた戦さ支度の上士の姿もあった。

「紀州の山猿なにするものぞ、の気概でございましょうよ」

弥七も、頼もしそうに目を細めた。

そこへ、館の裏手から片桐一角が戻ってくると、

「いや、驚きました。搦手《からめて》にも、鉄砲を抱えた藩兵がびっしり固めておりまする。これでは、蟻の這い入る隙もありませぬな」

野太い声で平八郎らに報告するのであった。

「警護が厳重なうちに、黒羽二重を引きとって、早々に江戸に戻らねばならぬ」

平八郎は、あらためて前方の壮大な館に目を戻した。

「ちょっとばかりお待ちを。ここは、ひとまずあっしが藩の役人にひとこと断ってまいりやす」

そう言い残し、弥七は馬上の上士に近づいていくと、大御所から託された書状を見せ語りかけた。

剣呑な役人としばらくやりあっていたが、ようやく話がついたらしく、弥七は平八郎らを手招きした。

四人はそろって長屋門を潜り、石原家の玄関に並んで立った。周囲には定紋をうった高張灯籠がずらりと並び、険しい顔をした家士の出入りが慌ただしい。

「もうし、我ら市川團十郎の名代として江戸からまいった者にて、ご当主石原壮右衛門殿にお目通りいたしたい」

玄関に立ち、平八郎が奥まで聞こえる大声をあげると、いかにも土地の者らしい頬

を紅くした大柄な娘が一人、訝しげに玄関屏風の蔭からこちらをうかがった。

「なにか――」

平八郎がもういちど同じことを告げると、

「あっ、おめえたちか！」

娘は目を剝いて四人を睨み据えた。目鼻立ちの通ったこけしのような端正な顔立ちだが、この娘、言葉はそうとう荒い。

「待ってろし」

土地の言葉で投げ捨てるように言うと、娘は廊下をバタバタと駆けて奥に消えた。

平八郎らが顔を見合わせて苦笑いし、しばらく玄関先で待っていると、やがて戻ってきた娘は、

「草鞋《わらじ》を脱げし！」

ふたたび荒々しく四人に命じた。

草鞋を脱いで足を洗うと、四人は黒光りする廊下を渡って屋敷の奥に進んだ。ちょっとした小藩の陣屋を思わせる広大な館である。開け放たれた各部屋では、十人を越える家士が古畳の上を慌《あわ》ただしげに駆けまわっていた。みな朱の襷に鉢巻き姿で、戦さ支度である。鉄砲を検《あらた》める者、刀槍の手入れに余念のない者もある。

「わしがこの家の主で、石原壮右衛門と申す」

胡麻塩の長い顎鬚を蓄えた、いかにも長老らしい風貌の老人が、二十畳はあろうという広い客間で四人を出迎えた。

白いものの半ばするその長い眉から察するところ、すでに六十はとうに越えていよう。だが、その物腰はまだまだ矍鑠《かくしゃく》としてその挙措に衰えはない。

壮右衛門は小脇の娘を、

「これは孫の楓《かえで》じゃ」

とあらためて皆に紹介した。

「それにしても、警護のお人が山伏とは変わっておるの」

壮右衛門は、眼前に座す水戸藩士二人を、何者かと訝しげに見ている様子である。

「まあ、とにかく、とんだものを預かってしもうたよ」

壮右衛門は、正面に対した平八郎に向かって吐き捨てるように言った。

「こたびのご災難、なんとお詫びしてよいやら言葉もござりませぬ」

平八郎は、深く平伏したままなかなか頭を上げられない。

「お父《とう》が殺されてしまった。権平《ごんぺい》おいちゃんも、下男の房吉《ふさきち》も」

古老に代わって、楓がまた突き刺すような口調で平八郎らを非難した。壮右衛門によれば、その後も敵は波状的に攻撃をしかけ、たまりかねて壮右衛門が藩に訴え出るまでのあいだに、五人もの家人が命を落としたという。

壮右衛門が語る事件の発端は、およそこのようなものであった。

事件が起こったのは、十日ほど前のことであったという。突然裏手の土蔵のあたりで物音があり、壮右衛門が下男に様子を見に行かせたところ、なかなか戻ってこない。不審に思い、古老の弟石原与三郎《よさぶろう》が向かうと、遠くで叫びがあがり、それきり与三郎も帰って来なかった。

ますます訝しく思った楓の父石原仁《じん》右《え》衛門《もん》が、おっとり刀で土蔵に出てみると、黒装束の男が三人、蔵を開け中を物色していたという。

腕に憶えのある仁右衛門であったが、多勢に無勢、壮右衛門と楓が鉄砲を片手に駈けつけた時には、仁右衛門は忍びと斬り結んで深手を負い、手当の甲斐なくついに息を引きとったという。

その時、黒羽二重はいったん敵の手に落ちたが、奪った忍びを楓は鉄砲で撃ち殺したという。だが、その後も懲りずに来襲する忍びの手にかかり、家人の死者は増えるばかりであった。

たまりかねた壮右衛門が藩に訴え出たところ、報告を受けた藩は事態を深刻に受けとめ、代官所の役人に加えて数十名の藩兵を繰り出し、石原家を押し包んで賊を一歩たりとも近づかせぬ構えであるという。

「それにしても、なぜ歌舞伎役者の黒羽二重をそうまでして……」

賊にせよ、甲府藩にせよ、その行動は常軌を逸している、と壮右衛門と首をひねるばかりであった。

平八郎は、さすがに壮右衛門に子細を告げることをはばかった。事件はあまりに複雑な背景をもち、その闇の奥で蠢く影はあまりに大きい。石原家の人々をその闇の中に引きこむのは忍びなかった。

「言えぬ訳があるなら、訊かぬまでだ。だが、ここまで死人を出したからには、わしらは意地でも退きさがらぬ。全員討ち死にしても、あの羽二重を守り抜く覚悟だ。それが死んだこの娘の父親をはじめ皆への供養だ」

壮右衛門は、口をへの字に曲げて言った。

「そのお覚悟とあれば、もはや隠しだていたしませぬ。すべてをお話しいたしましょう」

もはや隠し事はできぬと肚《はら》を括《くく》り、平八郎は居住まいを正すと、敵が公儀御庭番であることを告げた。

「なんと！」

壮右衛門は絶句したまま、二の句も継げない。

平八郎はさらに、天英院が紀州藩出身の将軍吉宗と結び、尾張藩主等を次々に葬り去ってきたこと、またこのたびは新たな陰謀を巡らせ、月光院と市川團十郎にあらぬ濡れ衣を着せ、罠に陥れようとしていること、その大切な小道具が黒羽二重であること等々、事件の背後の黒い陰謀の数々を余すことなく話してきかせた。

話を聞き終えた壮右衛門は、それでも話の全容をしばらくは咀嚼《そしゃく》できず考えこんでいたが、平八郎があらためて念を押すと、

「いずれにしても、御公儀はなんとも姑息《こそく》な手を考えおる」

しだいに事情が飲みこめてきたとみえ、憮然と声を荒らげた。

「この陰謀に、徳川家御一門は疑いの眼を向けておられるご様子。それゆえにこそ、徳川綱吉公の忘れ形見と噂される柳沢吉里殿も、かくも厳重にご当家を囲んでおられるのでござろう」

「ふうむ」

壮右衛門は腕を組み、額に深い皺を寄せて考えこんだ。

「これは天下を揺るがす大事ゆえ、決して口外なされませぬよう」

「正直、徳川家の権力闘争などどうでもええが、もう退くに退けぬところに来てしもうた。進むしかあるまいて」

壮右衛門は、重苦しい口ぶりでそう言うと、肚を決めたとばかりに眦《まなじり》を決した。

「そのお気持ち、筆舌に尽くせぬほどありがたく存ずるが……」

平八郎はやおら膝を詰め、方々にこれ以上迷惑をおかけするわけにはいかぬゆえ、

團十郎とも語り合い黒羽二重を江戸に引きとることに決めてきた、と壮右衛門に告げた。

壮右衛門は、目を閉じ、じっと平八郎の言葉に聞き入っていたが、やおら膝を詰め、

「されば話はわかった。おぬしらの好きにするがよい。だが、我らが命を賭けて護った羽二重をけっして敵に渡すでないぞ」

「我らも命を懸けて」

平八郎は差料の鯉口を鳴らして固く誓った。

「されば早いほうがいい。幕府が手を回さぬうちに、いっそ今夜にも発つがいい」

壮右衛門は裏街道を楓に案内させる、甲府藩には明日にでも事情を話し、御藩主柳沢様にも言上しておくと言った。

さらに壮右衛門は、家士に手際よく平八郎らの出立の準備を命じた。

「これじゃよ」

四半刻後、家士二人が畳紙《たとうがみ》にくるんだ黒羽二重を奥の間から大事そうに運んでくると、壮右衛門はそれを黙って平八郎らの前に広げた。なるほど生地も仕立ても極上の逸品で、近衛家の家紋である銀杏牡丹の紋が目に眩しい。

「まったく人騒がせな羽二重でさァ」

弥七が苦笑いして羽二重を撫でさすると、二人の水戸藩士も顔を見合わせ頷きあっ

た。

　夕刻になると、出立の準備も整い、一同盃を汲み交わして無事を祈った。石原家の人々にとっても、黒羽二重は今や格別の因縁を持つものとなっている。みな、涙を流してこの決断を受け入れ、平八郎ら一行を見送ることになった。

　出発前に、楓は裏木戸でみなを待たせ、愛用の鉄砲を一丁を抱えて戻ってきた。平八郎と弥七は、驚いた顔で楓を見つめた。いざとなれば、楓もともに闘うつもりらしい。

「楓はもう御庭番を二人ほど射止めておる」

　壮右衛門は、楓の鉄砲の腕前を誇らしげに披露した。

「山は冷えるでの。みな、綿入れを着込んでいかれよ」

　そう言うと、壮右衛門は男衆に急ぎ四人分の綿入れを用意させた。

第七章　秘剣二段斬り

一

夜陰にまぎれて石原家を抜け出したのは、夜五つ（八時）を少しまわった頃であった。平八郎、弥七、片桐一角が、それぞれ大風呂敷に包んだ黒羽二重を襷掛けにしている。むろん二つは囮《おとり》で、平八郎が担いでいるものが、月光院が市川團十郎に贈ったという本物の黒羽二重であった。

甲府藩士が数名裏手を警備していたが、眠そうに眼をこするその仕種からみて、気づかれるおそれはまずなさそうであった。

無事館裏手の木立を抜けると、五人は一路富士へ抜ける御坂道《みさかみち》へと急いだ。途中左に折れ、尾根伝いに山路を往けば笹子《ささご》に出ることができる。

富士へ抜ける間道は、半刻も進むうちに俄かに登りがきつくなった。土地勘のある楓が、慣れた足どりで一行を先導していく。

この道はかつて鎌倉往還と呼ばれ、幕府の置かれた鎌倉から北関東に抜ける間道であった。戦国時代には、敵対する武田と今川の軍勢が、互いの領地へ侵入する際に通り抜けた道でもある。

昼間は近在で生産する生糸を積んだ馬が往き来するというが、むろんこの夜更けに通う人馬の姿などあろうはずもない。

山路は険しく暗い。五人は、それぞれ手に持った提灯で足元を照らし、闇を泳ぐようにして九十九折の山路を進んだ。

さいわい、御庭番が追ってくる様子はなかった。提灯の灯が一つまた一つと消え、やがて楓の持つ提灯が最後のものとなったが、さいわい壮右衛門が持たせた予備の蠟燭があり、それを継ぎ足し継ぎ足しして、二刻ばかりは灯りを絶やさずにすんだ。

夜通し歩き続け、三つ（午前二時）を過ぎた頃、

「もうひと頑張りで女坂峠《おんなざか》だよ」

楓が、灯りを掲げて男たちを振りかえり、励ますように言った。その峠を左に折れると、笹子に抜ける旧道があるという。

さらに数里しばらく進んだところで、弥七が平八郎に並びかけ、

「なにか、聴こえませんかい」

低声《こごえ》で呟いた。

「忍びの耳には敵《かなわ》ぬな。なにも聴こえぬぞ」

「蹄《ひづめ》の音でさ。まちげえねえ」

「敵でしょうか」

周馬が、気色《けしき》ばんで弥七を見かえし、仕込みの錫杖の鯉口を切った。

「そうぴりぴりしなくたっていい。まだ御庭番ときまったわけじゃありません」

弥七が、若い周馬をたしなめた。

鞍上の者をまず確かめるのが先決である。五人は、ひとまず灌木の茂みに身を潜めた。ようやく梢越しに松明《たいまつ》の灯りが九つ、蛍火のように揺れて峠道を駈け上がってくるのが目に留まった。

一隊は九騎、一列になって平八郎らの眼前を駈けぬけていった。

前方の五人は、粗末な野良着に腰縄の農夫姿だが、腰の刀はまぎれもない忍刀である。その後を少し離れて、馬乗り袴の侍が四人、荒く鞭を使っている。

「前の奴らは、まちげえねえ、忍びでさ」

走り去る騎馬隊を追うようにして街道に飛び出した弥七が平八郎をふりかえって言った。後の侍どもは、見たことのない輩である。

「何処に行くつもりだろうか……」

楓が、不安げに小さく声を震わせた。

「なにか、気がかりなことでもあるのか、楓どの」

平八郎が訊いても、楓はなにも言わない。

弥七が幾度も問い直してようやく楓の語ったところでは、女坂峠を左に折れ、緩やかな坂を下っていった先の藤ノ木の里に、叔母夫婦が棲んでいるという。

「なあに、心配はいらねえよ」

そう言って、楓は頑なに首を振った。

だが、楓の心配は無理からぬことであった。このところ石原家の縁者にしきりに御庭番の手が伸び、家じゅうが荒らされているという。負傷者も、すでに出ているとのことであった。

「なに、藤ノ木に向かったと決まったわけじゃねえし……」

「いや、万一のこともある。されば、拙者と楓どのとで見に藤ノ木の里に向かうといたそう」

片桐一角が、楓の肩をとった。

「楓どの、案内を頼む」

「いや、おぬし一人を行かせるわけにはいかぬ」

平八郎が一角を押し止めた。一同、異論はない。

「いやいや、それには及びませぬ。一刻も早く黒羽二重を江戸まで持ち帰らねばなりますまい。なに、もしものことでござる。ここは、拙者一人でじゅうぶん」

一角は、笑って平八郎の助勢を断った。

「あたしだって鉄砲が使える。勝手を知った土地さ。うまく逃げてくる。あんた方を足止めさせるわけにはいかねえ」

楓も、みなを身内のことに巻きこみたくないらしい。

「なに、あの者らが楓どのの叔父御、叔母御に危害さえ加えねば、争うつもりはござらぬ。あくまで万一のため、後を追ってまいりますゆえ、御一同は先を急がれよ」

そこまで念を押されれば、平八郎も引きさがるよりない。

小半刻ほど歩いたところで、楓が脇街道を示す道しるべを見つけて小さな声をあげた。火縄の灯りに、藤ノ木へ通じる脇道の小さな道標が浮かびあがっている。

「されば我らは――」

片桐一角が一行に別れを告げると、みな不安を隠して頷きあった。

「これを使ってください」

楓が火縄を数本取り出し、弥七に手渡した。弥七は、それに忍びの用いる胴火《どうび》の火を移す。一本を旅川周馬に手渡した。

「大丈夫でしょうか……」

楓の持つ小さな火縄の灯りが遠ざかると、旅川周馬が不安げに平八郎を見かえした。同郷の片桐一角がやはり気にかかるらしい。

「武運を祈るのみだ。われらも急ごう」

平八郎が周馬の肩をとると、

「女坂というからには、穏やかな山路になりそうだ」

弥七が、そう言って周馬の肩を叩いた。

女坂から分岐した裏街道は、生憎《あいにく》ほとんどが下生えに埋もれ、路を探すことさえ難しかった。倒木や繁茂する蔦、崩落した山塊が細い山路を遮り、しかも月も雲間に隠れて、山路が深い闇に呑みこまれている。

「まるで闇を這うようだ。これでは、進めませぬな……」

火縄をまわしながら、さかんに錫杖で下生えを払っていた旅川周馬も、しだいに声が小さくなっている。

一寸刻みで闇を進むと、ようやく沢の流れが足下に聞こえてきた。ぼんやり星明かりに浮かぶ黒い山影のかたちからみて、間違いなく笹子方面に向かっているはずではある。

鬱蒼としたブナの林が途切れると、ようやく見晴らしがよくなって、前方に草原が白く浮かびあがった。

「されば、ここで一休みといたそう」

平八郎がみなを促すと、

「そういたしましょう。なに、追手がかかれば迎え撃つまでのこと。一気に決着をつけてしまいましょう」

つい今しがた音《ね》をあげていた周馬が豪語すると、平八郎と弥七が揃って苦笑いした。

落ち葉を掻き集めて火を熾し、暖をとりながら、それぞれ草の上に体を横たえた。

下生えが冷たい。平八郎も刀を抱き、肘枕でごろりと横になったが、寝つかれるものではない。それに、片桐一角と楓のことが気にかかった。

「おや、あれは？」

一刻ほどして、平八郎同様眠れずにいた弥七が、平八郎の耳もとで声を潜ませた。

闇の奥から、小さな灯りがふわふわとこちらに向かってくる。蛍のようにも見えるが、むろん晩秋の深山に蛍などが舞うはずもない。しかも、灯りはたったひとつであった。

「あれは人だ。楓さんじゃねえですかい！」

夜目に強い弥七が、そう叫んでいきなり駈けだしていった。

灌木に足をとられ、いざるようにして歩いてくる楓を弥七が抱えあげると、山中を一人抜けてきた楓は精根使い果たしたように力なくうなだれた。あちこちに傷をつくっているが、さいわい小さな擦り傷で刀傷ではない。

「片桐殿はどうなされたのです！」

周馬が楓の肩をとって問いかけた。楓は口籠った。

「待て――」

平八郎が、声を潜めて闇をうかがった。

「どうやら、招かれざる客人のご到来だ」

「まずいことになっちまった。こちらに」

弥七はそう囁くと、楓の火縄を摑み取り、熊笹の密集する土手を駈け登っていった。

平八郎と周馬が左右から楓を担ぎあげ、草に足を取られながらその後を追った。

やがて岩場に身をひそめた四人は、それぞれ得物を引き寄せ、眼下をうかがった。

遠く、焚き火の灯が夜霧に浮かんでいる。

「こっちのほうが少しはましでさ。あそこじゃ、的になるだけだ」

「すまねえ。やはり、つけられていたのかね？」

楓が、不安げに弥七をうかがった。

「あんたが悪いわけじゃねえよ。奴らは公儀御庭番だ。闇の中をつけてくるくらい朝飯前だ」

「して、片桐殿は——」

平八郎が、うなだれる楓の肩をとって訊いた。

楓が喘ぎつつ語る話では、片桐一角と楓は藤ノ木の里で、楓の叔母夫婦を縛りあげ、乱暴に家捜しをしていた忍びの一団と遭遇したという。

すわっとばかりに立ち向かった片桐一角は、御庭番を相手に孤軍奮闘し、数人を倒したものの、後から現れた浪人者に囲まれ、多勢に無勢、ついに幾太刀も浴びて無念の最期を遂げたという。それをじっと庭先から見守っていた楓は、辛うじて闇に逃れ、一人女坂峠を抜けてきたのであった。

「鬼のような奴らさ。恐ろしく腕が立ったよ……」

「して、叔父上、叔母上はどうなされた」

「縛られて、気を失っていたんで、手出しをしなかった」

闇に蠢く気配が、じりじりと包囲網を狭めているのがわかった。

「どうやら、客人は他ならぬその一団のようだ。だがこの闇夜だ、いささか分が悪い」

平八郎が、唇を歪めて闇をねめまわした。押しつつむ闇の奥には虫の音さえなく、天地の境さえない闇の上方には満天の星々が白く瞬いている。

「大丈夫。あたしは山育ちだから、これでけっこう目はいいサ。黒い影がちらちらしてるのがよく見えるよ」

「えっ？」

弥七が、驚いて楓を見かえした時には、楓はもう平八郎の脇で鉄砲の銃身に弾薬を詰めはじめている。

「ほら、あそこにひとり」

楓は、弥七から火種を受け取ると、口火に火を移し、いきなり狙い定めて火蓋を切った。

銃口の先をうかがえば、ブナの樹上から黒い影が真っ直ぐに落下して下生えを鳴らしている。

「凄い腕だ――」

平八郎が、あきれたように楓を見かえした。

「だが、その口火はいけねえ」

弥七が、次の弾込めのあいだ、綿入れを脱いで口火を囲んだ。

四方の下生えが、にわかにザワザワと音を立てはじめた。

「ちょっとばかり遅かったようだ」

平八郎が岩蔭で腰を屈め刀の鯉口を切ると、弥七が懐を探って闇をうかがった。懐中、手裏剣を潜ませている。その間にも、蜘蛛の子が集まるように、気配が近づいている。

「敵はそこまで来ている。次の一発がせいぜいであろうな」

平八郎が、闇を睨んで顎を撫でた。

「どうします？」

「いたしかたない。目を瞑って斬りあうしかあるまい」

「ご冗談を」

平八郎は押し黙っている。どうやら本気のようであった。

「弥七さん、手裏剣はあったな」

「もちろんでさァ」

「援護を頼む。とにかくここは、この身を阿修羅と化しても斬り抜けるよりないようだ」

「だけど……」

弥七が心細げに平八郎を見かえした時には、平八郎はもう闇に毅然と立ちあがっていた。愛刀会津兼定を一閃させている。

「そりゃァ、無謀だ！」

弥七が声を発した時には、平八郎は三人を残して草を蹴って駈けていた。

星明かりの下、白刃が一閃、平八郎に向かって素早く流れた。

それを、平八郎は激しく叩いてかわす。

平八郎を追って、さらに数本、忍刀の剣尖が闇から突き出された。

だが平八郎は、草の上をごろごろと肩から転がって、数間先の草の上に立ちあがっている。

と、平八郎を急追する影のひとつがいきなり弾かれたように大地に沈んだ。弥七の手裏剣を喰らっている。

廻りこんだ忍びの剣が、また平八郎の頭上にきた。

身を転じた平八郎が、その影を袈裟に斬り下げたところで、今度は楓が放った銃声が闇に轟いた。

前方の黒い影が、もんどりうって地に崩れた。

「ううむ」

平八郎は、また草の上に体を沈め、眼を細めて闇をうかがった。まだ前方にひとつ気配が潜んでいる。その気配は岩のように動かなかった。よほど隠行《おんぎょう》に長《た》けた忍びらしい。

「憶えておるか、このおれを……」

闇の奥で、底ごもる声があった。

大川堤での死闘で、毒矢を浴び地に崩れた平八郎に、唾を吐きかけた夜鷹蕎麦屋である。男は、気配を断ったまま、じっと平八郎をうかがっているようであった。

「とどめを刺しておかなかったのが、今となっては悔やまれてならぬ」

「おまえの温情には、篤く礼を言わねばなるまい」

平八郎は草の上をいざって岩影に身を隠し、声のあったあたりまでの距離を目測した。

およそ五間――。

「礼などいらぬ。どうせおまえはここで死ぬ」

「だが、もしおまえが狙いを外せば、おれは瞬時におまえを斬り伏せる」

「生憎だが、外しはせぬ。おれの吹矢はこれまで百発百中、外したことがない」

「平さん、奴はあのブナの蔭だ……」

すぐ脇に潜み寄った弥七が、平八郎の耳元で囁いた。

「ということは、まだこちらに狙いを定めてはおらぬな……」

「顔を出さねえのは、あっしや楓さんの眼を警戒しているんでしょう」

「されば、いまいちど援護をしてくれぬか。これから奴の前に姿を晒す。奴が吹矢を構えたら、すかさず手裏剣を放ってくれ」

「合点で」

弥七が、懐中を探り、一文字手裏剣をこっそりと取り出した。

「おい、蕎麦屋――」

平八郎は、やおら闇に向かって声を張りあげた。

「隠れたつもりであろうが、ここからまる見えだ。そのブナの木の蔭でいつまで怯えておる」

「ならば、かかってまいれ、豊島平八郎」

「よかろう」

平八郎が夜陰にぬっと立ちあがった刹那、蕎麦屋がいきなり木蔭から半身を晒し、吹矢を口に引き寄せた。

その影に向かって、弥七が手裏剣を叩きつけた。ほとんど同時に、平八郎が下生えを踏みしめ突進している。

小さな風切音が夜気を裂いた。弥七の手裏剣を体を薙いでかわした蕎麦屋が、平八郎に向けて吹矢を放ったのである。

放たれた吹矢が、平八郎の背を貫いたかに見えた。

だが、駈けながら、平八郎は身を翻した。反転した平八郎は、飛ぶように男に殺到していった。

忍びが前のめりに直刀を降りおろしたその影と、平八郎の影が月光の下重なり合った。

やがて黒い影がひとつ、ゆっくりと傾いて下生えに崩れると、もうひとつの影が大きく血ぶりして、刀を納めた。

「すごい腕だ！」

駈け寄ってきた弥七が、影に向かって低く呻いた。

「やむなく眼をつむって斬った。壮右衛門殿のくだされたこの綿入れも役に立ったようだ」

どこに隠れていたのか、旅川周馬が火縄の灯りを持って駈けつけると、うずくまる忍びの骸を照らし出した。

二

朝焼けの下、遠く薄墨色に山波が浮かび、平八郎ら一行が遥かな山路を越えてきたことを伝えていた。

「ここまでくれば、もはや敵は振りきったとみてよかろう。壮右衛門どのが心配しておられる。そなたはもう、帰ったほうがいい」

平八郎が、楓の肩をとって諭すように言った。

弥七と周馬も、楓を囲んで別れを告げると、楓は涙を浮かべて名残を惜しんだ。

楓の話では、しばらく先に北へ向かう杣路《そまみち》があるという。その路を辿って峠を越え、甲州街道まで出れば、塩山までさほど遠からぬ距離とのことであった。

楓を送り返した平八郎らは、ふたたび笹子に向かって山路を歩きはじめた。笹子からは、甲州街道を東にとり、大月から奥多摩に抜けて江戸に戻るつもりである。

陽の下の山歩きは、前夜の暗中模索が嘘のように楽であった。尾根をわたる心地よい風を受け、遠い峰々を見わたせば、朝陽に照り映えるなだらかな山容が美しい。

平八郎らは、最後の九十九折を前のめりに下って、やがて爽やかな風のわたる薄《すすき》の原に達した。

「気持ちのいい風だ」

平八郎は朝の冷気を胸いっぱいに吸いこんだ。

「平さん、あれは……」

弥七が眩しそうに眼を細め、前方を顎でしゃくった。薄の原の端で、馬が四頭のんびりと草を食《は》んでいる。鞍上に人の姿はなかった。

「待ちぶせでしょうか」

旅川周馬が、険しい顔で仕込みの錫杖に手を掛けた。

「用心したほうがよかろうな。江戸から来た新手《あらて》ということもある」

「ここでお待ちを。見てまいります」

弥七が足を忍ばせて馬に近づき、付近に人影がないことを確かめると、爪先立ちするようにして薄の原を見わたした。

と、その薄の原がわっと割れ、四人の侍がパラパラと躍り出た。いずれも、眼つきの鋭い食いつめ浪人である。真新しい馬乗り袴は紛れもない、御坂道で平八郎らの眼前を駆け抜けていった浪人者の一群である。どうやら、藤ノ木からふたたび甲州街道にとって返し、笹子を迂回してここで待ち受けていたらしい。

「こ奴らが、片桐殿の憎き仇にちがいない――！」

旅川周馬が、憎悪の眼で男たちを見まわした。

「有馬氏倫の放った刺客にちげえねえ」

駈け戻ってきた弥七が、素早く直刀を抜き払い、平八郎と周馬の横についた。それに合わせて、首領格の壮漢を残して、手前の三人が一斉に刀を鞘走らせた。

流儀もちがえば剣の腕もまちまちのようだが、いずれもひとかどの武芸者らしい。後方に立つ壮漢もまだ抜刀さえしていないが、いつでも抜刀できる隙のない構えである。

二人が、素早く弥七と旅川周馬の前を塞いだ。

「まんまと逃げおうせたつもりであろうが、そうはいかぬ」

無精鬚の男が、そう言って平八郎らをぐるりと見やった。どこか土の臭いのするその風貌からみて、生来の武士ではないかもしれなかった。近頃は、百姓町人相手の町道場も多いと聞く。

「逃げも隠れもせぬ。先を急いだまでのことだ」

平八郎が、苦笑いして無精髭の男に応えた。

「こいつが豊島平八郎だ」

藪睨みの男が、平八郎を嘗めまわすように見て、壮漢に耳打ちした。この男には、見おぼえがあった。土橋広之進の助太刀と称して現れた浪人者の片割れである。

「なるほど、斬るには手頃な腕のようだ」

頭《かしら》格の壮漢が、鞭でばたばたと野袴を叩いた。

「その荷が近衛家の黒羽二重であろう。それが百両になる」

壮漢は一歩前に踏み出し、平八郎の背の荷を覗くようにして言った。

「おい、こっちの町人も荷を背負っておるぞ」

坊主頭の小男が、壮漢に向かって叫んだ。

「それは囮にきまっておる。わしは、こ奴に賭ける。褒美の百両はわしのものだ」

「後学のため、流名と御名を聞いておこう」

「聞いたところで、意味はなかろうが、まあよい。冥土の土産にでも、おぼえておけ。直心影流、中西典膳《なかにしてんぜん》——」

冷やかに言い放ち、壮漢は鞘鳴りをさせて大ぶりな刀を抜き払うと、ぴたりと中段につけた。無精髭の男が、中西典膳の背後にまわり、鐺を地に立てて二人の立ち合いを見守っている。

「小野寺陣内《おのでらじんない》、妙なまねをすれば、うぬから先に叩き斬る」

典膳は、男が隙を見て典膳を出しぬき、打ちこんでくるのを警戒しているらしい。

「斬れるものなら、斬ってみろ」

小野寺陣内は、薄笑いを浮かべてうそぶいた。

「ならば、いっそおれの背後に立て。こ奴の溝口派一刀流は、撃ち合わず左右に転ずる。背後を固めるのだ」

「褒美は山分けというわけか。偽りではないな」

まんざら悪い話ではない、と男はにたにた笑っている。

「武士に二言はない」

陣内は典膳の言に従い、スッと後方にまわった。

残った二人のうち、細身の男とともに立つ坊主頭の小男が、

「さあ、早くやれ」

かん高い声で二人を急きたてた。どうやら四人のあいだで、平八郎と勝負をする順番を決めているらしい。坊主頭の小男と藪睨みの男は、とりあえず弥七と旅川周馬を

相手にするつもりらしい。

薄の原を、冷やかな風が過《よぎ》った。平八郎の鬢が煽《あお》られたようになびく。

典膳は、腹を心持ち突き出すようにして、ずいと腰を推進させた。

薄の原をわたる強い風が平八郎の顔面を強く叩き、眩しい朝の陽差しが眼に飛びこんでくる。

不利な位置であった。平八郎はじりじりと後退りした。

典膳は気合を放ちながらさらに激しく踏みこみ、唸りをあげて鋭い突きを繰り出してきた。平八郎は数合し、そのたびに鎬で弾きかえした。だが、しだいに受け太刀になり、ずるずると押されていく。

平八郎の眼に朝の陽が眩しい。

平八郎は飛ぶように二転、三転して後退しながら、左へ孤を描きはじめた。

二人は鉄壁の構えのまま平八郎を追い、さらに間合いを詰めてきた。

平八郎は、刀を脇がまえにとってさらに左にまわった。

典膳も平八郎に合わせて左にまわり、続いて小野寺陣内も左に転じて典膳を追う。

中西典膳と陣内、平八郎の三人は、薄の原を弧を描いて半周していた。

ようやく、陽が平八郎の背にまわっている。

陽光が、まばゆく典膳の眼を射ている。典膳は、顔を歪め、歩みを止めた。

背後の陣内が一瞬、怪訝な顔で典膳をうかがった。二人の動きに、乱れが生じていた。

隙を突き、平八郎は一気に踏みこんでいった。勝機を見たわけではない。ほとんど動物的な勘で動いている。

平八郎を迎えて、中西典膳の剣がすかさず頭上に迫った。

一瞬、平八郎は右前に転じている。危うく見えるほどの大胆な踏みこみであった。

平八郎の剣が典膳の胴を払うと同時に、陣内の剣が平八郎の頭上にきた。

だが、平八郎は俊敏に前に転じるや、剣を高く撥ねあげ、陣内を袈裟に斬り下げていた。

大胆不敵な二段斬りであった。

ふう、と残気を吐き捨てると、平八郎は足元に崩れ落ちる二人を見とどけて、弥七のもとに駈け寄っていった。

すでに防戦一方となっていたが、二人はかろうじて浪人者の剣をかわしていた。

周馬は、クセのある剣を遣う長身の男と数合撃ちあい、小袖が千切れていた。弥七は、直刀を握りしめ、足を使いながら丸刈りの小男の軽妙な剣さばきから逃れていた。

男たちは、急迫する平八郎を目を剝いて見かえした。

「ここは私に任せてくれ」

平八郎が弥七の前に立ちはだかると、男は刀の柄に唾を吐きかけて平八郎に向かってきた。凄まじい気合で左右に斬り分け、平八郎を追いつめてくる。流儀のさだかでない邪剣だが、意外にも動きは速く、平八郎はじりじりと追いつめられた。

だがそうしながら、平八郎は丸刈りの小男を薄の原に巧みに誘いこんでいた。

「後は頼んだぞ」

平八郎がそのまま薄の原に飛びこんだ。

小男は一瞬困惑して足を止めたが、またすぐに消えた平八郎を追い、薄の原に飛びこんでいった。弥七がそれを追っていく。入れ替わるようにして、平八郎の姿が薄の原から吐き出されると、薄の原で絶叫があがった。薄の原に潜んだ弥七が、男に一太刀を浴びせたらしかった。

「やりおるわ」

平八郎はニヤリと笑い、旅川周馬と切り結ぶ藪睨みの男に迫った。男は、平八郎と周馬に挟まれ、敵《かな》わぬと見たか、怒気をこめてなにか叫ぶと、薄の原に逃げこんでいった。

「周馬、大丈夫か！」

平八郎が、額に刀傷をつくった旅川周馬の様子をうかがった。

「なんのこれしき。怪我のうちにも入りませぬ」

強がってみせたが、両袖が千切れかけている。小袖のいたるところに血が滲んでいた。

「よい薬があるぞ」

弥七が印籠を外して金創の膏薬を取り出すと、周馬の傷に入念に手当を施した。さいわい、いずれの傷もまずまず深手というほどではなかった。

晴れわたった空を、雲雀《ひばり》の群が切り裂くように飛んでいく。

三人は、笹子に向かってまたゆっくりと歩きだした。野の狐が数匹、足元で駈けていった。笹子まで出れば、奥多摩に戻る裏街道の始点大月《おおつき》まではすぐ目と鼻の先である。

三

江戸に戻った平八郎は、その足で急ぎ唯念寺の門を潜った。因縁の黒羽二重を勝田玄哲に託すつもりであった。玄哲は平八郎の申し出に二つ返事で応じ、任せておけとばかりに、黒衣の胸を叩いてみせた。

「喜与（月光院）を守るためだ。死んでも奴らの手に渡しはせぬ」

安堵した平八郎は、いよいよ遅れに遅れていた顔見せ興行の準備にとりかかった。

初日まで、もはや半月ほどの日を残すのみとなっている。

平八郎のもとに一通の書状が届いた。

訝しげに裏を返してみると、差し出し人は白井清兵衛と記されていた。見ず知らずの人物である。平八郎は急ぎ封を開いた。

差出人は、討ち死にした片桐一角の話にたびたび登場した甲府藩士であった。まだ見ぬ同族の士は書簡の中で、平八郎が黒羽二重を江戸に持ち帰ったことが、結果的に甲府藩を救うこととなったと篤く礼を述べていた。

疑念は、読みすすめるうちにすぐに諒解した。

甲府藩主柳沢吉里様は、石原家の訴えを受け、御庭番に対してあくまで徹底抗戦の覚悟であったが、藩の重臣が秘かに幕府に探りを入れたところ、将軍吉宗側近は甲府藩の頑なな抵抗姿勢に態度を硬化させ、領地替えを秘かに進めているところであったという。

(それはよかった……)

平八郎は、死中に活を求めた山中行が、結果的に甲府藩を救ったことに胸を撫でおろした。

白井清兵衛はまた書簡の中で、石原家の消息についても触れていた。

楓は無事帰還し、石原壮右衛門はその報告を聞くや、楓の女だてらの武勇の数々を一族の誉れとまで称えたという。平八郎は、石原壮右衛門の古武士のような豪快な人柄を思いかえしなつかしんだ。

石原家では先日、討ち死にした石原家の人々のために盛大な葬儀が行われ、これには藩主柳沢吉里様も参列されたという。

さらにまた、大御所から丁寧な詫び状が届いたとも伝えていた。

興行の都合で葬儀には列席できなかったことを大御所は断腸の思いで詫び、黒羽二重が無事江戸に戻り、信頼できる人物に託されたこと、また芝居が終わり次第墓参に駈けつけるつもりであると記していたという。

白井清兵衛は書簡の最後を、

「現将軍徳川吉宗の強引な諸政策、および御庭番を用いる隠然たる大名統制への反発が、御一門親藩諸藩のあいだに日に日に高まりつつあり、今や反幕府の列藩連盟さえ形成されようとしている、吉宗公を御隠居に追い込む日も近い、と断じ、白井一党は妙見菩薩の加護のもと、これからも、経世済民のために身命を賭す覚悟であり、平八郎にもぜひ力を貸してほしい」

と結んでいた。

歌舞伎世界では、霜月《しもつき》（十一月）の顔見せ興行が一年の初めとなる。いわば、芝居世界の正月である。

九月十二日をもって「まず世界定め」、つまり時代背景を決める行事が行われ、これが無事終わると、十月十七日の「話始め」、つまり本読みがあり、最後に芝居の筋立ての詳細が決められる。

役者たちはこの一連の流れに沿い、懸命に台詞をおぼえ、振りや音曲を揃え、芝居を仕上げていく。そして、総稽古が終わればいよいよ待ちに待った顔見世興行の大舞台となる。

享保七年の顔見世興行の出し物は、『豊年太閤記』と記録に残っている。

大入りの初日舞台が華やかに幕を閉じると、大御所をはじめ主だった大立者、女形の面々が揃って三階の大広間で祝い酒となった。

平八郎にとってなにより嬉しかったのは、工夫した殺陣の数々が、目の肥えた芝居客にもおおむね好評だったことである。

「いやァ、いい立廻りだったよ。演じるこっちまで息が詰まるほどだった。やっぱり、ありゃ、一刀流免許皆伝の平さんでなきゃ振りつけられねえ殺陣だったな」

大御所が、手ずから枡酒を平八郎に手渡し、嬉しそうに平八郎の肩を叩いた。

「お役に立てて、これにすぐる喜びはありませぬ」

平八郎も、素直に喜びをあらわした。

「江戸の人は目が肥えている。いいかげんなことをやっていたら、見透かされちまうんだ。本物でなきゃね」

平八郎は、大御所の褒め言葉を世辞抜きの本音と素直に受けとめた。

「いやァ、今度ばかりは平さんの世話になりっぱなしだったよ。あんたがいなきゃ、中村座はどうなっていたかわからねえ。あのいわくつきの黒羽二重も、勝田様に預かっていただいたおかげで、幕府も手が出せねえ。石原家の方々にァ、一生かけても償いきれねえ迷惑をかけたが、せいぜいいい芝居をして、供養に代えさせていただくしかねえ」

「詫び状に丁寧な返事をくだされたそうですね」

あの石原壮右衛門翁は、團十郎に怒りを叩きつけるどころか、黒羽二重が江戸に戻ったことを我がことのように嬉んでいるという。

「大した御仁だよ。頭が上がらねえ。とにかくこれで、江戸の歌舞伎を護ることができた」

大御所が、溜まっていた思いを一気に平八郎にぶちまけると、

「そうさ、芝居の灯はこれからも絶対にお上《かみ》にゃ消させないよ」

宮崎伝吉翁が、大御所の脇で相槌を打ち、年下の團十郎を目を細めて見かえした。

「たとえ公方様、天英院が潰しにきたところで、この團十郎一歩も怯むものじゃァね

え」

大御所が、輿に乗りすぎたか、見得を切ってみせた。

「よっ、成田屋ッ」

どこからか威勢のいいだみ声が飛んでくる。その声は勝田玄哲であった。

「ほらあそこに」

佳代が平八郎の袖を引いた。見れば、玄哲の他にお光やお局様方、それに長屋の辰吉、お徳、ぼろ鉄の顔も見える。

「いったい誰が呼んだんです？」

驚いて平八郎が佳代に訊ねると、

「きっとあの方ですよ」

佳代が顎をしゃくった。すると、玄哲がつかつかと歩み寄り、

「他ならぬおぬしの初日だ。朝からみなで枡席に陣どっていたのだ。目に入らなかったか」

玄哲が達磨のような眼を剝いて平八郎に言うと、

「いや、幕の蔭でひやひやしながら舞台を見守っておりましたゆえ……」

平八郎が、苦笑いして後ろ首を撫でた。

團十郎が、みなにこっちにおいでと長屋の衆に手招きした。

「それじゃあ、乾杯だ」

伝吉翁が、枡酒を揚げて音頭をとった。

三階の大広間が、どよめくほどの乾杯となった。

「ところで平さん、これはささやかな感謝の気持ちなんだが、受けてもらいたい物がある」

大御所は、そう言って弥七に目くばせした。しばらくすると弥七が戻ってきて、平八郎に差し出したものは黒の小袖であった。

「三枡の紋が入っている。市川家の紋だ。感謝の気持ちだよ」

集まった座員のあいだから、いっせいに歓声があがった。

「平さんも、ますます一座に欠くことのできねえお人になった。これで、連中もしばらくは手詰まりだろう。みな、憂いなく芝居に打ちこもうじゃねえか」

大御所の言葉にあわせて、今度は弥七が枡酒を高く掲げ、また乾杯となった。

「父上、私は興奮しております。会津には戻れません」

活況に呑まれたか、近づいてきた吉十郎が目を輝かせて言った。

「だがおまえ、江戸でなにをする気だ」

「しばらくは、このままお局様方の用心棒をつとめさせていただきます。必要とあらば、手内職の傘張りでも、楊枝削りでもいたします」

「それだけの覚悟があるならば、まあ止めはせぬが……」

平八郎にも、それ以上なにも言いようがない。吉十郎は、こうと決めたらテコでも動かないことを承知しているのであった。

数日後、平八郎と吉十郎は、奥州街道千住大橋のたもとに立ち、独り会津への帰路につく老師井深宅兵衛を見送っていた。

「こたびは先生のご指南を受け、危ういところを切り抜けました」

遠くで朝七つの鐘が鳴りやむのを待ち、平八郎はあらためて師に深々と頭を下げた。

「なに、おぬしはすでに新たな剣の境地に入っておった。わしの助言など無くとも、きっと難局を切り抜けていたに相違ない」

井深宅兵衛は目を細め、満足そうに平八郎を見やると、

「まこと、新たに一流を立ててよい腕となった」

胸を膨らませ、大きく頷いた。

「師範のお言葉は、いったいどこまでがお褒めの言葉で、どこからが戯れ言《ざごと》かわかりませぬな」

平八郎が冗談めかして言うと、

「あいや、これはまぎれもないわしの本心だ」

井深宅兵衛は真顔で言って、語気を強めた。

「さればお言葉に甘えて、歌舞伎一刀流を新たに打ち立てとうございます」

「こ奴め」

宅兵衛はからからと高笑いしたが、すぐに険しい表情に戻り、

「よいか、平八郎。おぬしにとって江戸はいまだ修羅の町、しかも敵は御公儀だ。くれぐれも油断いたすな」

「心得ております」

平八郎は、大きく頷き、顎を引いた。

「吉十郎は江戸に残しておく。きっとおまえの助けとなろう」

「それがしも、吉十郎を日に日に頼もしう思うております」

「平八郎、近衛秘帖はたしかにわしが預かった。この身に代えて御庭番の手に渡しはせぬ。おお、それから……」

井深宅兵衛は、ふと遠い目になって、

「あらためて言いおくが、会津の松平正容公はじめ白井一族の面々は、皆おぬしの味方じゃ。けっして見捨てはせぬ。ゆめゆめ忘れてはならぬぞ」

「承知しております」

川面近くまで舞い下りていた都鳥《みやこどり》が数羽、風に乗り頭上高く舞いあがった。晴れ

渡った空は雲ひとつない。

「されば、これまでじゃ」

平八郎と吉十郎は、深々と恩師に一礼した。

老師は、そのまま振りかえることなく、ひたひたと遠ざかっていく。太鼓橋をわたり、沈むように消えていくその後ろ姿をじっと見送る平八郎であったが、やおら吉十郎に向き直り、

「よいか吉十郎、これより後は修羅の道を歩まねばならぬぞ」

戒めるように言って、その肩を叩いた。

「わかっております。かくなるうえはその修羅の道、とことん極めてみる覚悟」

「はて、それもよいか……」

平八郎は、ふと師の消えた橋の向こうに広がる初冬の空を目を細めて見あげるのであった。

時代小説

二見時代小説文庫

かぶき平八郎《へいはちろう》荒事《あらごと》始《はじめ》 残月《ざんげつ》二段斬《にだんぎ》り

著者　麻倉《あさくら》一矢《かずや》

発行所　株式会社 二見書房
東京都千代田区三崎町二-一八-一一
電話　〇三-三五一五-二三一一［営業］
　　　〇三-三五一五-二三一三［編集］
振替　〇〇一七〇-四-二六三九

印刷　株式会社 堀内印刷所
製本　ナショナル製本協同組合

落丁・乱丁本はお取り替えいたします。
定価は、カバーに表示してあります。

ISBN978−4−576−13110−8
http://www.futami.co.jp/

居眠り同心 影御用 源之助 人助け帖

早見俊［著］

凄腕の筆頭同心がひょんなことで閑職に……。暇で暇で死にそうな日々に、さる大名家の江戸留守居から極秘の影御用が舞い込んだ。新シリーズ第1弾！

朝顔の姫 居眠り同心 影御用2

早見俊［著］

元筆頭同心に御台所様御用人の旗本から息女美玖姫探索の依頼。時を同じくして八丁堀同心の不審死が告げられた。左遷された凄腕同心の意地と人情。第2弾！

与力の娘 居眠り同心 影御用3

早見俊［著］

吟味方与力の一人娘が役者絵から抜け出たような徒組頭次男坊に懸想した。与力の跡を継ぐ婿候補の身上を探れ！「居眠り番」蔵間源之助に極秘の影御用が…！

犬侍の嫁 居眠り同心 影御用4

早見俊［著］

弘前藩御馬廻り三百石まで出世した、かつての竜虎と謳われた剣友が妻を離縁して江戸へ出奔。同じ頃、弘前藩御納戸頭の斬殺体が江戸で発見された！

草笛が啼《な》く 居眠り同心 影御用5

早見俊［著］

両替商と老中の裏を探れ！北町奉行直々の密命に居眠り同心の目が覚めた！同じ頃、母を老中の側室にされた少年が江戸に出て…。大人気シリーズ第5弾

同心の妹 居眠り同心 影御用6

早見俊［著］

兄妹二人で生きてきた南町の若き豪腕同心が濡れ衣の罠に嵌まった。この身に代えても兄の無実を晴らしたい！血を吐くような娘の想いに居眠り番の血がたぎる！

殿さまの貌《かお》 居眠り同心 影御用7

早見俊［著］

逆袈裟魔《ぎゃくげさま》出没の江戸で八万五千石の大名が行方知れずとなった！元筆頭同心で今は居眠り番と揶揄される源之助のもとに、ふたつの奇妙な影御用が舞い込んだ！

信念の人 居眠り同心 影御用8

早見俊［著］

元筆頭同心の蔵間源之助に北町奉行と与力から別々に二股の影御用が舞い込んだ。老中も巻き込む阿片事件！同心の誇りを貫き通せるか。大人気シリーズ第8弾

惑いの剣 居眠り同心 影御用9

早見俊［著］

元筆頭同心で今は居眠り番、蔵間源之助と岡っ引京次が場末の酒場で助けた男は、大奥出入りの高名な絵師だった。これが事件の発端となり…。シリーズ第9弾

青嵐を斬る 居眠り同心 影御用10

早見俊［著］

暇をもてあます源之助が釣りをしていると、暴れ馬に乗った瀕死の武士が…。信濃木曽十万石の名門大名家に届けてほしいと書状を託された源之助は……。

風神狩り 居眠り同心 影御用11

早見俊［著］

源之助の一人息子で同心見習いの源太郎が夜鷹殺しの現場で捕縛された。濡れ衣だと言う源太郎。折しも街道筋を盗賊「風神の喜代四郎」一味が跋扈していた！

陰聞《かげき》き屋十兵衛

沖田正午［著］

江戸に出た忍《しのび》四人衆、人の悩みや苦しみを陰で聞いて助けます。亡き藩主の無念を晴らすため萬ず揉め事相談を始めた十兵衛たちの初仕事の首尾やいかに⁉ 新シリーズ

刺客 請け負います 陰聞き屋十兵衛2

沖田正午［著］

藩主の仇の動きを探るうち、敵の懐に入ることになった陰聞き屋の仲間たち。今度は仇のための刺客や用心棒まで頼まれることに。十兵衛がとった奇策とは⁉

往生しなはれ 陰聞き屋十兵衛3

沖田正午［著］

悩み相談を請け負う「陰聞き屋」なる隠れ蓑のもと仇討ちの機会を狙う十兵衛と三人の仲間たちが、絶好の機会に今度こそはと仕掛ける奇想天外な作戦とは⁉

公家武者 松平信平《のぶひら》 狐のちょうちん

佐々木裕一［著］

後に一万石の大名になった実在の人物・鷹司松平信平。紀州藩主の姫と婚礼したが貧乏旗本ゆえ共に暮せない。町に出ては秘剣で悪党退治。異色旗本の痛快な青春

姫のため息 公家武者 松平信平2

佐々木裕一［著］

江戸は今、二年前の由比正雪の乱の残党狩りで騒然。背後に紀州藩主頼宣追い落としの策謀が……。まだ見ぬ妻と、舅を護るべく公家武者の秘剣が唸る。

四谷の弁慶 公家武者 松平信平3

佐々木裕一［著］

千石取りになるまでは信平は妻の松姫とは共に暮せない。今はまだ百石取り。そんな折、四谷で旗本ばかりを狙い刀狩をする大男の噂が舞い込んできて……。

暴れ公卿 公家武者 松平信平4

佐々木裕一［著］

前の京都所司代・板倉周防守が黒い狩衣姿の刺客に斬られた。狩衣を着た凄腕の剣客ということで、疑惑の目が向けられた信平に、老中から密命が下った！

千石の夢 公家武者 松平信平5

佐々木裕一［著］

あと三百石で千石旗本。信平は将軍家光の正室である姉の頼みで、父鷹司信房の見舞いに京の都へ……。松姫への想いを胸に上洛する信平を待ち受ける危機とは？

妖《あや》し火 公家武者 松平信平6

佐々木裕一［著］

江戸を焼き尽くした明暦の大火。千四百石となっていた信平も屋敷を消失。松姫の安否を憂いつつも、焼跡に蠢く悪党らの企みに、公家武者の魂と剣が舞う！